N NO TAMENI written by Kanae Minato
Copyright © 2010 Kanae Minato
All rights reserved.

This Korean edition is published by arrangement with
Tokyo Sogensha Co., Ltd., Tokyo in care of Tuttle-Mori Agency, Inc.,
Tokyo through Tony International, Seoul

이 책의 한국어판 저작권은 토니 인터내셔널을 통해
Tuttle-Mori Agency, Inc.,와의 독점 계약으로 "재인"에 있습니다.
저작권법에 의해 한국 내에서 보호를 받는 저작물이므로
무단 전재와 무단 복제를 금합니다.

N을 위하여

초판 1쇄 펴낸 날 2012년 6월 25일 4쇄 펴낸 날 2024년 1월 26일
지은이 미나토 가나에 **옮긴이** 김난주 **펴낸이** 박설림 **펴낸곳** 도서출판 재인 **디자인** 오필민디자인
등록 2003. 7. 2 제300-2003-119 **주소** 서울시 강남구 도곡동 467-6 대림아크로텔 1812호
전화 02-571-6858 **팩스** 02-571-6857

ISBN 978-89-90982-47-6 03830 Copyright © 재인, 2012 Printed in Korea.

책값은 뒤표지에 표시되어 있습니다. 잘못된 책은 바꿔 드립니다.

N을
위하여

미나토 가나에 지음 · 김난주 옮김

재인

차례

제1장 ···   7

제2장 ··· 67

제3장 ··· 127

제4장 ··· 187

제5장 ··· 245

제1장

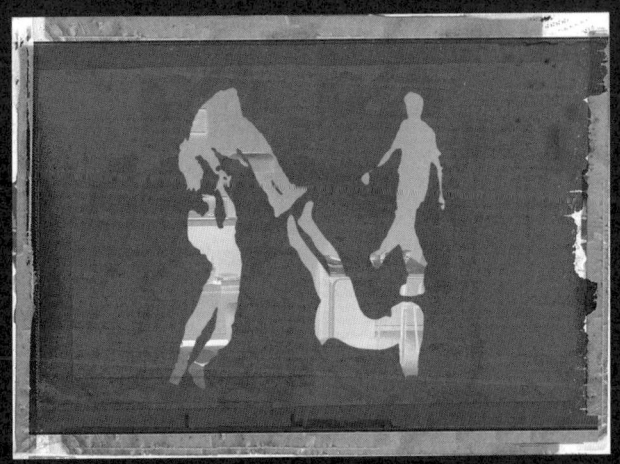

사건

1월 22일 오후 7시 20분경, ○○경찰서로 도쿄 도 ××구 ××3번지 노구치 다카히로 씨(42세)의 자택에서 회사원 노구치 씨와 부인 나오코 씨(29세)가 사망했다는 신고가 들어왔다.

경찰은 당시 현장에 있던 네 명으로부터 자세한 상황 설명을 들었다.

N · 스기시타 노조미

스기시타 노조미, 스물두 살입니다. K대학 문학부 영문과 4학년이에요.

주소는…… 본적지 말인가요, 아니면 둘 다?

본적지는 에히메 현 ××군 아오카게 촌 37-5. 참고로 섬이에요. 현주소는 도쿄 도 ××구 ××24번지 들장미 하우스 12호고요. 노구치 씨가 사는 초고층 맨션과는 비교도 안 될 정도로 낡고 허름한 2층짜리 목조 빌라죠.

제가 노구치 씨 부부를 처음 만난 건 재작년 여름이었어요.

당시 같은 빌라에 살던 '안도'라는, 저보다 한 살 많은 친구와 둘이서 오키나와의 이시가키 섬에 가서…… 아, 안도의 취직을 축하하는 여행이었습니다. 스쿠버 다이빙 투어에 참가한 것이 계기였어요. 우리는 싸구려 민박에 묵었고 그쪽은 유명한 리조트 호텔에 묵고 있었는데 같은 다이빙 숍에 스쿠버 다이빙을 신청하는 바람에 넷이 함께 초급자 코스에 참여하게 됐습니다.

안도나 저나 스쿠버 다이빙은 네 번밖에 안 해 본 상태였지만, 출신지는 달라도 둘 다 어렸을 때부터 바다에 익숙해 있었기 때문에 다이빙을 하면서 '무섭다'고 느낀 적은 없었어요.

조그만 무인도에 보트를 대고 모래사장에서 처음으로 입수했을 때는 등에 멘 탱크가 무거워서 투덜거리기도 했지만, 조그맣고 알록달록한 열대어를 볼 수 있어 무척 즐거웠습니다.

두 번째는 보트를 타고 바다 한가운데로 나가서 입수했어요. 쥐가오리를 볼 수 있는 것으로 유명한 지점이라 투어 가격이 비싼데도 큰맘 먹고 신청한 것이었습니다. 그런데 10미터쯤 내려간 지점에서 노구치 씨의 부인인 나오코 씨가 패닉을 일으켰어요. 보트로 올라온 후에도 계속 몸을 부들부들 떨어서 더는 아무 것도 보지 못한 채 되돌아오고 말았습니다.

너무나 실망이 큰 나머지 참가비의 반을 돌려 달라고 할까 생각도 했는데, 그러지 않기를 잘했죠. 그날 밤, 노구치 씨가 우리를 호텔로 초대해 근사한 저녁을 샀으니까요.

사과도 할 겸, 이라고 말은 했지만 사실 노구치 씨는 그 전부터 우리에게 말을 걸려고 했던 것 같아요.

그 무렵, 저와 안도는 장기에 푹 빠져 있었어요. 여대생답지 않다고요? 고등학교 때 선생님께 배운 거예요. 첫 번째와 두 번째 다이빙 사이 휴식 시간에도 모래사장의 야자수 그늘에 휴대용 장기판을 펼쳐 놓고 한 손에 주먹밥을 들고 먹으면서 대국을 벌였죠.

노구치 씨도 아마 장기를 좋아했나 봐요. 멀찍이서 힐끔힐끔 보는데 우리가 상당히 수준 높게 말을 움직인다 싶어 꼭 한번 같이 두고 싶었다고 하더군요. 그래 봐야 결국 아마추어 수준이지만요. 텔레비전에서 본 프로들의 대국을 대충 기억했다가 재현하는 데에 불과하니까요.

식사는 근사했습니다. 그렇게 큰 랍스터를 먹어 본 것은 처음이었어요.

식사를 마친 후, 불빛이 환한 야외 테라스 바에서 술을 마시며 안도와 노구치 씨가 장기를 두게 되었습니다. 공교롭게도 안도가 취직하기로 결정된 회사가 노구치 씨의 근무처였기 때문에 인사차 한 판 두게 된 거죠.

저는 나오코 씨와 함께 두 사람의 대국을 구경하면서 얘기를 나눴어요. 주로 나오코 씨가 다니는 요리 살롱 얘기였을 거예요.

노구치 씨가 해외 근무를 하게 되면 따라가서 현지 사람들을 접대하는 것은 부인 몫인가 봐요. 그래서 요리는 서툴지만 열심히 해서 동기 중에 가장 출세한 노구치 씨에게 누가 되지 않도록 일본에 있는 동안 많이 배워야 한다고 했던 게 기억납니다.

정말이지 멋진 부부였어요. 대기업 종합 상사인 M사에 근무하는 노구치 씨는 체격도 좋고 말투며 매너가 세련된 분이었고, 그 회사 간부의 딸이라는 나오코 씨는 날씬하고 키도 크고 하얀 피부에 모델처럼 예쁜 데다 상냥하기까지 해서 저와 안도는 처음 만났을 때부터 두 분을 선망하는 마음을 품게 되었어요.

이런 사람들이 실제로 존재하는구나, 하고 두 눈으로 확인한 기분이었습니다.

그런 두 분이었으니, 도쿄로 돌아온 후에 초대를 하시는데 응하지 않을 리 없죠. 그분들이 사는 곳은 그 유명한 52층짜리 초고층 맨션 '스카이 로즈 가든'의 48층이었습니다. 그것도 일본에 머무는 동안만 지내는 곳이라고 하니 대체 얼마나 잘사는 걸까요. 아무튼 노구치 씨의 부모가 상당한 재력가인가본데, 거기에 관해서 본인에게 자세하게 들은 적은 없어요. 가

이드북을 보면 별이 몇 개나 찍혀 있을 듯한 고급 레스토랑에도 몇 번인가 데려가 준 적이 있지만, 그보다는 장기를 두기 위해 집으로 초대하는 일이 더 많았습니다. 한 달에 한두 번 꼴로 가곤 했어요. 대개는 안도와 같이 갔는데, 작년 4월에 안도가 근무를 시작한 후로는 저 혼자 가는 일이 많아졌죠.

장기를 둘 때는 나오코 씨도 옆에 있었어요. 괜한 의심을 사면 곤란하니까 기분 나빠 하지 않도록.

그래도 저보다는 안도가 노구치 씨와 대국을 벌이는 일이 더 많았어요. 안도가 노구치 씨와 같은 부서가 됐거든요. 휴식 시간에 툭하면 장기를 두자고 한다는 얘기를 들은 적이 있습니다.

저와 나오코 씨는 밖에서 둘이 만난 적도 몇 번 있어요. 같이 영화나 뮤지컬을 보고 쇼핑을 하기도 하고 식사도 했어요. 저를 동생처럼 예뻐해 주었죠.

민망하죠, 그렇게 멋진 사람의 동생이라니. 외모도 성장 과정도 전혀 다른데.

혼자 살아 본 적이 없다면서 제 방을 구경하고 싶다기에 한번은 그 낡은 빌라로 데려온 적도 있어요. 변변한 가구 하나 없는 좁은 방을 휘 둘러보고는 잠시 아무 말이 없더니 갑자기 생각난 듯, '초원 위의 집'같이 멋지네, 그러더군요. 예쁜 물건을 모으는 취미도 없고 해서 컨트리풍 인테리어도 아닌데, 아마 '개척'이라는 이미지가 떠올랐나 보죠.

그 며칠 후, 늘 함께 시간을 보내 줘서 고맙다는 뜻이라며 혼수 가구만큼이나 근사한 화장대를 보냈더군요.

그런데 11월에 접어들 무렵부터 갑자기 만나자는 연락이 끊겼습니다.

기분 상하게 할 만한 말은 한 기억도 없고, 마지막 만났을 때 디너쇼에 가고 싶다는 둥 다음 달에 멋진 카페가 오픈한다는 둥 나름의 계획이 있는 것처럼 말했기 때문에 저는 좀 걱정이 돼서 휴대 전화로 문자를 보냈죠.

그런데 아무런 답이 없었어요. 전화를 걸어 봐도 연결이 되지 않고요. 그래서 하는 수 없이 쉬는 날에 노구치 씨의 휴대 전화로 연락해 봤습니다. 그렇게 엄청난 곳에 살면서도 노구치 씨 댁에는 유선 전화가 없었어요. 게다가 노구치 씨의 메일 주소도 몰랐고요.

나오코 씨의 휴대 전화가 걸리지 않는다고 했더니 금방 바꿔 주더군요.

미안해요, 몸이 좀 안 좋아서, 라고 하기에 역시 그랬구나 생각했는데, 외출도 안 하는데 갖고 있어 봐야 소용이 없어서 휴대 전화를 해지했다는 말을 듣고는 좀 놀랐어요. 별일 아니라고는 했지만 혹시 큰 병에 걸린 건 아닐까 걱정스러웠죠.

그래서 바빠지다 보니 다소 소원했던 안도도 볼 겸, 집으로 함께 문병을 가기로 했어요. 12월 둘째 토요일 낮에요.

전화 목소리도 별로 기운 없게 들렸지만, 실제로 만나 보니 안 그래도 하얗던 나오코 씨의 얼굴이 더 투명해지고 바람만 불어도 꺼져 버릴 듯이 창백해서 보는 사람 마음이 아플 정도였어요.

그래도 두 사람 다 우리를 따뜻하게 맞아 주는 느낌이었어요.

노구치 씨 집에는 노구치 씨의 서재랄까, 아마 재즈 같은 데에도 흥미가 있는지 방음 장치까지 되어 있는 방이 있어요. 평소에는 그 방에서 장기를 두는데, 그날은 거실에 장기판을 가지고 나와 안도가 노구치 씨를 상대하고, 저는 나오코 씨와 얘기를 나누며 함께 차도 끓이게 됐죠.

나오코 씨의 상태가 보기보다는 기운이 있는 것 같아 안심했는데, 시간이 지나면서 점점 말이 없어지더니 갑자기 눈물을 뚝뚝 흘리기도 하고 손을 떠는 등 상당히 불안정한 모습을 보이더라고요. 노구치 씨는 원래 대국 중에는 전화벨이 울려도 무시할 정도로 집중하는 편인데 그날은 계속 나오코 씨에게 신경을 쓰는 것 같았어요.

나오코 씨가 느닷없이 소리 내어 울기 시작하자 바로 자리에서 일어나 "괜찮아, 괜찮아." 하면서 나오코 씨의 어깨를 껴안고 안쪽에 있는 방으로 데리고 가더군요.

문병하러 간 거였는데 오히려 폐만 끼친 거 아닌가 싶어서 저와 안도는 노구치 씨에게 죄송하다고 말하고 그만 돌아가기로 했어요. 노구치 씨의 배웅을 받으며 현관을 나서는데…… 둘이 동시에 그게, 눈에 들어왔어요. 그 위화감을 어떻게 표현하면 좋을지 몰라 말없이 그저 빤히 바라만 봤죠.

 도어체인이었어요. 다른 두 개의 도어 록은 보안이 철저한 맨션답게 어느 부분이 잠그는 장치인지조차 모를 정도로 최신식이었는데, 그건 보통 철물점에서 파는, 우리 빌라 문에 달려 있는 것과 비슷한 싸구려 체인이었죠. 그래서 위화감을 느낀 것이었는데, 그게 다가 아니었습니다. 체인이 현관문 바깥쪽에 달려 있었어요. 그러니까, 노구치 씨 집은 출입구가 그것 하나뿐이라 강도가 들어왔을 때 어떻게든 먼저 밖으로 도망쳐 밖에서 체인을 걸기만 하면 강도를 집 안에 가두고 경찰에 신고할 수 있다는 얘긴가 본데, 그런 방범 대책은 도무지 들어본 적이 없었어요.

 그냥 못 본 척할까, 그런 뜻으로 안도와 눈빛을 주고받는데 노구치 씨가 "좀 더 있어 줄 수 있어?"라며 맨션 꼭대기 층에 있는 라운지로 가자고 권했습니다. 굉장하죠, 호텔도 아닌데 그런 곳이 있다니. 맨션 입구에는 안내원까지 있질 않나.

 현관문을 닫은 노구치 씨가 슬며시 체인을 걸었어요.

 뭐지……? 그걸 보는 순간 오싹해지더군요. 마치 내가 갇히는 듯한 기분이 들어 일순 숨쉬기가 힘들어서 저도 모르게 안도의 팔을 잡았을 정도였어요. 안도 역시 기분 나쁜 얼굴로 보고 있었지만, 노구치 씨는 이미 엘리베이터 쪽으로 가는 중이어서 우리는 그의 등만 봤을 뿐 어떤 표정을 하고 있는지는 알 수 없었어요.

하지만 라운지에 도착했을 때는 평소 같은, 아니 조금 지친 듯한 표정이었습니다.

그 전에 나오코 씨도 함께 갔을 때는 야경을 내려다볼 수 있는 자리에서 술을 마셨는데 그날은 아직 낮 3시밖에 안 되었기 때문에 우리는 한쪽 구석 자리에 앉아 커피를 마시며 노구치 씨의 얘기를 들었죠.

나오코 씨가 지난달에 유산했다고 그러더군요. 임신 2개월이라 본인도 미처 모르고 있었는데, 비 오는 날 외출했다가 그만 넘어지고 말았다고요.

몸은 회복되고 있지만 정신적으로 불안정한 상태여서, 노구치 씨가 일하러 나가 있는 동안 맨발로 휘청거리며 밖으로 나가 차도에 뛰어들려고 했대요. 그걸 본 경비원이 간신히 구해낸 뒤 경찰에 알려서 노구치 씨에게도 연락이 갔다고 합니다.

그러니 자신도 감금하는 짓 따위 하고 싶지 않고 남들 눈에도 이상하게 보일 테지만 나오코 씨를 지키기 위해서는 문밖에 체인을 설치해 나가지 못하도록 할 수밖에 없었다고 했어요.

 둘이서 극복해야 할 문제라고 생각해서 아무에게도 말하지 않았는데, 나오코의 증상이 점점 나빠지는 것 같아서, 솔직히 말하자면 어째야 좋을지 모르겠어. 친정으로 보낼까도 생각했지만 큰올케와 마음이 잘 맞지 않는 것 같아서 말이야. 그래도 오늘은 자네들이 와 줘서 무척 기뻐하는 것 같았고, 평소보다 차분해 보였어. 자네들에게는 반갑지 않은 일일지 모르겠지만, 앞으로도 가끔 집에 찾아와서 얘기 상대라도 되어 주었으면 좋겠군.

 노구치 씨가 그렇게 말하더니 머리를 숙였어요. 전 체인을 흘깃거린 걸 후회했어요. 그리고 내가 할 수 있는 일이 뭐 없을까 생각해 봤습니다. 외출할 수 없다면 맛있는 거라도 사다 드릴까, 마음이 안정될 만한 음악 CD를 선물할까, 그런 단순한 생각뿐이었지만요.

 저희들이라도 괜찮다면 언제든 불러 주세요.

 그렇게 말하고 노구치 씨의 맨션을 나왔습니다. 그런데 노구치 씨의 말을 곧이곧대로 받아들인 건 저뿐이었어요.

 나오코 씨, 유산하다니 정말 안됐어. 그래도 노구치 씨가 옆에 있으니까 괜찮을 거야. 늘 지켜 줄 것 같은 느낌이더라. 노구치 씨를 보고 있으면 정말 나오코 씨를 사랑하는구나, 그런 느낌이 절절히 와 닿아. 안쓰럽기도 하지만, 어쩐지 부럽기도 해.

우리 집에서 같이 저녁을 먹으며 전 안도에게 그런 식으로 말했어요.

그래, 사랑이야 받고 있겠지.

안도는 늘 딱 부러지게 말하는 스타일인데, 평소의 그답지 않게 뭔가 속뜻이 있는 듯한 말투였어요. 말을 할까 말까, 그런 표정이었는데, 자꾸 캐물으니까 마지못해 가르쳐 주었어요. 어디까지나 사내 일부에서 떠도는 소문일 뿐이라면서요.

나오코 씨가 불륜을 저질렀다는 거예요.

나오코 씨는 결혼 전까지 노구치 씨와 같은 회사에서 안내원으로 일했기 때문에 소문이 삽시간에 퍼졌대요.

연하로 보이는 남자와 팔짱을 끼고 걸어가는 걸 본 사람이 있다. 굉장히 잘생긴 남자고 나오코 씨도 상당한 미인이다 보니 본인들은 사람들 눈에 띄지 않으려고 했겠지만 두 사람이 있는 곳만 드라마의 한 장면 같았다. 둘이 호텔로 들어가는 모습을 목격한 사람도 있다더라.

소문의 내용은 거기까지라는데, 안도는 이런 말도 했어요.

나오코 씨가 감금당한 것은 유산 때문이 아니라 소문이 노구치 씨 귀에 들어갔기 때문 아닐까. 만일 소문도 유산도 모두 사실이라면 과연 어느 쪽 아이일까. 넘어져서 유산했다는 게 정말일까. 스기시타는 노구치 씨를 존경하는 것 같던데, 그 사람 그렇게 훌륭한 사람 아니야.

그 순간, 노구치 씨가 나오코 씨를 냅다 밀치고 배를 걷어차는 모습이 제 머릿속을 스쳤습니다.

나오코 씨, 괜찮을까.

그렇게 말하면서 우리 둘은 동시에 맨션 문에 달려 있던 구식 체인을 떠올렸어요.

그런데 그때는 그렇게 걱정스러웠지만, 마침 그때부터 아르바이트가 바빠지기 시작해서 나오코 씨 일에 신경 쓸 여유가 없어졌습니다. 청소 회사인데 연말 대청소 기간이었거든요. 또 그날 이후로 노구치 씨가 자기 집으로 오라고 한 적도 없었고요. 안도도 회사 일이 바빠 연락이 잘 안 되는 바람에 결국 나오코 씨를 다시 떠올린 것은 신년 연휴에 고향으로 내려가서였어요.

떠올린 계기는 고등학교 동창회였습니다.

도쿄에 있는 대학으로 진학한 나루세가 주위에 앉은 친구들과 아르바이트 얘기를 하고 있었어요. 우리 학년에서 섬을 떠나 도쿄로 간 사람은 저와 나루세, 둘뿐이었어요. 섬을 떠난다고 해 봐야 간사이까지 가는 정도가 대부분이었죠. 하지만 그날 다시 만날 때까지 전화번호도 모를 정도로 나루세와는 교류가 없었어요. 우연히 근처에 앉는 바람에 나루세가 친구들과 나누는 얘기를 무심코 듣고 있었는데…….

그가 일하는 가게 이름을 듣고서 아 거기! 싶더라고요. '샤르띠에 히로타'. 결혼하기 전, 노구치 씨가 나오코 씨를 몇 번 데리고 간 적 있다는 프렌치 레스토랑이었어요. 언젠가 나오코 씨와 함께 잡지를 보고 있는데,「특별한 날에는」이라는 특집 기사에 그 레스토랑이 소개되어 있는 걸 보고 그녀가 가르쳐 주었죠. 아니, 자랑했다고 할까요. 그이가 노조미 씨도 데려가면 좋을 텐데, 라고 하는데 여러 가지 의미에서 좀 울컥했기 때문에 기억하고 있어요.

저는 나루세에게 가게와 일에 대해 이것저것 물어보았습니다. 거기서 아르바이트하면 요리도 먹을 수 있어? 식사는 제공해 주니? 일인당 최소 3만 엔은 하나 보던데, 그럴 가치가 있을 정도로 맛있어? 그런 것들요. 그저 여대생으로서의 단순한 호기심에 불과했죠. 만일 그가 가격에 비해 그저 그렇다고 하면 마치 다녀오기라도 한 것처럼 학교 친구들에게 떠들고 다녀 볼까 하는 가벼운 생각 정도였습니다.

찌질한 짓이죠. 시골뜨기들의 안 좋은 버릇이에요.

그런데 나루세는 그 레스토랑의 요리를 입에 침이 마르도록 칭찬했어요.

난 지금까지 몇만 엔씩 내고 요리를 먹는 사람을 보면 참 어리석다고 여겨 왔는데, 우리 레스토랑이라면 납득할 수 있어.

그 말을 들은 저는 나루세의 집이 몇 년 전까지 요정을 했었다는 사실을 떠올렸습니다. 전성기에는 섬의 축하 행사가 대부분 거기서 열릴 정도로 전통 있는 가게였으니 그런 집 아들인 나루세 군이라면 입맛도 까다로울 텐데 정말 맛있는 곳인가 보다 생각했습니다.

이왕 아르바이트하는 거 나도 청소 회사가 아니라 유명 레스토랑에서 했으면 좋았을걸, 그렇게 생각하면서 거기서 무슨 일을 하는지 자세히 물어봤습니다. 그러다가 '샤르띠에 히로타'가 하루에 한 건 한정으로 출장 서비스를 한다는 걸 알게 됐습니다. 나루세 군이 주로 그 일을 담당하고 있다고 하더군요. 한번은 다리가 아파 외출을 못하는 부인을 위해 그 남편이 서비스를 의뢰해서 집에 간 적이 있는데 부인이 무척 좋아해서 나도 기뻤어, 그런 에피소드 같은 것을 들려주는 바람에 문득 떠오르는 게 있었어요.

나오코 씨에게 이 서비스를 받게 해 주면 어떨까.

불륜을 저질렀다는 소문도 마음에 걸리고 하니 노구치 씨와 단둘이 있는 것보다는 나와 안도도 있는 편이 좋을지도 몰라. 이시가키 섬에서 처음 만난 날처럼 모두가 즐겁게 식사할 수 있다면 나오코 씨도 기운을 되찾을 수 있을 거야.

신년 연휴가 지난 지 얼마 되지 않은 1월 8일 토요일이었어요. 노구치 씨 휴대 전화로 전화를 걸어 신년 인사를 한 후 곧바로 그 얘기를 꺼내자 "그런 게 있는 줄은 몰랐는데. 고마워. 꼭 그렇게 하자고." 그러더니 나오코 씨를 바꿔 주었습니다.

나오코 씨는 상태가 좀 나아졌는지 한결 밝은 목소리로 "기대돼요. 고마워."라고 하더군요.

특별히 주문하고 싶은 요리가 있어서인지 예약은 노구치 씨 본인이 직접 하겠다며 날짜는 나중에 알려 주마 했어요. 그리고 안도에게는 자기가 회사에서 알릴 테니 저는 아무 말 하지 않는 게 좋겠다고도요.

장기 때문이었죠.

안도와 두다가 궁지에 몰려 보류한 대국을 반격할 방법을 저와 의논하고 싶으니 안도와 시간을 달리해서 집으로 부르겠다고 그러더군요. 그런 일은 전에도 종종 있었지만, 상황이 이런데도? 싶어 좀 어이가 없었어요.

제가 안도가 아니라 노구치 씨 편을 드는 게 이상한가요?

처음에 안도를 친구라고 한 게 잘못이었나? 우린 라이벌이에요. 그러니까 아무리 놀이 삼아 하는 거고 노구치 씨를 앞세워 둔다 해도, 둘이 맞붙는 거라면 절대 지고 싶지 않죠. 안도가 취직을 한 후로는 직접 대국할 기회도 별로 없어서 노구치 씨가 의논해 오기를 오히려 기다렸을 정도였어요.

하지만 안도는 내가 노구치 씨의 훈수를 두고 있다는 사실을 몰랐어요.

며칠 후 노구치 씨에게서 연락이 왔습니다. 출장 서비스는 7시부터인데, 저더러 5시 반에 집으로 오라고 하더군요. 안도는 7시쯤 오기로 되어 있다면서요.

그런데 그런 끔찍한 일이 벌어지다니.

쓸데없는 걸 생각해 낸 제 잘못일까요.

1월 22일 토요일, 전 약속 시간 5분 전인 5시 25분에 노구치 씨의 맨션에 도착했습니다. 안내원에게 제가 왔다고 알려 달라고 한 후 엘리베이터를 타고 올라가 문 옆에 있는 인터폰을 눌렀어요. 문을 열어 준 사람은 나오코 씨였습니다. 노구치 씨도 옆에 있더군요. 문 바깥쪽에 여전히 체인이 달려 있었지만, 나오코 씨의 표정이 밝아 그나마 안심이 되더군요.

집에서 '샤르띠에 히로타'의 디너를 즐길 수 있다니 정말 멋져. 고마워, 노조미 씨. 고마워요, 여보.

그렇게 말하고는 노구치 씨의 팔짱을 끼며 방긋 웃는 나오코 씨의 모습을 보니, 훼방꾼은 이대로 돌아가는 게 좋지 않을까 싶은 생각마저 들었어요. 하지만 모처럼 마련된 식사 자리라 그 생각을 뒤로하고 집 안으로 들어갔습니다.

그런데, 출장 서비스라니까 설마 피자나 생선초밥 배달을 상상하시는 건 아니겠죠? 라고 잘난 척은 하지만, 사실 저도 나루세 군에게 들은 게 전부예요. 코스 요리를 각각 보온 용기에 담아 가지고 와서 종업원이 부엌에서 하나하나 접시에 담아 서빙해 준다는. 와인도 몇 종류 준비해 와서 소믈리에처럼 따라 준답니다. 식기도 다 가져오고, 식후 뒷정리까지 전부 해 준대요.

집에서 준비할 건 테이블 세팅 정도라나요.

나오코 씨는 그걸 준비 중이었어요. 넓은 식탁 위에는 접힌 식탁보와 냅킨, 그리고 과연 부잣집은 다르다 싶게 은촛대와 길고 가느다란 양초가 놓여 있었습니다. 저는 일단은 노구치 씨 댁에 초대된 손님의 입장이었지만, 애당초 말을 꺼낸 사람도 저고, 나오코 씨가 여유롭게 식사를 즐기며 기운을 되찾았으면 하는 마음도 있었기 때문에 그녀가 준비하는 걸 바라만 보고 있기가 미안했어요. 그래서 시키는 대로 제가 준비할 테니 나오코 씨는 편히 앉아 계세요, 라고 말했죠.

하지만 나오코 씨는, 요리 살롱에서 배운 것을 모두에게 보여 줄 수 있는 기회잖아요, 라며 거절하더군요. 식탁 한쪽 끝에는 촛대와 세트인 은제 화병도 놓여 있었는데, 꽃을 주문했지만 아직 배달되지 않았다는 얘기도 했어요. 노구치 씨 역시 테이블 세팅은 나오코 씨에게 맡기라고 했어요. 그건 안도가 도착하기 전에 어떻게든 작전을 짜야 했기 때문이었죠.

노구치 씨는 서둘러 저를 서재로 안내했습니다.

서재 한복판에 있는 테이블 위에 장기판이 놓여 있고 말들이 늘어서 있었습니다. 버리는 말의 위치는 달랐지만, 공격하는 말의 위치는 지난번 노구치 씨 댁을 방문한 후 우리 집에서 안도와 두었던 때와 똑같았죠. 그로부터 한 달 이상 지났지만 그때 보기 드물게도 제가 진 대국이었기 때문에 말의 배치를 확실하게 기억하고 있었어요.

그렇긴 하지만, 그 이후의 대책은 전혀 서 있지 않은 상태였어요. 이번 판은 안 될 것 같다고 생각하고 있는데 기대에 찬 노구치 씨의 얼굴을 보니 뭐라고 말해야 좋을지 모르겠더라고요. 그래서 저는 평소에 궁금했던 점들을 묻는다든지 하면서 일단 시간을 좀 벌어 보기로 했죠.

저는 노구치 씨가 부하 직원인 안도와 재미 삼아 벌이는 대국에서 왜 그렇게 늘 승부에 집착하는지 궁금해요. 저와 두실 때는 어처구니없이 져도 역시 자네는 내 브레인으로 있어 주는 게 좋겠어, 하며 웃고 마는데 말이죠.

가끔은 안도에게도 이길 기회를 주시는 게 어떨까요. 제가 그렇게 묻자 간단히 대답하더군요. 부하 직원에게 질 수는 없지. 일에 관해서도 자신이 더 우수하다고 착각하면 골치 아프니까 말이야.

요컨대, 상사로서 허세를 부리고 싶었던 거죠. 하지만 그렇다면 자신이 노력해서 이겨야 하는 거 아닐까요? 제가 안도를 이길 수 있는 건 그에게 장기를 가르친 사람이 바로 저여서 말의 움직임을 어느 정도 예측할 수 있기 때문이에요. 그런데 안도는 내가 노구치 씨 편에 붙어 있다는 걸 모르니까 노구치 씨와 진검승부를 벌였다가 지게 되면, 아, 이 사람에게는 당할 수 없구나, 생각할지도 모르잖아요. 저로서는 납득할 수 없는 일이었어요. 실제로 입사 당시 안도는 툭하면, 노구치 씨는 정말 굉장한 사람이야, 라고 기쁜 듯이 말하곤 했어요.

오늘은 좀 져도 되지 않을까? 그런 심술궂은 마음이 피어올랐어요. 공략법이 전혀 떠오르지 않은 건 아니었지만, 이렇게까지 몰렸으니 가망이 없을지도 모르겠네요, 그러면서 노구치 씨를 약 올리고 싶어졌죠.

하지만, 그러지 않았어야 했어요.

그랬다면 일찌감치 공략법을 찾았을 것이고, 저도 거실로 나갔을지 모르니까요.

비차를 이쪽으로 옮기면 어떨까, 그렇게 다소 빗나간 해법을 내놓고서 말을 움직이던 노구치 씨의 휴대 전화가 울린 것은 6시 15분쯤이었습니다. 출장 서비스인가, 시간이 벌써 그렇게 됐나, 하면서 제 휴대 전화를 꺼내어 시간을 확인했기 때문에 기억하고 있습니다.

전화를 건 사람은 안도로, 회사에 들렀다가 왔는데 예정보다 훨씬 일찍 도착했다고 말하는 소리가 저한테까지 들렸어요. 왜 이렇게 빨리 온 거야! 초조해하는 노구치 씨의 말투에, 내가 이런 식으로 애태웠다가는 모처럼의 식사 자리를 망치고 말겠다는 생각이 들더군요. 그래서 저는 맞아, 그거야! 라며 요란하게 손뼉을 치고는 말을 움직이기 시작했어요.

그걸 본 노구치 씨는 그래, 좋았어, 하는 표정을 짓더니 일에 관해 할 얘기가 있으니 라운지로 가서 기다리고 있으라고 안도에게 지시했습니다. 그리고 10분쯤 후에 제가, 이제 거의 다 된 것 같아요, 라고 하자 노구치 씨는 자기가 슬슬 라운지로 올라가서 안도를 붙들어 놓을 테니 공략법이 완성되면 메모해 두라고 하고서 서재를 나갔습니다.

문이 열리는 순간 현관 쪽에서 나오코 씨와 어떤 남자가 얘기하는 소리가 들렸지만, 맞아, 꽃이 배달될 거라고 했지, 그러면서 저는 별로 신경 쓰지 않았어요.

그러고 나서, 정확히는 모르겠지만 15분에서 20분 정도 그런 상태로 있다가 저는 겨우 공략법을 찾아냈어요. 메모를 하려는데 필기도구가 보이지 않더군요. 마음대로 책상 서랍을 열어 보기도 그렇고 해서 나오코 씨에게 빌려야겠다고 생각하고 서재에서 나왔습니다.

그랬더니…… 거실 쪽에서 남자 목소리가 들렸어요. "나오코!" 하고 외치는 듯한 소리였습니다. 노구치 씨는 아니었어요. 그리고 신음하는 듯한 소리가 나서, 대체 무슨 일이지 싶어 얼른 가 봤더니, 어떤 남자가 이쪽으로 등을 돌린 채 서 있었어요.

무슨 일이 일어난 건지 파악이 되지 않아 소리도 못 내고 그 자리에 꼼짝 않고 서 있는데 남자가 이쪽을 돌아봤습니다. 놀라 움찔하던 저는 그 얼굴을 보고 저도 모르게 앗, 소리를 내고 말았습니다.

남자는 니시자키 마사토. 제가 사는 빌라 옆방 사람이었어요.

니시자키 씨는 내가 '들장미 하우스'로 이사했을 때 이미 옆방인 1호실에 살고 있었습니다. 이사하던 날, "잘 부탁합니다." 하고 인사는 했지만 그 후 이렇다 할 교류는 없었어요. 빌라 사람 전체가 그랬죠.

그러다가 다른 입주자들과 둘러앉아 전골도 끓여 먹고 시골에서 부친 채소나 과일을 나눠 먹기 시작한 것이 3년 전 초가을, 태풍 21호 때였어요. '들장미 하우스'는 지은 지 70년이나 지난, 어떻게 보면 문화재로 지정해도 좋지 않을까 싶을 정도로 낡은 건물이었지만 빗물이 샌다든지 창틀 사이로 바람이 새어 드는 일 없이 그런대로 쾌적하게 지낼 수 있는 집이었는데 그 집이 그만 물에 잠기고 말았습니다.

제가 사는 집은 1층에 있어서 다다미 위 5센티미터까지 물이 찼어요. 나중에 보험 회사 조사원에게 물어봤더니 도로 위 75센티미터까지 물에 잠겼다고 하더군요. 텔레비전 뉴스에서도 크게 다뤘으니 잘 아시겠지만, 태풍이 간토 지방에 상륙한 것이 오후 7시 좀 지나서였는데, 설마 사태가 그렇게까지 심각해질 줄은 몰랐습니다. 물이 들어오기 시작하고, 이거 좀 위태로운데 하며 불안해질 무렵에는 이미 사방이 캄캄했어요. 대피해 봐야 무릎 위까지 흙탕물이 차오른 마당에 과연 어디로 가야 좋을지 알 수 없었죠.

일단은 높은 곳으로 가야겠다, 그렇게만 생각하고 문을 열고 나와 2층으로 향한 바깥 계단을 올랐는데 옆집 사는 니시자키 씨도 저처럼 집에서 나와 계단을 올라오더군요. 둘이서 처마 밑으로 들이치는 비를 맞으면서 "참 큰일이네요." "물이 계속 차오를 것 같은데 어떻게 하지." "그런데 피난소가 어디였더라." 그런 얘기를 하고 있는데, 2층 1호실 사람이 나와서 괜찮으면 자기 집으로 들어오라고 했어요.

그 사람이 안도였습니다.

저와 니시자키 씨는 감사히 받아들이기로 하고, 조금이라도 폐를 덜 끼치려고 다시 1층으로 내려가 다다미가 젖기 시작한 방에 들어가서, 저는 만들어서 냉장고에 넣어 두었던 반찬통 몇 개를 들고 나오고 니시자키 씨는 캔 맥주, 아니 그렇게 비싼 게 아니고 발포주와 와인 팩을 들고 다시 안도네 집으로 올라갔습니다.

안도는, 이런 거 신경 쓰지 않아도 되는데, 라며 고향에서 보내온 건어물을 구워서 내놓아 조촐하게 술자리가 마련됐죠. 밖에서 비바람이 몰아치는 바람에 분위기가 고조된 탓인지 서로들 금방 친해지게 된 것 같아요.

각자 자기소개를 하고 나서 학교나 아르바이트, 취미 같은 것들에 대해 이야기했는데, 처음에는 저와 안도만 말하고 니시자키 씨는 아무 말 없이 히죽히죽 웃으면서 즐겁게 듣고만 있었죠. 어느 쪽 고향이 더 시골인지, 그런 얘기로 옥신각신 했던 것 같아요

니시자키 씨가 갑자기 말이 많아진 것은 밤이 깊어진 후였습니다. 적당히 취기가 오른 탓도 있겠지만, 그보다는 태풍 정보를 듣기 위해 켜 두었던 텔레비전에서 옛날 영화가 시작되었기 때문이라고 생각합니다. 〈세설〉이라는 영화였죠. 안도가 채널을 바꾸려고 하자, 니시지키 씨가 "이건 안 본단 말이야?"라고 어이없다는 듯 말하더군요.

니시자키 씨는 소설가 중에서 다니자키 준이치로를 제일 좋아하는지, 다니자키의 작품 중에서 어느 게 가장 좋으냐고 물었는데, 저나 안도나 둘 다 그 이름이나 대표작 정도는 고등학교 수업 시간에 배워서 알고 있지만 책은 한 권도 읽은 적이 없었어요.

독서에 흥미가 없는 것은 아닙니다. 저는 추리 소설을 좋아했고 안도는 역사 소설, 특히 전국 시대를 다룬 것을 좋아했어요. 그럼 장기도 좋아하느냐고 물었더니, 관심은 있지만 해 본 적은 없다고 하기에 가르쳐 주게 되었습니다.

아, 니시자키 씨 얘기를 하고 있었죠. 결국 〈세설〉을 계속해서 보게 됐는데 생각했던 것보다 훨씬 재밌어서 푹 빠져 끝까지 봤습니다. 니시자키 씨는 원작을 꼭 읽어 보라면서 소설 읽는 재미에 대해 얘기를 늘어놓았고, 그러는 가운데 자기는 작가가 되려고 한다고 열변을 토하기 시작했습니다. 그때 아마 이런 얘기를 했을 거예요.

인간의 존재 의의는 무의 상태에서 뭔가를 창조해 내는 데 있다고 생각하는데, 자신의 경우는 자신이 원하지도 않은 것들에 둘러싸여 있고, 주위 사람들은 그걸 축복이라고 말한다. 하지만 그거야말로 더할 수 없는 불행이 아닐까. 자신의 힘으로 뭔가를 창조해 내고 싶다고 간절히 원해 보지 않은 인간이 어떻게 소설을 쓴단 말인가. 한여름의 무더위와 겨울의 추위를 알지 못하는 인간이 사계절을 묘사할 수 있는가. 마음 깊이 원하는 것을 얻지 못하는 안타까움을 모르는 인간이 질투나 증오의 감정을 표현하는 것이 가능한 일인가. 그렇기 때문에 나는 우선 나 자신을 무의 상태로 되돌리고 나 자신이 원하는 것을 추구하고 있는 것이다.

요는 돈 많은 부자가 소설을 쓰기 위해 일부러 가난뱅이처럼 살고 있다, 이 말이었죠.

애당초 이런 곳에서 살 수밖에 없는 사람의 입장은 어떻겠느냐, 그런 생각이 들긴 했지만 니시자키 씨가 우리를 바보 취급한다는 느낌은 없었어요. 경제적으로 혜택 받은 환경에서 자랐으면서 일부러 가난합네 엄살떠는 사람들의 역겨움 같은 것이 전혀 묻어나지 않았기 때문이라고 생각해요.

그런데 생활은 둘째 치고, 니시자키 씨가 그렇게까지 하면서 문학에 매달리는 이유를 이해할 수 없었어요. 현재 니시자키 씨는 대학을 2년이나 유급하긴 했지만, 문학부가 아니라 법학부이니 졸업하기 위해 그러는 것도 아니고요.

그날은 속사정까지 묻지 않았지만, 그 후 몇 번인가 함께 식사할 때, 그래 봐야 니시자키 씨는 익힌 음식은 먹고 싶지 않다며 야채 스틱만 조금 집어 먹으면서 술을 마셨지만, 부모님은 뭘 하시냐, 왜 취직 활동도 안 하고 작가에만 집착하느냐, 그런 걸 물어봤어요. 그랬더니 자기가 쓴 작품을 건네면서 모든 답은 이 안에 있다, 그걸 읽으면서 알아채지 못한다면 얘기해 봤자 이해하지 못할 거라고 하더군요.

니시자키 씨의 수수께끼를 풀어 보고 싶어서 마치 추리 소설이라도 읽는 기분으로 읽어 봤어요. 그런데 하고 싶은 말이 뭔지 도무지 모를 소설이었습니다. 작은 새를 키우는데, 그 새가 자기 의지로 불에 타 죽도록 며칠 동안 굶긴 다음 뜨거운 오븐 속에 모이를 넣어 그 속으로 유인한다는 얘기인데, 문학이라기보다는 호러, 아니 블랙 유머 같은 분위기가 풍겼다고 생각합니다. 안도도, 잘 모르겠어, 그러더군요.

우리의 독해력이 모자라서 그랬다고는 생각하지 않아요. 니시자키 씨는 그 작품을 포함해서 소설 몇 편을, 뽑히면 동시에 아쿠타가와상 후보작이 되기도 하는 유명 문학상에 응모했는데, 번번이 1차 심사에서 떨어졌다거든요. 니시자키 씨는 "심사 위원들도 알고 보면 자신이 원하지도 않는 것에 둘러싸여 있으면서 그걸 당연히 여기는 작자들뿐이라니까." 그러더군요. 그 논리대로라면 나나 안도 같은 사람들은 그 작품을 이해할 수 있어야 하는데……. 보통 사람들에게는 니시자키 씨의 생각이 상당히 이해하기 힘든 것인지, 아니면 별다른 생각이 없는 것인지, 어느 쪽인지 잘 몰랐지만 반드시 알고 싶은 것도 아니었어요.

니시자키 씨를 보면서 참 잘생긴 사람이로구나 하는 생각은 많이 했지만, 좋다든지 사랑받고 싶다는 생각은 한 번도 해 본 적이 없습니다. 친구라고 하기에는 서로에 대한 이해도 별로 없어서, 역시 이웃이라는 표현이 가장 적절할 것 같네요.

그런 니시자키 씨가 어떻게 노구치 씨 댁에 있는 건지.

왜 노구치 씨와 나오코 씨가 쓰러져 있는지. 왜 노구치 씨는 머리에서 피를 흘리며 엎드려 있고 나오코 씨는 옆구리에서 피를 흘리며 자빠져 있는지. 어째서 니시자키 씨는 피 묻은 촛대를 손에 들고 있는지.

니시자키 씨는 얼빠진 얼굴로 저를 보고 있었지만 놀란 표정은 아니었습니다. 내가 노구치 씨 집에 있다는 사실을 이미 알고 있는 것 같았어요.

 저도, 또 니시자키 씨도 단 한 걸음도 움직이지 않고 한마디도 하지 않은 채 한동안 서로를 그렇게 마주 보고 서 있었습니다.

 그때 거실 입구 근처 벽에 붙어 있는 인터폰이 울렸습니다. 전화벨 소리인 걸로 봐서 현관에서 초인종을 누른 것이 아니라 1층 안내 데스크에서 연락이 온 것 같았습니다.

 누구지? 누구라도 좋으니 빨리 와 줬으면 하는 마음과, 이런 상황에 누가 오면 곤란한데 하는 마음이 뒤엉켜 복잡했어요.

N · 나루세 신지

 나루세 신지, 스물두 살, T대학 경제학부 국제 경제학과 4학년입니다.

 주소는 도쿄 도 ××시 ××4가 7-25, 다치바나 아파트 5호입니다. 본적지는 에히메 현 ××군 아오카게 촌 58-3. 그런데 이거 혹시 신문에 실리는 거 아니죠? 그랬다가는 큰일 납니다. 조그만 섬이라서요.

프렌치 레스토랑 '샤르띠에 히로타'에서 아르바이트를 시작한 건 도쿄에 올라온 뒤 처음 맞은 여름부터였습니다. 일주일에 네다섯 번꼴로 일했죠. 시급은 처음에는 900엔이었지만, 지금은 다양한 일을 하게 되어 1,500엔을 받고 있습니다. 하는 일은 처음에는 홀 서빙이었지만 작년부터는 출장 서비스를 주로 하고 있습니다. 오너인 히로타 씨도 친절하고, 다른 스태프들이나 같이 아르바이트하는 사람들도 다 좋은 데다 식사도 제공되기 때문에 아르바이트에 대한 불만은 조금도 없습니다.

노구치 씨 부부와는 모르는 사이입니다.

가게에 몇 번 왔다니까 본 적은 있을지 모르지만 기억에는 없어요. 그분들이 출장 서비스를 의뢰한 건 처음이었습니다. 거의 비공식적인 서비스인 데다 하루 한 건 한정이기 때문에 단골손님만으로도 금방 예약이 차 버립니다. 그래서 예약 스케줄을 보고, 웬일로 모르는 사람이 예약했지 싶었어요. 나중에 주문서에 적힌 주소를 보니 유명한 고급 맨션이라서, 아마 우리 가게 단골 고객이 지인에게 소개했나 보다고 생각했습니다.

그러니 노구치 씨 댁에 스기시타가 있는 걸 보고 깜짝 놀랄 수밖에요.

그녀에게 출장 서비스를, 아니 가게 자체를 소개한 사람은 바로 접니다. 하지만 그다지 친한 사이는 아니에요. 고3 때 같은 반이었는데, 가까운 자리에 앉았을 때 얘기를 몇 번 나눈 정도입니다. 도쿄로 올라와 있다는 건 알고 있었지만, 연락을 주고받은 적은 한 번도 없었습니다.

그러다 작년 말, 고등학교 동창회에서 다시 만났죠.

저뿐 아니라 시골 출신 특유의 습성이 아닐까 싶은데, 고향에 남은 동창생들에게 도시 얘기를 하는 게 자랑스러우면서도 어딘지 좀 께름칙해요. 특히 일하는 녀석들 앞에서는 학생이라는 사실이 미안해서 근황을 물으면 아르바이트 얘기만 하죠.

3학년 때 같은 반이었던 아이들끼리 적당히 나뉘어 앉았는데, 얘기를 나누다 보니 그중에 스기시타도 있었어요. 저희 레스토랑에 대해 들은 적이 있다고 하기에, 잡지에 실린 적이 있다는 등 이런저런 얘기를 하다 보니 어느덧 우리 둘만 남았더라고요.

도쿄의 레스토랑 얘기 같은 거, 시골 아이들한테는 그림의 떡이니까요.

가 보고 싶기는 한데, 최소한 일인당 3만 엔은 한다며. 그 정도로 맛있어? 그래, 맛있구나. 좋겠네. 아르바이트하는 사람들도 먹을 수 있어? 식사 같은 것도 제공되고? 맞아, 나루세 너희 집 요정 했었잖아. 혹시 너 요리도 하니?

주로 그런 걸 물었고, 그래서 제 일에 관해 얘기해 주었습니다. 저는 요리는 하지 않습니다. 주로 서빙을 하죠.

우리 집은 한 4년 전까지 요정을 했어요. 유서 깊다고 할 정도는 아니지만 꽤 오래전, 메이지 시대 때부터 해 왔고, 전성기에는 관혼상제를 비롯해 섬에서 벌어지는 행사란 행사는 거의 저희 가게가 도맡아 했나 봐요. 제가 철이 들 무렵에는 완전 하향세였지만, 그래도 주말이면 항상 연회가 있었어요. 어렸을 때부터 그런 걸 보고 거들며 자랐기 때문에 일에는 금방 적응할 수 있었습니다.

주제넘다고 생각하면서도 요리의 담음새에 대해 참견한 적도 있습니다.

그런 것들이 도움이 되었는지, 사장이 친구들의 부탁을 받아 사사롭게 해 주던 출장 서비스가 가게 사업의 일환으로 채택되었을 때도 일찌감치 지목을 받았습니다. 만들어진 요리를 배달하는 것은 물론, 접시에 보기 좋게 담아야 하고, 서빙도 해야 하고, 거기에 맞는 와인도 선별해야 하는데, 그런 일을 아무에게나 맡길 수는 없었나 봅니다. 와인에 관한 지식은 그때 오너에게 철저하게 배웠지만요. 고등학교를 졸업하자마자 운전면허도 땄기 때문에 출장 서비스 시작과 동시에 그쪽이 저의 주 업무가 되었습니다.

처음 한동안은 주차장을 제대로 못 찾기도 하고 계단으로 왜건을 운반해야 할 때도 있고 익숙지 않은 남의 부엌에서 일해야 하고, 그런 등등의 일로 신경을 쓰다 보니 녹초가 되기도 했지만, 점차 익숙해져 손님들과 친해지다 보니 팁을 주는 사람도 있고 명절에 받은 선물 같은 걸 나눠 주는 사람도 있어서 일이 상당히 마음에 들게 되었습니다.

여자들에게 인기 있는 가게라는 건 알고 있었지만, 스기시타가 어찌나 열심히 물어 대던지, 출장 서비스 때 있었던 재미있는 일도 얘기하고 그러다가 지갑 속에 몇 장 넣어 두었던 가게 명함을 꺼내서 필요하면 불러 달라고 건넸죠.

스기시타는 명함을 지갑 속에 넣으면서도, 그 낡은 빌라에 어떻게, 그러더군요. 어떤 곳에 사는지는 몰라도, 얼마 만에 마셔 보는 진짜 맥주인지 모르겠네, 어쩌고 하는 걸로 보아 그녀가 출장 서비스를 의뢰하는 일은 없겠다고 생각했습니다.

예약 전화를 건 사람은 노구치 씨였습니다.

그 전화를 제가 받았는데, 전에 가게를 방문했을 때 먹었던 메인 요리를 아내가 마음에 들어 했다면서 그걸 코스에 포함시켜 달라고 하는데 어떤 요리인지 잘 몰라서 사장을 바꿔 주었어요.

4인분을 주문받았습니다. 사람 수가 더 많을 경우 스태프 둘이 나가지만 네 명 정도는 혼자서도 충분합니다. 단골손님 댁이니까 혼자 가도 문제는 없을 거라고 사장이 말했고 제 생각도 같았습니다.

  그런데…….

예약받은 날짜인 1월 22일의 출장 서비스 담당은 저였습니다.

  당일, 예약 시간 10분 전인 6시 50분에 맨션 입구에 도착해서 안내원에게 댁으로 연락을 취해 달라고 부탁했습니다. 안내원이 번호를 누르고 잠시 기다리는데, 반응이 없는 것 같았습니다. 시간 약속이 되어 있는데 이상하다고 생각했죠. 안내원은 수화기를 내려놓더니 잠시 후에 다시 연락해 보겠다고 했지만, 음식이 식으면 곤란하기 때문에, 주문서를 보여 주며 이 시간에 예약되어 있으니 다시 전화해서 받을 때까지 기다려 달라고 했습니다. 그랬더니 그제야 응답이 있었어요.

  답답한 마음에 카운터 너머로 몸을 들이밀고 있었기 때문에 수화기에서 흘러나오는 소리를 들을 수 있었습니다. "누구야?" 하는 남자 목소리더군요. 안내원이 "'샤르띠에 히로타'에서 출장 서비스 나오셨답니다."라고 알리자 잠시 후에 "취소라고 전해."라는 말이 들리더군요.

  취소되는 일이 처음은 아니었습니다. 당일에 몸 상태가 안 좋다든지 급한 볼일이 생겼다며 취소하는 손님도 몇 번인가 있었습니다. 심지어 실연당해서 취소한다는 사람도 있었고요. 하지만 그렇게 일방적으로 취소당하는 경우는 처음이었어요. 출장 서비스 규약에 따르면 당일 취소는 고객이 전액을 부담하기로 되어 있어 음식만 옮겨 놓고 돌아가라는 손님도 있었기 때문에 거기에 대해서도 물어볼 겸, 돈도 받아야 하고 해서 안내원에게 다시 한 번 호출해 달라고 했습니다. 처음 오는 곳은 이래서 싫어, 그렇게 생각하면서 말이죠.

이번에는 금방 응답이 있었습니다.

바꿔 달라고 하시는데요, 그러면서 안내원이 수화기를 내밀더라고요. 영문도 모르는 채 수화기를 받아 들었는데······.

나루세 군이지? 도와줘!

갑자기 여자 목소리가 튀어나오며 내 이름을 불러 깜짝 놀랐습니다. 누구 목소리인지도 모르면서 이름만 듣고 반사적으로 뛰었습니다. 왜건은 입구에 그대로 놓아둔 채로요. 엘리베이터를 타고 48층으로 올라가서 노구치 씨 댁 인터폰을 눌렀지만 반응이 없기에 문손잡이를 잡고 당겼더니, 문이 잠겨 있지 않았어요.

체인 말인가요? 그러고 보니 있었던 것 같기도 한데, 그런 것까지 신경 쓸 틈이 없었어요. 그게 왜요, 확인요? 그러니까, 문이 잠겨 있지 않았다니까요.

문을 열고, 샤르띠에 히로타에서 나왔습니다, 라고 외치자 바로 앞에 있는 방에서······ 스기시타가 나왔습니다.

창백한 얼굴로 휘청거리며 다가온 그녀는 딱 한 마디, "경찰을."이라고 웅얼거렸어요. 그때 바로 경찰에 신고를 하는 게 좋았을지도 모르지만, 느닷없이 스기시타가 나타나 놀란 데다 상황을 파악할 수 없어서 일단은 무슨 일인지 물어보기로 했습니다.

설마 그 안에 노구치 씨 부부가 죽어 있고, 게다가 범행을 저지른 자까지 거기에 있을 줄은 꿈에도 몰랐습니다.

N · 니시자키 마사토

니시자키 마사토, 스물네 살. 직업, 작가. 데뷔는 하지 않았습니다. 그런 설명은 필요 없다고요? 무례하군. 그럼, M대학 법학부 법률학과 4학년. 2년 유급했지만.

주소는 도쿄 도 ××구 ××24, '들장미 하우스' 11호. 본적지는…… 이 사건과는 관계없다고 생각하는데, 말해야 하나요? 하는 수 없군. 가나가와 현 ××시 ××2745-3. 하지만 오래전에 부모 자식의 연을 끊었으니 거기 사람들한테 나에 대해 물어봐야 모른다고 할 텐데.

그럼 뭐부터 얘기할까요. 나오코에 대해서?

그녀는 나의 여신…… 참, 내. 그런 게 아니라니까.

나오코를 처음 만난 건 반년 전 여름이었지. 비 내리는 어느 저녁, 서점에서 돌아오는데 옆집인 스기시타네 집 앞에 낯선 여자가 무릎을 껴안고 웅크리고 있더라고. 그녀가 바로 나오코였어.

눈이 마주쳤기에 고개만 까딱하고 집으로 들어갔는데, 한참 후에 커튼을 닫다가 창밖을 내다봤더니 그녀가 아직도 그 자리에 그대로 있는 거야. 신경이 쓰여 밖으로 나가 봤지.

내가 이상하게 생각할까 봐 그랬는지 자기가 먼저 말을 걸더라고. 노조미 씨를 찾아왔는데 몇 시쯤 돌아오느냐고 말이야.

아, 노조미 씨. 스기시타 말이군요.

친분이 있다고는 해도 일정을 파악할 정도는 아니었지만, 그녀가 청소 회사에서 아르바이트를 하고 있고 야간작업에 들어가면 새벽녘이나 돼야 돌아온다는 소리를 들은 적이 있어서 오늘 저녁 안으로 들어올지 어떨지 확실치 않다고 대답했어.

그녀가, 어떻게든 연락을 취할 수 없겠느냐고 물었지만, 나는 스기시타의 휴대 전화 번호를 몰랐고, 나오코는 집에서 허둥지둥 나오는 바람에 휴대 전화를 놓고 왔다니 연락할 방법이 없었지.

그런데 나오코가 여기서 좀 더 기다려 보겠다고 하는 거야. 어둡지, 빗발은 점점 굵어지고 처마 밑까지 들이치지, 그녀는 우산도 없이 여기까지 왔는지 이미 푹 젖어서 몹시 추위하지⋯⋯. 아무래도 그냥 놔두기 뭐해서 괜찮으면 우리 집으로 들어와서 기다리시죠, 하고 말해 보았어. 딴마음은 조금도 없었어, 그때는.

나오코는 약간 경계하는 눈치더라고. 그래서 문을 잠그지 않을게요, 했더니 그럼 신세 좀 지겠다면서 내 집으로 들어왔어. 목욕 타월을 건네고, 커피를 뜨겁게 끓여 주었지. 그리고 몸이 좀 녹을 즈음이었나.

노조미 씨와 친하세요? 그렇게 묻더군. 모르는 사람의 집에 있기가 불안하겠다 싶었어. 그래서 그녀의 긴장을 풀어 주기 위해 스기시타 얘기를 하기로 했지.

태풍을 계기로 스기시타와, 또 작년까지 2층에 살았던 안도라는 녀석과 친해졌다, 가끔 모여서 한잔하기도 한다, 그런 얘기들.

어머, 안도 씨도 아세요? 나오코는 그 녀석도 알고 있었어. 그리고 조금씩 경계를 푸는 것 같더라고. 좁은 방 안을 휘 둘러보더니 스기시타의 물건, 이랄까 내 방에서 약간 튀는 것들을 몇 개 발견하더군. 돌고래 그림이 그려진 머그 컵, 딸기무늬 젓가락 등 주로 먹는 데 쓰는 도구들.

혹시, 연인 사이인가요?

당신도 지금 그 생각을 했을지 모르겠는데, 나오코가 그렇게 물었어. 하지만 난 그 질문으로 나오코와 스기시타가 별로 친한 사이는 아니라는 걸 알았지. 스기시타에게는 그녀의 세계에 그 녀석밖에 존재하지 않는 게 아닐까 싶을 정도로 사랑하는 사람이 있는데, 그 녀석, 나랑은 닮은 구석이라고는 없거든.

하지만 그건 미치도록 괴로운 짝사랑이어서 때로는 스기시타가 거기에 휩쓸려 산산조각 나는 게 아닐까 걱정스러울 정도였어. 그래서 어떻게든 해 주고 싶은 마음에 스기시타에게 내 작품을 읽어 보게 했는데.

내 기대와 달리 전혀 이해를 못하는 것 같더군. 문학에 문외한인 사람들이 오히려 더 문학적인 인생을 사니 세상이란 참 아이러니하지.

하긴 나는 스기시타가 좋아하는 장기를 이해하지 못하니까 취미가 맞지 않는 건 피차 마찬가지였지만, 서로에게 굳이 잘 보이려고 하지 않는 점은 공감할 수 있어서 그런대로 편한 관계였지.

연인 사이냐는 물음에는 대답하지 않은 채 나오코에게 그쪽은 스기시타와 어떤 관계냐고 물었더니, 글쎄요, 하고 미소를 지으면서 이렇게 말하더군.

노조미 씨가 손에 넣고 싶어 하는 게 무언지 나는 안다. 그것이 매우 보잘것없는 것이라는 것도. 그런데도 나는 노조미 씨가 부럽다. 갖고 싶은 것이 있는 그녀가 부럽다. 하지만 나는 노조미 씨가 되고 싶지는 않다. 그런 관계라나.

내 생각도 같았어.

나도 그들이 부러웠어.

이 사람이라면 내 작품을 이해해 줄지도, 그런 기분이 들어서 초면인데도 불구하고 내가 제일 자신 있어 하는 작품을 그녀에게 보여 주었지. 그랬더니 그녀가 눈물을 흘리기 시작하는 거야.

당신도 감옥에서 도망쳐 나왔군요. 나랑 똑같아요.

나오코는 폭력으로 자기를 속박하려는 남편에게서 도망쳐 나왔다고 했어. 그리고 블라우스 소매를 살짝 걷어 올리는데, 그 말이 거짓이 아니라는 걸 금방 알 수 있었어. 속이 비칠 듯이 하얀 피부에 점점이 떠오른 검붉은 멍이 마치 탈출구를 찾아 헤매는 짓눌린 비명 같았거든. 그래서 나는 그 하나하나의 외침을 들어 주지 않을 수 없었지.

좀 더 알기 쉽게 말하라고? 나오코와 했느냐 안 했느냐, 그걸 분명하게 말하라고? 천박하기는. 숭고한 행위를 그따위 말로 대신하려 드니까 문학을 이해하는 인간이 없어지는 거야.

했어요. 했, 습, 니, 다. 어때, 이제 만족하나?

전철이 끊길 시간이 다 되었는데도 나오코는 돌아갈 기미를 안 보이더라고. 그래서 나는 그녀에게, 괜찮다면 언제까지든 있어도 된다고 말했지. 그랬더니 그녀는 가겠다고 하더군. 스기시타가 돌아올 때까지 기다려 보는 게 어떻겠냐며 붙들어 봤지만 "당신을 만났으니 됐어요."라고 했어. 그리고 우리 둘이 만났다는 사실은 노조미 씨에게 비밀로 해 주세요, 라고도.

스기시타를 찾아왔다면서 왜 그럴까 생각했지만 "노조미 씨는 우리 남편에게 빌붙어 취직자리나 얻어 볼까 하고 있으니 나를 배신할지도 몰라요."라기에 납득할 수 있었어. 당시에 일자리를 구하려고 한창 애쓰고 있던 스기시타가 고향에는 절대 돌아가고 싶지 않다는 말을 자주 했기 때문에, 여차하면 그럴 수도 있겠다는 생각이 들었던 거지. 아, 이거, 스기시타에게는 비밀이야.

스기시타의 취직? 어딘가 대기업으로 결정이 났다고 들었어. 그런데 그거, 이 일과는 관계없는 거 아닌가?

나오코와 둘이 만날 때는 되도록 그녀의 맨션에서 멀리 떨어진 장소를 택했어.

하기야 만났다고 해도 겨우 한 달에 두 번, 다 합해도 열 손가락으로 꼽을 정도밖에 안 되지만. 11월에 들어서 갑자기 휴대 전화가 불통이더라고. 그래서 그 폭력 남편에게 발각됐나 했어.

양심에 꺼릴 만한 일이 전혀 없었을 때부터 폭력을 휘둘러 왔다니, 남자가 있다는 사실이 탄로 났다면 그녀는 어떻게 되는 걸까. 그 생각을 하면 밤잠을 잘 수가 없었어. 스기시타와 의논해 볼까도 생각했지만, 혹시 우리 관계를 떠벌린 사람이 스기시타가 아닐까 하는 의심도 들어 그만뒀어.

그렇다고 달리 묘안이 떠오르는 것도 아니고, 매일 밤 꿈속에 악마 같은 남편의 폭력에 시달리는 나오코가 나타나는 바람에 가위에 눌릴 뿐이었지.

그러다가 해가 바뀌고 열흘쯤 지났을 때였나, 그녀에게서 연락이 왔어. 공중전화에서 걸었대. 감금돼 있다는 거야. 휴대 전화도 해지되고, 현관문 밖에는 체인까지 설치돼 있고. 지금은 남편과 외식하러 나왔는데, 간신히 짬이 생겨 빠져나와 전화하는 거라고.

도와줘. 그녀가 그렇게 말했어. 그 말을 듣는 순간, 머릿속에 그 검붉은 멍이 떠올랐어.

어떻게 하면 좋겠어?

다음 주말에 스기시타 씨와 안도 씨가 집으로 식사하러 오기로 되어 있는데, 남편은 서재에서 한동안 그들과 장기를 둘 테니까, 그때 데리고 나가 줘. 그리고 이 전화는, 지금 아이디어가 하나 떠올랐는데, '라 플뢰르 마키코'라는 꽃 가게에 빨간 장미를 저녁 6시까지 배달해 달라고 주문한 전화였다고 할 테니까, 그 꽃 가게 사람인 척해 줬으면 좋겠어.

사건 당일, 나는 나오코가 알려 준 꽃 가게에 가서 빨간 장미를 샀어. 벨을 눌렀을 때 남편이 현관에 나와도 의심받지 않도록 사전에 그 꽃 가게 점원의 복장도 확인해 두었지. 하얀 셔츠에 검은 바지, 그리고 그 위에 검은 앞치마 차림. 비슷한 것을 준비하는 건 그리 힘들지 않았어.

  맨션 입구에 도착한 시간은 6시 반 직전. 꽃을 사는 인간들이 그토록 많을 줄이야. 안 그래도 짜증이 나 있었는데, 이렇게 새장처럼 좁은 곳에 나오코를 가두었다고 생각하니 분노가 치밀어 올랐어. 안내원에게 도착했다고 알려 달라고 부탁한 다음 엘리베이터를 타고 올라가 보니 정말로 현관문 바깥쪽에 체인이 달려 있었어.

  정말 미쳤다고밖에 할 수 없지. 어떻게든 데리고 나가지 않으면 그녀가 남편 손에 죽을 것만 같았어.

  인터폰을 누르고 기도하는 마음으로 기다리고 있는데, 다행히 나오코가 문을 열어 주었어. 나오코, 나오코, 나의 나오코……

  나는 다짜고짜 그녀의 손을 잡아끌었어.

  그런데, 그녀가 문밖으로 나오려 하지 않는 거야. 문밖을 뚫어져라 바라보면서 "죽일지도 몰라."라고 중얼거리더니 그 자리에서 꼼짝도 하지 않은 채 부들부들 떨었어.

  괜찮아, 내가 있으니까. 그렇게 말하고서 다시 데리고 나가려

했지만, 그녀는 고개를 저으며 나를 안쪽으로 끌어당기더니, 문을 닫고 그 자리에 주저앉고 말았어. 그때 남편이 나왔어.

어이, 너 뭐야. 그렇게 고함을 지르면서 내게 바짝 다가오더니, ……아마 진짜 꽃 가게 점원이었더라도 그게 남자였다면 얻어터졌을 거야. 이쪽 말은 듣지도 않고 냅다 문에다 밀어붙이고는 주먹을 몇 방이나 날렸어.

저항? 하려고 했지. 하지만 첫 방을 관자놀이에 정통으로 맞는 바람에 의식이 가물가물해져서 속수무책으로 맞는 수밖에 없었어. 이렇게 죽는 건가 생각했을 정도였지. 그때 나오코가 "그만 해."라고 소리를 쳐서 그 자식이 멈추기는 했는데…….

그 탓에 분노의 화살이 나오코를 향하고 말았지.

그녀는 곧바로 집 안으로 도망쳤고, 남편도 그 뒤를 쫓아갔어. 나도 얼른 쫓아가고 싶었지만, 머릿속이 몽롱하고 다리에 힘이 빠져 일어설 수가 없었는데…….

나를 배신하겠다는 거야!

그 인간이 발악하는 소리가 울리고, 하지 마, 라는 그녀의 가냘픈 소리가 들렸어. 있는 힘을 다해 일어서서 안쪽으로 들어가 보니 주방에 있는 싱크대 앞에 그녀가 쓰러져 있었어. 옆구리 근처가 붉게 물들어 있고, 부엌칼인지 뭔지, 아무튼 칼이 거기 꽂혀 있었어.

그 인간은 내가 들어왔다는 것을 아는지 모르는지, 내게 등을 보인 채 나오코를 내려다보고 있었어. 테이블 위도 엉망진창이었지. 어쩌면 칼을 먼저 쥔 사람이 나오코일지도 모르겠지만, 내게 그런 건 아무 상관 없었어.

난 발치에 떨어져 있는 촛대를 집어 들고 천천히 다가가, 뒤에서 그 인간의 머리를 힘껏 내리쳤어.

……그러니까, 노구치를 죽인 사람은, 나야.

낮은 소리로 신음하다 쓰러진 채 움직이지 않는 그 인간을 나는 멍하니 내려다보았어. 내가 무슨 짓을 저질렀는지 깨닫지 못한 채. 우습지만, 나오코를 찌른 후의 그 인간과 똑같은 상태였는지도 모르지.

발소리는 전혀 들리지 않았는데 갑자기 등 뒤에서 무슨 기척이 느껴져 돌아봤더니…….

스기시타가 서 있었어.

지금 온 건가, 아니면 벌써부터 와 있었나. 언제부터 보고 있었지. 어디부터 봤을까. 어떻게 하면 좋을까. 이 상황을 설명해야 할까, 이대로 도망쳐야 할까. 내가 그런 생각을 하는 동안 그녀는 한마디도 하지 않고 망연히 나를 쳐다보기만 했어.

만약 이대로 도망치면 스기시타는 나를 감싸 줄까.

스기시타까지 죽이고 도망치자는 생각은 들지 않았어. 애당초 누군가를 죽일 생각으로 온 건 아니었으니까.

그때 인터폰이 울렸어. 무시했더니 그냥 끊어지더군. 그런데 곧바로 다시 울렸어. 이번에는 상당히 오래.

저 인터폰을 걸고 있는 사람이 밑에 있을 테니, 지금 도망치면 수상하게 여길지도 모른다, 그런 생각에 수화기를 들었더니, 레스토랑에서 출장 서비스를 나왔다는 거야. 그렇다면 그냥 쫓아 보낼 수 있겠다 싶어 취소하겠다고 했어.

그렇다고 이 사태를 어떻게 수습하면 좋을지 대책이 떠오른 것은 아니었어.

그러는 동안에도 스기시타는 아무 말 없이 나를 보고 있었어. 눈앞의 광경이 믿기 어려워 말이 나오지 않는다는 표정이었지. 일단 스기시타를 데리고 여기서 도망칠까 하는 생각도 했어.

그 와중에 또 인터폰이 울렸어. 이번에야말로 무시하려고 했는데 갑자기 스기시타가 수화기를 들더니, 가게 사람을 바꿔 주세요, 아무개지, 도와줘, 하고 외치는 거야. ······그래서 모든 걸 포기했어.

이제는 도망칠 수도 없고, 도망쳐 봐야 소용없다는 것도 깨달았어. 그보다, 나오코가 없는 세상은 아무런 가치가 없다는 것을 뒤늦게 깨달았지. 잠시 후, 이번에는 인터폰에서 딩동, 소리가 울렸어. 방어 태세를 취하는데 문이 열리는 소리가 나더니 "샤르띠에 히로타에서 왔습니다." 하는 소리가 들렸어.

스기시타가 튕기듯 뛰어나가기에 그길로 신고하려는 줄 알

앉어. 그런데 요리사 같은 차림을 한 나루세라는 녀석을 데리고 들어오더군. 동창생이야, 라며. 아는 사람이 나타나서 안심했는지 스기시타도 겨우 냉정을 되찾는 것 같았어. 이 사람은 우리 옆집에 사는 니시자키 씨야, 라고 나를 나루세에게 소개할 정도였으니까.

나루세는 그 참상을 목격하고 나서도, 나보다 나이도 어릴 텐데, 비교적 침착하게 스기시타에게 "대체 무슨 일이지?"라고 물었어. 나도 그걸 알고 싶었어. 스기시타가 본 것을.

모르겠어. 방음 장치가 된 서재에 내내 있었는데, 필기도구를 빌리려고 문을 열고 나왔더니 거실에서 신음 소리가 들렸어. 그래서 와 봤더니 니시자키 씨가 있고, 이런 일이 벌어져 있었어.

스기시타는 그렇게 말했어. 아무것도 보지 못했다는 말인가. 그렇다면, 얼버무려 버릴까, 그런 생각을 했지.

노구치 부부가 말다툼을 벌이다가 서로 상대방을 죽였다고 할까. 하지만 그러면 비록 죽었다고는 해도 나오코가 범죄자가 되는 거잖아. 아무리 나 자신을 지키기 위해서라고 해도 그렇게 비겁한 짓은 할 수 없었어. 게다가.

나는 나오코를 죽인 그 인간을 해치웠어. 어떤 의미에서는 복수라고 할 수 있지. 나의 그런 행동을 후회하고 싶지 않았어. 잃을 것은 하나도 없었지. 그렇다면 나오코만을 생각하며 그에 합당한 형을 받기로 한 거야.

나를 시건방진 애송이라고 생각하며 듣고 있을지 모르겠지만, 이것만은 진심……입니다.

나는 스기시타와 나루세에게 일이 이렇게 된 경위를 포함해서 모든 것을 털어놓았어. 스기시타는 내가 나오코와 사귀고 있었다는 사실에는 놀랐지만, 나오코가 폭력에 시달리고 있다거나 감금당한 상태였다는 것은 알고 있어서 자신도 도와줘야겠다고 생각했던 모양이야. "니시자키 씨는 잘못한 거 없어. 노구치 씨의 폭력에서 나오코 씨를 구하려고 한 거잖아." 그렇게 말해 주더군. 나오코가 칼에 찔리기 전에 그렇게 할 수 있었다면 얼마나 좋았을까.

나와 스기시타는 나오코 옆에 앉아, 도와주지 못해 미안하다면서 울었어. 아름다운 그녀의 모습을 내 두 눈에 새겨 두자, 이 부드러운 피부의 감촉을 내 두 손으로 기억하자, 그렇게 생각하며 그녀의 몸을 만지려는 순간…….

건드리지 않는 게 좋을 거야, 그러면서 나루세가 나를 제지했어. 그리고, 신고가 늦어질수록 불리해지는 건 당신이야, 라고도. 그 녀석을 부른 스기시타의 판단이 옳았던 것일까.

그런데 방문객은 그걸로 끝이 아니었어.

가령 나루세가 안 왔더라도, 좀 있다가 안도가 나타나 똑같이 행동하지 않았을까.

뭐, 아직 물어볼 게 더 있다는 거야?

······나오코가 유산? 그런 말은 한마디도 들은 적이 없는데.

유감이지만, 내 아이가 아니라는 것만은 백 퍼센트 단언할 수 있어.

N · 안도 노조미

안도 노조미, 스물세 살입니다. M상사 영업부에 근무하고 있습니다.

주소는 지바 현 ××시 ××24-3-303, 회사 독신자용 기숙사입니다. 본적지는 나가사키 현 ××시 지하야 5672-4, 지하야는 인구 3천 명이 될까 말까 한 작은 섬입니다.

스기시타도 똑같은 얘기를 했겠지만, 노구치 씨 부부를 만난 건 재작년 여름, 이시가키 섬에 갔을 때입니다. 장기와 스쿠버 다이빙으로 인연이 되어 여행에서 돌아온 후에도 식사에 초대받거나 해서 그 집을 방문하게 되었습니다.

그러나 제가 M상사에 입사할 수 있게 된 것이 노구치 씨의 입김 때문이라는 회사 내의 소문은 순전히 오해입니다.

노구치 씨를 만났을 때는 이미 취직이 결정된 상태였으니까요.

노구치 씨는 "저런, 좀 더 일찍 만났더라면 그 더위에 고생하지 않아도 됐을 텐데."라고 말했지만, 인생을 좌우할 중요한 기로에서 남에게 신세를 져야 할 만큼 제가 무능한 인간은 아니라고 생각합니다.

다만, 입사 후, 다들 못 들어가서 안달하는 영업부 프로젝트과로 발령이 난 것은 과장인 노구치 씨가 손을 써 주었기 때문이라고 생각합니다.

노구치 씨는 능력도 있는 데다 부하 직원들도 잘 챙겨서 과원들 모두가 그를 잘 따랐기 때문에 그런 노구치 씨와 개인적인 친분이 있다는 걸 입사 초기에는 굉장히 자랑스럽게 여겼습니다. 그 모든 게 스기시타 덕분이었죠.

학생 시절에 살았던 '들장미 하우스'에서 스기시타나 니시자키 씨와 친해지게 된 건 태풍이 계기였습니다. 니시자키 씨는 분위기가 좀 독특해서 대하기 껄끄러웠지만, 스기시타와는 지방의 섬 출신이라는 공통점에다 이름마저 똑같아서 마음이 잘 맞았고, 덕분에 친구라고 부를 수 있는 사이가 되었죠.

장기를 가르쳐 준 것도, 스쿠버 다이빙을 하러 가자고 한 것도 스기시타였습니다.

그런데 조금씩 직장 생활에 익숙해지면서, 모두가 노구치 씨를 높게 평가하는 것은 아니라는 사실을 점차 알게 됐습니다. 신세진 것도 있고, 게다가 이미 돌아가신 분에게 험담을 하자니 마음에 걸립니다만…….

사실 노구치 씨는 일의 공로를 독차지하려는 경향이 있었습니다.

예를 들어, 노구치 씨가 팀의 리더였던 프로젝트가 성공리에 끝나면 노구치 씨가 좋은 평가를 받는 것은 당연한 일이지만, 상사에게 보고할 때 마치 자기 혼자 일을 한 것처럼 얘기합니다. 팀의 성공을 축하한다며 비싼 고기 집에 데려가 한턱 쏘곤 하니까 당시에는 노고를 치하 받는 느낌이 들지만, 인사 고과에는 반영되지 않는다고 할까. 교묘하게 이용당한 꼴이 되고 말죠.

저는 아직 신입 사원이기 때문에 노구치 씨 팀에 들어간 것도 딱 한 번뿐이지만, 오래도록 같은 부서에 있던 사람들은 뒤에서 불만들을 털어놓는 것 같았습니다.

그래도 사업이 성공적으로 이루어지는 동안에는 괜찮았는지도 모릅니다.

그런데 작년 10월, 노구치 씨 팀이 회사 전체에 막대한 손실을 끼칠 만한 중대한 실수를 저지르고 말았습니다. 신문에도 실린 예의 유전 개발 사업 말입니다. 팀이 문제가 아니라 과 전체가 연일 들썩거릴 정도로 바빠서 다들 스트레스가 이만저만이 아니었습니다. 그리고 그 화살이 전부 노구치 씨에게 향하는 듯했습니다.

그 시작은 노구치 씨 본인에 관한 험담이었지만, 차츰 부인인 나오코 씨 이름까지 들먹여지게 되었죠. 나오코 씨는 전무의 따님으로, 노구치 씨와 결혼하기 전까지 우리 회사의 안내원으로 일했기 때문에 사원들 대부분이 얼굴을 알고 있었습니다.

젊고 잘생긴 남자와 걸어가더라, 팔짱을 끼고 있었다, 호텔로 들어가는 걸 봤다.

어디까지가 사실인지는 알 수 없었지만, 저는 믿기 힘들었습니다. 제가 보는 한 나오코 씨는 노구치 씨가 지켜 주지 않으면 살아갈 수조차 없지 않을까 생각될 정도로 노구치 씨를 사랑하고, 또 사랑받으려고 매달려 있었기 때문입니다.

그러나 소문은 갈수록 점점 확대되었습니다. 개중에는 노구치 씨를 중상하는 메일을 익명으로 보낸 사람도 있었으니 노구치 씨가 전혀 눈치채지 못했을 거라고는 생각하지 않습니다.

그때 전 오히려 노구치 씨를 다시 보게 됐습니다. 정신적으로 몹시 힘겨울 텐데도 있는 힘을 다해 사업을 되살리려고 애썼고, 사내에서 감정적으로 말하거나 행동하는 일도 없었을뿐더러 전과 다름없는 태도로 사람들을 대했기 때문이죠.

장기를 두자고 저를 부르기도 했습니다. 장기를 두다가 자신이 불리해지면 중단하고 다음날로 넘기는 버릇은 여전했지만, 저 역시 금방 승부가 나는 것보다 노구치 씨가 어떤 작전을 생각해 올까 예측하는 게 재밌어서 매번 두말 않고 중단을 받아들였습니다. 그러다가 결국 지고 맙니다마는.

대국할 때 노구치 씨는 장기 이외의 일은 한마디도 입에 올리지 않습니다. 그래서 장기판을 사이에 두고 진지하게 마주 앉아 있다 보면 소문 따위는 전부 거짓말이라는 생각도 들었습니다.

그럴 때였습니다. 스기시타에게 연락이 온 것이.

나오코 씨의 상태가 이상하다. 중병에 걸렸는지도 모르겠다. 그러면서 함께 문병을 가자고 하더군요.

그리고……, 봐서는 안 될 걸 보고 말았습니다.

현관문 바깥쪽에 설치된 체인요.

노구치 씨가 아무리 나오코 씨를 염려하는 듯한 모습을 보여도 그게 모두 연기가 아닐까 하는 불신감이 차오를 정도로 그 체인은 제 눈에 섬뜩하게 보이더군요. 체인을 신경 쓰는 저와 스기시타에게 노구치 씨는, 나오코가 유산 때문에 정신적으로 불안정한 상태이고 훌쩍 밖으로 뛰쳐나간 일도 있어서 어쩔 수 없이 설치한 것이다, 그렇게 말했습니다. 하지만 전, 그렇다면 더 좋은 방법이 있지 않았을까 생각했죠.

그건, 아무리 봐도, 나오코 씨를 위한 게 아니었습니다.

스기시타 역시 불신감이 드는 듯했지만, 경찰에 신고할 정도의 일은 아니라고 생각했습니다. 결국 남의 부부 문제니까요. 그러고는 일에 쫓기다 보니 체인 일을 까맣게 잊고 말았습니다.

노구치 씨와는 회사에서 날마다 얼굴을 마주치지만, 저는 낮에 주로 외근을 하기 때문에 사적인 얘기는 하지 못한 채 설 휴가를 맞았습니다.

어디서 보냈느냐고요? 취직하고 처음 맞는 설이어서 일단 고향으로 내려갔습니다.

노구치 씨로부터 식사에 초대받은 것은 정초의 12일, 수요일이었습니다. 그 전주의 대국이 저에게 상당히 유리하게 진행된 상태에서 중단되었기 때문에 아마도 반격할 작전이 떠올라 재개하려나 보다 생각했는데, 나오코 씨의 기운을 북돋우기 위한 파티라고 하더군요.

많이 회복되었으니 꼭 만나러 와 주었으면 한다고요.

실은 제안한 사람이 스기시타라는 말을 듣고, 지난번 일을 완전히 남의 일로 여긴 나 자신을 반성했습니다.

하지만 결국은 그날 대국을 하기로 되어 저녁 7시쯤 가기로 했습니다.

초대받은 날, 6시 조금 넘어 맨션에 도착했습니다.

그날 안으로 완성하고 싶은 보고서가 있어서 휴일이지만 출근했는데, 생각보다 일이 빨리 끝난 데다 딱히 할 일도 없고 해서 좀 일찌감치 가기로 했습니다.

맨션 입구에서 노구치 씨에게 인터폰을 했더니, 일 관계로 하고 싶은 얘기가 있으니 라운지로 가서 기다리라고 하더군요.

안내원에게 라운지에 가서 노구치 씨를 기다리기로 했다고 말한 다음 엘리베이터를 타고 맨 꼭대기 층으로 올라갔습니다. 그런데 창가 자리에 앉아 커피를 주문하고 잠시 기다려도 노구치 씨는 나타나지 않았습니다. 사실 라운지에 가 있으라고 할 때부터 그런 예감은 있었습니다. 전화로도 안절부절못하는 기색이 전해졌으니까요.

보나 마나 지금쯤 지난번에 중단된 대국을 반격할 방법을 궁리하고 있겠지, 그렇게 생각하고 카운터에 비치된 잡지를 빌려 보며 시간을 보내기로 했습니다.

평소에 여유 시간이 별로 없는 탓인지, 잠시 깜빡 졸았나 봅니다. 퍼뜩 눈을 뜨고 시계를 보니 7시 반이 다 됐더라고요. 얼른 자리에서 일어났습니다. 혹시 노구치 씨가 왔다가 제가 자는 걸 보고 그냥 돌아갔을지도 모른다는 생각에 라운지 지배인에게 노구치 씨가 오지 않았었냐고 물어봤습니다. 하지만 그건 기우였습니다.

아직도 장기판만 노려보고 있겠지, 하면서 노구치 씨 댁으로 향했습니다.

여전히 체인이 매달려 있어서 놀랐습니다.

벨을 누르자 스기시타가 나왔어요. 그런데 안으로 들어가지 말라는 겁니다. 아무리 장기 때문에 붙들어 두는 거라지만, 약속 시간도 지났는데 사람을 이런 식으로 취급하다니 너무하는 거 아닌가 싶더군요.

져도 좋아. 아니 차라리 지는 게 낫겠어. 내가 좋은 수를 알려 줄 테니까 스기시타가 생각해 낸 걸로 하고 가서 노구치 씨에게 슬쩍 가르쳐 줘.

지금 생각하면 우스울 정도로 태평한 소리를 스기시타에게 하는데, 엘리베이터에서 제복 차림의 경찰관과 구급대원들이 내리더니 우리 쪽으로 오는 바람에 깜짝 놀랐습니다. 결국 저는 노구치 씨의 집에는 들어가 보지도 못한 채 지금 이 자리에 있는 겁니다.

사정을 알고 난 지금도, 그 문 너머에 노구치 씨 부부가 죽어 있었다는 사실을 믿기 어렵습니다. 그리고 그 자리에 니시자키 씨가 있었다는 것도요.

맨션 안내원의 증언

5시 25분, 노구치 씨 댁에 스기시타 씨의 방문을 알림.
6시 15분, 노구치 씨를 만나러 온 안도 씨를 라운지로 안내함.

6시 25분, 노구치 씨 댁에 '라 플뢰르 마키코' 배달원의 방문을 알림.

6시 50분, 노구치 씨 댁에 '샤르띠에 히로타' 직원의 방문을 알림.

이상의 기록이 틀림없습니다. 덧붙여, 경찰관이 올 때까지 이분들이 다시 입구를 드나든 일도 없었습니다.

당 맨션에는 이 입구 외에 지하 주차장으로 직접 연결되는 문이 저쪽 엘리베이터 뒤, 비상계단 옆에 있습니다만, 그곳의 전용 키는 주민과 신청서를 제출한 관계자 외에는 소지할 수 없도록 되어 있습니다.

라운지 담당자의 증언

이 사진에 있는 분은 저녁 6시 반쯤부터 한 시간 정도, 저쪽 창가 자리에서 시간을 보냈습니다. 커피를 주문했고, 잡지를 몇 권 빌려 보다가 곤히 주무셔서 잘 기억합니다. 나가기 전에, 노구치 씨가 오지 않았었냐고 물었는데, 그런 일은 없었습니다.

당일 매출 영수증에 계산한 시간이 19시 25분으로 기록되어 있으니 확인해 보십시오.

판결

피고인을 징역 10년에 처한다.
소송 비용은 피고인이 부담한다.

10년 후…

 요즘 젊은 사람들은 자기 생각밖에 하지 않는다.
 그런 말을 들을 때마다 나는, 이미 젊다고 할 수 있는 나이는 아니지만, 그렇지 않아, 하고 마음속으로 반박한다.
 길어야 6개월이라고 시한부 선고를 받았을 때, 결혼하지 않아서 다행이야, 아이를 만들지 않길 잘했어, 그렇게 생각했다.
 내가 이 세상에서 사라진다는 건 좀 무섭지만, 슬프다는 생각은 없다. 내가 사라져도 슬퍼할 사람이 없으니까.
 시골의 부모님과 동생은 조금 슬퍼할지도 모르겠다. 하지만 내가 죽은 후 자신들의 인생을 무기력하게 보낼 정도로 슬퍼하지는 않을 것이다. 나를 소중하게 여기는 사람은 있어도, 가장 소중하게 여기는 사람은 없다.

과거에는 한 사람, 있었을지도 모르겠다.

그때는 분명, 모두에게 있었을 것이다.

그 사람을 위해서라면 나를 희생해도 좋다. 그 사람을 위해서라면 무슨 거짓말이라도 할 수 있다. 그 사람을 위해서라면 무슨 일이라도 할 수 있다. 그 사람을 위해서라면 살인자가 될 수도 있다.

모두가 가장 소중한 사람만을 생각했다. 가장 소중한 사람이 가장 상처 입지 않을 방법을 생각했다.

모든 것을 파악할 수는 없어도, 소중한 사람을 지킬 수 있다면 그걸로 만족했던 것일까. 누구도 진실을 파헤치려 하지 않았다.

내가 지켜 주었다는 것을 상대는 모른다. 알리고 싶은 생각도 없다.

그랬는데, 남은 시간이 얼마 없다는 것을 알자 욕심이 생겼다.

그때로부터 10년이나 지났는데.

그 사건에 관계된 사람들이 누굴 위해서 뭘 했는지, 어떻게 그럴 수 있었는지.

진실을 모조리 알고 싶다. 그리고, 알리고 싶다.

제2장

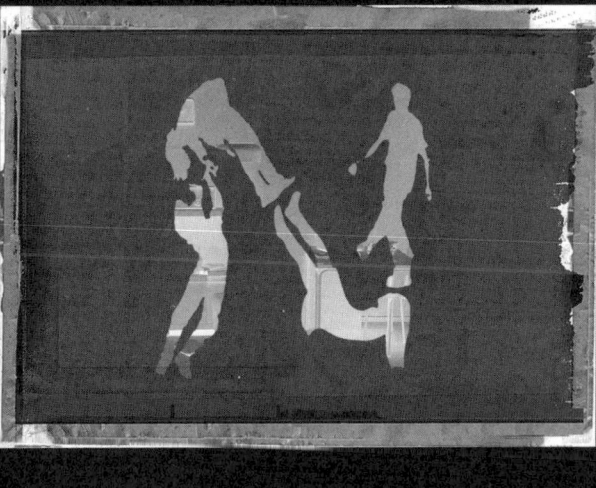

두 가지 방식을 떠올렸다.

왕자가 공주님을 데리고 나간 후, 대왕이 쫓아가지 못하도록 발을 묶는다.

또는, 실패한 왕자를 대신해 공주님을 데리고 나간다.

가능하면 전자이기를 바라며 탑의 꼭대기로 향했던 것 같다.

파도에 조용히 흔들리는 해초처럼, 뚜렷한 의지 없이 흐름에 몸을 맡길 뿐인 인생을 매듭짓는 조촐한 이벤트가 될 것이라고 생각했다.

악의 대왕 때문에 탑 꼭대기에 유폐된 가엾은 공주님을 구출한다. 왕자는 '라푼첼'이 어쩌느니 했지만, 나는 그 이야기를 모른다.

이번 이야기의 등장인물은 악의 대왕, 공주님, 왕자, 왕자의 부하 1, 왕자의 부하 2, 그리고 나. 대수로운 역할은 아니다. 그렇기에 더욱이, 성공하면 즐겁고 실패해도 딱히 손해는 없다.

……그 정도 기분이었는데, 지금 내 발치에는 시신이 두 구.

악의 대왕과 공주님 어쩌고 하는 장난스러운 표현이나 하고 있을 때가 아니다.

대체 무슨 일이 일어난 것인가.

"계획은 실패야."

아무 말 없이 고개만 쳐들고 있는 내게, 시신을 사이에 두고 저쪽 편에 서 있는 왕자가 맥 빠진 소리로 그렇게 내뱉자 내 옆에 서 있던 왕자의 부하 1이 고개 숙인 채 "미안해." 하고 조그맣게 중얼거렸다.

스기시타 노조미.

엄청난 상황이 벌어졌지만, 적어도 내가 사과 받아야 할 일은 아무것도 없다. 오히려 나는 이제 내가 널 위해 뭘 할 수 있을지 생각해야 하지 않을까.

애당초 내가 이 계획에 가담하기로 한 것은 너를 위해서였으니까.

운명적인 재회, 는 아니었다.

인구 5천도 안 되는 조그만 섬을 오가는 페리의 선착장. 그 허름한 무인 대합실에 고등학교 3학년 때 마음에 들어 했던 여자가 들어왔다고 해서 운명이라고 느낄 만큼 순수한 젊은이 따위는 잠시 후 건너갈 시골구석에도 별로 없을 것이라고 생각한다.

페리는 하루에 두 번, 오전과 오후에 각각 한 번씩 왕복한다. 그 오후 편. 게다가 크리스마스 시즌이 끝나고 대학생들이 고향으로 내려가는 시즌의 한중간이니 아는 사람 하나쯤 만나는 건 당연하다.

그렇다고는 해도, 이쪽에서 스스럼없이 말을 걸 수는 없다. 나는 그녀에게 말을 걸 자격이 없다.

입구 근처에 있는 자동판매기에서 따뜻한 캔 커피를 사는 그녀. 우유가 듬뿍 든 부드러운 맛.

그대로 돌아서서 나를 알아보고는 "아, 나루세!" 하며 다가와 색 바랜 좁은 플라스틱 벤치에 앉아 있는 내 옆에 당연하다는 듯 앉아 준다면, 그리고 내 한쪽 손을 보고서 "여전히 그거네."라고 웃으며 말해 준다면 머릿속에 '운명'이라는 단어가 둥실 떠오를까.

그런 생각을 하는데 그녀는 그대로 밖으로 나가 선착장에 막 도착한 페리를 향해 걸어갔다.

잠시 후, 나도 페리로 향한다.

객실 문 앞까지 가기는 했는데, 들어가면 바로 그녀가 앉아 있을 것만 같아 안에는 들어가지 못하고 갑판 의자에 앉아 있기로 했다. 바람은 불지만 억지로 참고 버텨야 할 정도로 춥지는 않다. 〈길 떠나는 좋은 날〉 멜로디가 흐르며 페리가 움직이기 시작한다. 코트 주머니에서 캔 커피를 꺼내어 땄다. 섬사람들 누구나 페리를 탈 때면 하는 습관이다.

그녀도 분명 지금쯤 아까 산 캔 커피를 따고 있을 것이다.

손안에 있는 캔을 본다. 우유가 듬뿍 들어 있는 부드러운 맛은 몸집이 자그마한 그녀에게는 어울려도 덩치만 커다란 내게는 어울리지 않는다.

"보통 때는 블랙같이 달지 않은 걸 좋아하는데, 피곤할 때는 좋다니까, 이런 게."

처음으로 둘이서 하교하던 날, 길가에 있는 자동판매기 앞에서 당연한 듯 단추를 누르고 나서 당황해하며 그렇게 둘러대자 그녀는 "맛있잖아. 난 언제나 이건데."라고 말했다.

'사귄 것도 아니었는데, 무슨 감상에 젖어 있는 거야?'

그저 같은 학년, 같은 반이었을 뿐인데. 아니다. 그뿐이었다면 지금 당장이라도 객실에 들어가 "야, 오랜만이다." 하며 말을 걸 수 있다. "내일모레 동창회 있는 거 알지, 갈 거야?"라든가.

고등학교 동창회. 섬에 단 하나뿐인 고등학교, 정확하게는 커다란 이웃 섬에 있는 고등학교의 분교. 그러니 동급생은 초등학교 때부터 그 얼굴이 그 얼굴이다. 굳이 고등학교라는 말을 붙일 필요도 없다. 아오카게 섬 초등학교, 아오카게 섬 중학교, 아오카게 섬 고등학교. 이력서에 그렇게 죽 썼다가 같이 아르바이트를 하는 유명한 사립학교 출신 녀석에게 "너도 초등학교 때부터 입시 없이 그대로 올라갔냐?"라는 소리를 들은 적이 있다.

입시와 무관했던 건 맞지만, 녀석이 생각하는 그런 건 아니다.

삼각 주먹밥처럼 생긴 조그만 섬이 눈에 들어왔다.

아오카게 섬.

좁고 답답한 공간, 이라 여겼다.

섬을 막 떠났을 무렵에는 해방감에 젖어, 두 번 다시 그런 곳으로 돌아가나 봐라, 생각했지만, 4년 가까이 세월이 지나다 보니 왠지 모르게 그리워졌다. 취직을 했다고는 하지만 아르바이트의 연장이나 다름없는 일이어서, 차라리 언제든 고향으로 돌아갈 수 있는 가까운 거리에 자리 잡을까, 그런 생각을 한 적도 있다.

그러고 있는 차에 날아온 동창회 안내장. 총무의 이름은 예상했던 대로. 동창회를 기획한 사람은 그 섬에서의 생활이 인생의 절정이었던 녀석들이다. 재치도 있고, 넉살도 좋고, 그런대로 공부나 운동도 좀 하고, 자기주장이 강한 녀석들. 좁은 세계에서 빼기려다 보니, 자기보다 좀 떨어진다 싶은 놈들은 철저히 깔보고, 자기보다 좀 낫다 싶은 놈들은 별것 아닌 또 다른 일로 깔본다.

덩치만 커다란 게 까불고 있어.

자기주장이 강하고 수업 중에 큰 소리로 발표하는 녀석이 똑똑한 거라고 오해했던 초등학교 시절이 그 녀석들에게는 제일 나았다. 고대로 다 같이 중학교에 올라가 중간고사와 기말 고사라는 것을 치르게 되자 녀석들은 자기들보다 눈에 띄지 않던 집단 속에 잘하는 놈이 있다는 사실을 알게 되었다. 그리고 그 좁은 교실에서 시험의 최고점이 발표될 때마다 그놈을 바보 취급하며 웃어 댔다.

그놈 또한 섬 밖으로 나가면 별것 아닌 것을, 그런 사실은 깨치려고도 들지 않았다. 그저 자신들의 왕국을 지키는 데에 필사적이었을 뿐. 그리고 세상 물정 모르는 채 섬을 떠났다가 몇 달도 되지 않아 한 방 얻어맞고는 그 상처를 어루만지기 위해 동창회를 연다.

내가 머리 하나는 참 좋았어. 운동도 잘했고 말이야. 인기도 꽤 있었잖아.

그런 말에 맞장구쳐 주는 사람은, 마찬가지로 한 방 얻어맞고 돌아온 녀석들뿐.

가 보지 않아도 분위기가 어떨지 충분히 짐작됐고 그런 놈들 두 번 다시 만나고 싶지 않다고 생각했는데, 끝내 '참석'에 동그라미를 치고 말았다. 패기 없는 자신의 한심함을 전부 섬 탓으로 돌리고, 필요 이상 혐오했다는 것을 조금씩 깨달으면서.

스기시타는 참석할까.

그녀 또한, 섬의 답답함을 견디기 힘들어했던 한 사람일 텐데.

1년 전에 생겼다는 체인식 선술집은 요식업 운영이 어려워진 섬 내에서 그런대로 잘되고 있는 듯하다.

썩 내키지 않는 모임이라도 회비가 몇천 엔 정도라면 한번 가 볼까 하는 기분이 드는 건지도 모르겠다.

맛있는 식사 같은 건 필요 없다. 적당히 배를 채우고, 술을 마시면서 부담 없이 집어 먹을 수 있는 안주가 있으면 그걸로 족하다. 소금과 기름과 화학조미료는 허접한 입맛을 금세 만족시킬 수 있다……지만 '샤르띠에 히로타'의 사장이 봤다면 한탄할, 그런 안주를 께적거리며 마시는 맥주 맛은 생각보다 나쁘지 않았다.

동창회 분위기 역시. 거의 4년 만인데, 마치 학교 가는 길에 마주친 것처럼 격의 없이, 잘 지냈냐, 요즘 어떻게 지내, 그렇게 말을 건 다음 쓸데없는 수다가 이어졌다. 이 녀석들, 이렇게 친밀했었나. 아니다, 어쩌면 옛날부터 이랬는지도 모른다. 삐딱한 태도로 주위에 있는 녀석들을 바보 취급했던 건 내 쪽이다.

한동안 추억을 끄집어내다가 일과 취직 얘기로 화제가 옮겨 갔다. 각자의 세월이 있었다는 것을 깨닫는다.

"나루세, 넌 취직했냐?"

고등학교 졸업 후 섬 내의 조선 회사에 취직한 녀석이 물었다. 자격증을 몇 개 따고 현장 반장을 맡고 있다고 한다.

"지금 '샤르띠에 히로타'라는 프렌치 레스토랑에서 아르바이트하는데, 거기 계속 있을 거야."

물론 정식으로 채용된 건 아니지만. 무역 회사와 은행 몇 군데를 지원해 놓으면 어딘가는 걸릴 줄 알았는데 보기 좋게 다 떨어지고 말았다. 그것도 대부분 최종 면접에서.

자네는 학력도 좋고 대답도 공손하게 잘하는데, 패기가 없어. 우리 회사에서 정말로 일하고 싶다는 열의가 전해지지 않아.

면접을 보는 자리에서 이런 소리를 듣는 사람이 있을까, 하고 낙담한 것도 아니고, 그저 멍하니 생각에 잠겼을 뿐이니 정말 패기가 없긴 없나 보다. 히로타 씨가 그냥 자기네 가게로 오지 그러냐고 권하니까 마음의 여유가 있었는지도 모른다. 다 떨어졌다고 보고하자, 내년에도 계속 있으면 되지, 라고 말해 주었지만 정식 채용이라고 하지는 않았다.

야, 너 대학 나와서 고작 레스토랑이야.

뼈아픈 말이 날아와도, 그렇지 뭐, 하며 씁쓸하게 웃을 수밖에 없다.

"거기, 굉장히 유명한 곳이야."

옆에 앉은 녀석 너머에서 목소리가 들렸다. 스기시타였다. 약간 짙은 화장에 머리끝을 구불구불하게 말고, 나도 아는 브랜드의 백을 들었다. 오늘 모인 여자애들 중에서 제일 세련된 차림을 하고 있어, 안도한다.

가까이에 앉아 있다는 건 알았지만 눈을 못 마주치고 있었는데. 주위에 앉은 녀석들에게, 잡지에 나왔다느니, 셰프가 무슨 세계 대회에서 입상했다고 쓰여 있었다느니 설명해 준다.

와, 대단한데. 주변의 반응이 달라졌다.

그녀에게는 거기 취직한 게 타협의 결과라는 걸 알리고 싶지 않다. 그 생각만 하면서 일에 관한 얘기를 하고 있는데, 정신을 차리고 보니 옆에 있던 녀석이 어느새 다른 자리로 가 버리고 둘이서 얘기하는 꼴이 돼 있었다. 그래 봤자 그녀의 질문에 필사적으로 대답하는 것뿐이지만.

나도 그녀에게 묻고 싶은 게 있다. 한마디면 된다.

나를 용서한 거니?

그런 걸 도저히 물을 수가 없다.

"참, 이것 좀 또 봐 줄래?"

내가 하는 일, 이라기보다 '샤르띠에 히로타'에 대해 더는 궁금한 게 없는지, 그녀는 백에서 조그만 종이쪽지를 꺼냈다.

자리를 키순으로 정했다면 창가 제일 뒷자리가 내 지정석이었을 것이다. 그럼 뒤에 앉은 아이가 노트 필기를 제대로 하고 있는지 따위 신경 쓰지 않아도 됐겠지. 하지만 번번이 제비뽑기였다. 그럼에도, 안 보여서 그러는데 자리 좀 바꿔 줘, 그런 소리를 몇 번 듣다 보면 어느새 제일 뒷자리에 앉아 있었다. 누가 내 뒤에 앉은 것은 딱 두 달뿐. 자리 바꿔 줄까, 물어봤지만 그녀는 완곡하게 거절했다.

"난 여기가 좋아." 그러면서.

3학년 2학기가 시작되고 얼마 지나지 않은 수학 시간이었다.

"어이, 스기시타, 너 거기서 잘 보여? 3번 문제, 답 말해 봐."

연습 문제를 풀고 있을 때 선생이 갑자기 그녀를 지적했는데, 그녀는 자신이 지적당했다는 것도 모르고 있었다. 고개를 푹 숙인 채 뭔가를 열심히 노려보고 있다가 내가 그것이 신문에서 오려 낸 쪽지라는 것을 알았을 때에야 비로소 반 전체가 자신을 주목하고 있다는 사실을 알아챈 듯했다.

"그렇게 열심히 하고 있었으니 벌써 다 풀었겠지."

수학 선생이 비아냥거리듯 물었다. 들어가기 어려운 사립 대학의 기출 문제. 시골구석, 그것도 별 볼일 없는 학교의, 게다가 분교로 발령이 나는 바람에 자존심에 상처를 입어서인지 문제집에서 자신이 나온 대학의 기출 문제를 골라 모두에게 풀게 한 다음 "그래, 너희들에게는 무리겠지." 하고 업신여기면서 제 손으로 풀어 보인다. 그리고 풀지 못할 만한 아이를 지적하는 것이다.

그녀의 노트는 백지. 풀기는커녕, 어느 문제를 말하는지조차 모르는 것 같았다. 그런 그녀에게 코웃음 치는 선생이 꼴 보기 싫어 나는 작은 소리로 답을 가르쳐 주었다.

"그건, ……입니다."

"정답이군. 하지만 어림짐작으로 맞혔을 수도 있으니까, 앞에 나와서 칠판에 식을 써 봐."

이런 전개는 지금까지 없었다. 내 노트를 슬쩍 건넬까. 그러고 있는데 스기시타가 촐랑촐랑 앞으로 나갔다. 그리고 분필을 쥐더니 심각한 얼굴로 칠판을 잠시 노려보다가 마치 뭔가에 홀린 것처럼 식을 쓰기 시작했다.

"맞나요?"

걱정스러운 표정으로 묻는 그녀에게 수학 선생이 떨떠름한 표정으로, 아, 뭐, 그래, 라고 대답하자 그녀는 방긋 웃더니 자리로 돌아왔다.

"고마웠어."

쉬는 시간에 그녀가 그렇게 말하는데, 무슨 소린지 몰랐다. 해답을 가르쳐 줘서?

"네가 푼 거잖아."

내가 그렇게 말하자 그녀는 빙글빙글 웃으면서, "노트 보여 줬잖아."라고 말했다.

앞으로 나가던 도중에 순간적으로 내 노트를 본 모양이다. 열 줄도 넘는 계산식을 그렇게 순식간에 다 외웠단 말이야? 하며 놀라자, 내 머릿속에는 카메라가 있거든, 이라고 했다.

같은 반이 된 지 다섯 달이 넘었는데, 그녀와 얘기해 본 건 그때가 처음이었다. 나는 그녀에게, 수업 중에 무슨 신문 쪽지를 그렇게 보고 있었냐고 물어봤다.

박보 장기. 쥐고 있는 말이 ○○인데, 앞으로 3수 만에 결말을 지으려면 어떻게 두어야 하는가, 와 같은 문제 형식으로 된 장기이다. 작년에 스기시타네 반에 임시로 왔던 국어 강사가 장기를 무척 좋아해서 학생들에게 전수하려 했다는 것은 알고 있지만, 수업 중에까지 그걸 뚫어져라 보는 학생은 처음이었다. 그것도 여학생이.

"장기, 좋아해?"

"아니, 전혀. 이런 걸 할 줄 알면 나중에 뭔가 득이 있을까 해서 열심히 외우는 거야."

"장기가 득이 된다고, 예를 들면?"

"만약…… 호화 여객선을 탔는데, 장기를 좋아하는 아랍의 대부호를 우연히 만난 거야. 그런데 자기랑 대결해서 이기면 유전을 주겠다고 한다든가."

"에이, 설마 그런 일이 있을까. 설사 있다 해도 체스가 더 나을 것 같은데. ……그런가, 그런 생각을 하면서 두면 장기도 재미있을까?"

"나루세 너, 장기 둘 줄 알아?"

"할아버지가 가끔 두자고 해서 말 움직이는 방법 정도는 알지만, 우리 할아버지도 잘 두시는 건 아니라서 진지하게 생각하면서 뒤 본 적은 없어. 그거, 좀 봐도 되니?"

그렇게 그녀에게 빌린 쪽지를 다음 수업인 국사 시간 내내 들여다보며 생각했더니 어느 순간 갑자기 말이 저절로 움직이면서 답이 눈에 보였다. 그러고는 수업 종이 울리기만을 기다렸다.

답을 알려 주자 그녀는 와, 대단한데? 대단해, 를 연발했다. 그 후로는 여러 신문과 잡지에서 기보를 오려 내게 들고 왔다. 그녀는 문제를 푸는 데 흥미가 없다고 할까, 서툴다고 할까, 어쨌든 그래서 풀어 놓은 기보를 암기해 둔다고 했다.

그때부터 나는 문제가 풀리면 쉬는 시간까지 기다리지 못하고 노트 귀퉁이를 찢어 답을 적어서 슬쩍 뒤로 넘기게 되었다. 그러면 그녀는 샤프펜슬로 책상을 세 번 두드린다. "대, 단, 해"라는 신호로.

그런데 그 신호가 어느 날, 네 번이 되었다.

"한 번 늘었던데, 무슨 뜻이야?" 하고 물었더니 "스스로 생각해 봐."라며 가르쳐 주지 않았다. 우리 가게에서 파트타임으로 일하는 아줌마는 곧잘 흥얼흥얼 "그댈 사랑해, 라는 사인" 하고 노래를 부르는데, 그건 다섯 번.

결국 답을 알지 못한 채 그 사건이 발생했고, 마지막에 그녀가 샤프펜슬을 다섯 번 두드린 후, 우리는 서로 말을 하지 않게 되었다. 물론 그댈 사랑해, 는 아니다.

네 번은 지금도 모르겠지만, 마지막의 다섯 번은 '나가 죽어라'가 아니었을까.

그녀가 내민 것은 이미 승부가 난 후의 기보.
박보 장기처럼 명확한 문제와 답이 있는 것이 아니어서, 이렇게 지지 않으려면 어떻게 하는 게 좋을까? 라고 물으니 뭐라 대답할 말이 없었다. 하지만 그 덕에 1차가 끝난 후에도 둘이 있을 이유가 생겼으니 나로서는 예기치 않은 행운이다.
고등학교 시절과 달리, 여유가 있다고 할 수는 없어도 지갑에 나름 1만 엔짜리가 들어 있으니 어디 다른 가게에 가서 한잔 더 하며 기보를 푸는 방법도 있지만, 사람들 눈을 의식하지 않고 얘기할 만한 장소는 역시 그 시절이나 똑같다.
섬 중앙에 위치한 아오카게 산, 해발 330미터. 섬에서 가장 높은 곳인 산 정상으로 이어지는 산책로를 5분쯤 걷다가 옆길로 살짝 빠지면 조그만 단층집이 호젓이 서 있다. 그녀의 집이다. 유령의 집. 초등학교 꼬맹이들은 그 집을 그렇게 불렀다.
그 집에 들어간 적은 없다. 산책로 입구, 자동판매기가 설치되어 있는 정자에서, 그것도 가슴이 두근거리는 대화를 나눈 것이 아니라 오로지 기보만 뚫어져라 보았다.
오늘 밤에도 그곳으로 향한다.
애당초, 4년 만에 재회한 여자에게 같이 가자고 할 만큼 세련된 가게 같은 건 이 섬에는 없다. 1차 모임이 있었던 체인식 선술집을 제외하면 마시며 노래하는 가게뿐이다. 그래서 1차가 끝난 후 2차도 같은 장소에서 이어졌다.

4년 정도의 세월로는 아무것도 변하지 않는다.

춥기는 하지만 이가 딱딱 부딪칠 정도는 아니다. 그리고 여자와 서로 어깨를 껴안지 않으면 얼어 죽을 정도도 아니다. 따끈한 캔 커피를 뽑아 적당한 간격을 두고 앉는다. 그런데 외등이 서 있기는 해도 기보를 보기에는 다소 어두워, 알아내면 연락하기로 하고 주소와 휴대 전화번호와 메일 주소를 교환한 뒤, 해도 그만 안 해도 그만인 얘기를 나눴다.

학교와 아르바이트, 취직에 대해서.

그녀는 청소 회사에서 아르바이트를 하고 있다고 했다. 완공된 아파트를 청소하거나 한밤에 오피스 빌딩을 청소한다고. 사실은 빌딩 유리창 청소가 하고 싶었는데 몸무게가 50킬로그램이 안 되면 곤돌라를 탈 수 없다는 거야, 하며 웃었다.

아주 나쁜 일은 아니지만, 가능하면 남자들이나 할 만한 중노동이 아니라 잡화점이나 찻집에서 일하고 있기를 바랐다. 아르바이트해서 번 돈으로 가방이나 살까, 하는 정도의. 그녀의 아르바이트는 어느 모로 보나 생활을 위한 것이 아닌가.

그녀가 그런 일을 하고 있는 건 내 탓이다. 그나마 다행인 것은 그녀가 텔레비전 광고에서 본 적 있는 주택 회사에 취직이 결정되었다는 사실이었다.

"넌 어떻게 지내?"

그녀가 묻는다. 그 시절처럼. 하지만 그녀가 호의적으로 대해 준다고 해서 그 시절처럼 열렬히 내 이상을 늘어놓을 수는 없다. 아니, 내가 그런 얘기를 한 적이나 있나?

거짓말이더라도, 하루빨리 일하고 싶다느니 어쩌니 열변을 토했다면 차라리 좋았을 것을.

10월 말이었다.

"자리 바꾸기 싫은데."

다소 한기가 느껴지는 정자에서 한 손에 캔 커피를 들고 기보를 노려보고 있는 내게 그녀가 뜬금없이 그렇게 말했다. 이거, 혹시 나와 떨어지고 싶지 않다는, 그러니까 사랑 고백인가? 가슴이 두근거렸다. 그러나 기대는 금방 무너졌다.

"숨기에 딱 좋잖아. 나루세의 뒷자리."

아, 그런 거였어…….

"수학 시간에 영어 단어 외우고 있어도 안 들키고?"

"어, 너 알고 있었어? 그게 말이야, 호화 여객선에서 아랍의 석유왕을 만나려면 영어 정도는 할 줄 알아야 하잖아."

"그거 전에도 들었는데, 진심이니?"

"그럼, 진심이지. 꿈이랄까. 아니, 야망. 이 정도 야망도 없으면 이 시시껄렁한 현실을 어떻게 견딜 수 있겠어. 나루세 넌 없니, 야망 같은 거?"

"없어. 그저 이 섬에서 벗어나 사람들 속에 섞이고 싶어."

"그거 이제 얼마 안 남았잖아. 진학할 거지?"

당연히 그러고 싶었고, 1학기 진로 조사표에도 그렇게 적어 냈다. 하지만 사정이 달라졌다. 금년 안으로 요정을 팔아넘기기로 한 것이다.

경영이 부진했던 건 이미 몇 년 전부터였고, 팔아넘긴다는 것도 어제오늘 얘기가 아니었다. 그런데 혼슈에 있는 관광호텔 오너가 매입에 나서면서 요정을 호텔 분관으로 계속 운영하게 해 주겠다더니, 언제 뭐가 어떻게 된 건지 6개월 이내에 철거하고 그 자리에 파친코를 세우기로 했다는 것이다.

우리 부모님은 그 파친코에 고용될 것이라는데, 그것도 확실치는 않다.

그러니 국립대학에 간다면 모를까, 그렇지 않으면 진학이 불투명한 상황이다.

"아마, 취직할 거야."

"그래? 그럼 뭘 하고 싶은데?"

"뭐든지. 써 주겠다고만 하면 어디든 상관없어."

될 대로 되라는 기분의 연장선에서 바라본 기보는 아무리 노려보고 애써 봐도 말들이 움직여 주질 않았.

그리고 일주일 후.

낮이라면 이 산의 기슭에서 해변까지 이어지는 조그만 마을이 한눈에 내려다보이겠지만, 지금 보이는 것은 점점이 밝혀진 불빛뿐. 아무도 오지 않고 유령이 출몰한다고 해서 데이트 장소도 못 되는 이곳이 가장 마음 편하다고 그때 그녀는 말했다.

거의 매일 밤 여기서 공부도 하고 멍하니 생각에 잠기기도 했다고.

그날도 틀림없이 그러고 있었으리라. 그러다 그녀는 해변 부근에 있는 건물에서 불길이 오르고 있는 것을 알았다. 불이 났나 보네, 하고서 그대로 언덕길을 뛰어 내려가 불타는 건물 앞까지 갔는데, 거기에 얼빠진 표정으로 건물을 올려다보는 내가 있었다.

우리 집이 요정을 남의 손에 넘기고 마을 어귀에 있는 아파트로 이사한 날이었다.

스기시타는 무슨 생각을 한 것일까. 긴급 출동한 소방대원과 경찰이 상황을 묻자, 나보다 먼저 그녀가 입을 열었다.

둘이 같이 있었어요. 나루세에게 장학금 신청서를 받으러 산책로 입구에 있는 정자로 오라고 했거든요. 학교에서 줘도 되지만 마감 날짜가 얼마 안 남은 데다 공개할 만한 일이 아니라고 생각했기 때문에 9시에 만나서 거기서 신청서를 쓰고 있었어요. 그런데 불길이 올라오는 게 보여서 둘이 보러 온 거예요.

그녀가 왜 그런 거짓말을 하는지, 그때의 나는 전혀 알 수 없었다.

아니 난, 하고 말하려다 입을 다문 것은 멀찍이서 불난 것을 바라보는 구경꾼들, 그래 봐야 모두 얼굴을 아는 동네 사람들이지만, 그 사람들이 "방화 아니야?"라고 수군거리는 소리가 들렸기 때문이다.

그것도 내 쪽을 힐끗힐끗 보면서.

내가 첫 번째 용의자일 것은 분명했다. 마침 지나가고 있는데 불길이 치솟아 걸음을 멈추고 멍하니 보고 있었다. 그런 말을 믿어 줄 리 없다.

편의점 하나 없는 마을에서 이런 시간에 왜 나돌아 다니고 있었냐고 묻는데, 어떻게든 그녀를 만나고 싶어서, 라고 대답해 본들 믿어 줄까.

소중한 것을 잃은 허전함을 메워 줄 정도의 사이는 아니지만, 그래도 그녀를 만나고 싶었습니다. 그런 말도 물론, 할 수 없다.

결국 나는 맞아요, 라고 대답했고, 그날 밤 실제로 스기시타에게서 장학금 신청서를 건네받아 내용도 제대로 읽어 보지 않은 채 다음 날 아침 학교에 가자마자 담임에게 제출했다.

"맞아, 이거 네게 권해 볼까 했는데."

담임은 태평한 목소리로 그렇게 말했다. 차라리 그렇게 해 줬다면 얼마나 좋았을까. 화재 사건은 방화로 결론이 났지만, 범인은 끝까지 찾아내지 못했다. 그리고 내게 장학금 심사에 통과되었다는 통지가 날아온 것은 다음 달인 11월 말이었다.

부모님도 "이왕 그렇게 되었으니 열심히 해라."라고 말씀해 주셨다.

스기시타에게 알리려고 처음으로 자세하게 읽은 나는 그제야 비로소 알게 되었다.

입학금과 4년간의 수업료 전액을 무이자로 대출해 주는 좋은 조건의 이 제도는 현 내에 있는 각 학교당 한 명씩밖에 선발하지 않는다는 것을.

동사무소 창구에서만 받을 수 있는 신청서를 스기시타가 갖고 있었던 건, 그녀 자신이 신청하기 위해서 아니었을까.

그녀가 나보다 몇 배나 더 이곳을 벗어나고 싶어 했을 텐데.

아버지가 정부를 집으로 불러들인 데다, 쫓겨난 엄마와 스기시타와 동생은 산기슭에 있는 조그만 집에서 몸을 숨기듯 살고 있다. 그리고 그런 사실을 섬사람 모두가 알고 있었다.

쉬는 시간에도 그녀는 여자 친구들과는 거의 어울리지 않고 혼자서 기보를 들여다보고, 때로는 창밖 먼 곳을 바라본다. 그런 모습을 나도 모르게 늘 뒤쫓고 있었는데.

이 좁은 섬을 벗어나기 위해 자신의 진로에 대해서 심각하게 고민하고 장학금에 대해서도 여러 가지로 조사한 후 동사무소에 신청서를 받으러 갔던 것 아닐까.

그런 걸 나는 왜 그날 밤 알아차리지 못했을까. 큰돈을 대출하는 신청서인데, 왜 제대로 읽지도 않았을까.

그리고 담임은 왜 그런 사적인 일을 학급 회의 시간에 떠벌린 것일까.

나루세가 현 내에서 몇 사람밖에 받지 못하는 장학금 심사에 통과되었다, 라는 말은 곧 이 녀석 집이 가난하다, 그렇게 말하는 것이나 다름없지 않은가. 그때는 이미 자리바꿈을 한 후여서 스기시타가 내 대각선 앞쪽 자리에 앉아 있었기 때문에 그녀가 어떤 표정을 하고 있는지는 알 수 없었지만, 샤프펜슬로 책상을 다섯 번 두드리는 것은 보였다.

안녕 잘 가라, 형편없는 놈, 나가 죽어라…….

아니, 어쩌면 그저 샤프심이 잘 나오지 않아서였을지도 모른다. 하지만, 그 화재 사건 이후 스기시타가 내게 기보 쪽지를 들고 오는 일은 없어졌다.

내 쪽에서 먼저 말을 걸 자신이 없었다. 그리고 심지어 마주쳐도 눈조차 맞추지 않는 사이가 되고 말았다.

그래도 조금이나마 안심할 수 있게 된 건, 섬을 떠나기 전,

스기시타도 도쿄에 있는 대학에 합격했다는 소식을 들었기 때문이다.

 섬을 떠나 대학에 갈 수 있었던 것은 스기시타 덕분. 고맙다는 말은 못했지만, 적어도 언젠가 다시 만났을 때 당당하게 근황을 보고할 수 있을 정도로는 열심히 하자, 그렇게 생각한 건 언제까지였을까.
 학교에도 잘 가지 않고, 경마에 파친코. 털린 돈을 벌충하기 위한 아르바이트. 취직도 안 돼 4월부터는 프리터……? 그러면서 그녀 앞에서는 나 또한 꽤 열심히 살고 있다는 것을 어필이라도 하듯, '샤르띠에 히로타' 얘기를 여태 늘어놓았는데도 또 출장 서비스 나갔다가 겪은 일들을 자랑스럽게 늘어놓는다.
 "그 아주머니, 사고로 다리를 못 쓰게 된 후로는 거의 말을 잃었었나 봐. 그런데 음식을 먹다가 '그러고 보니까 그날 눈이 왔었지, 돌아오는 길에 처음 손을 잡았는데……', 하고 그리운 듯 얘기를 하기 시작한 거야. 그랬더니 남편이 울기 시작하는데, 덩달아 나까지 울 뻔했다니까."
 거짓말은 아니다. 옛 기억을 되살려 주는 요리로 장사를 해 보면 괜찮겠다 싶어, 그날 밤에는 다시 전문학교에 다녀 볼까 하고 진지하게 생각해 보기도 했다. 하지만 그런 말을 하는 자신이 한심하게 느껴진 것은, 그 얘기를 통해 자신의 무기력함을 무마하려 하는 의도가 스스로도 느껴질 정도였기 때문이다.

게다가 스기시타가 뭔가 생각하는 듯한 표정으로 진지하게 들어 주고 있어 더욱 마음이 괴롭다. 그 일에 대한 보답으로, 아니 그런 청산의 뜻이라기보다는 앞으로의 가능성을 생각해 그녀를 '샤르띠에 히로타'에 초대할 수 있다면……. 그런 생각을 하며 지갑에서 가게 명함을 꺼냈는데…….

"시간 나면 놀러 와."

그런 식으로밖에 말하지 못하다니. 와서 네 돈 내고 먹으라고 하는 것처럼 들리지 않았을까? 그런데.

"내가 주문하면, 나루세가 직접 와 주는 거야?"

아까 1차 모임에서 진짜 맥주를 마시는 게 얼마 만인지 모르겠다느니, 그런 없어 보이는 발언을 한 사람에게서는 상상할 수 없는 대답이 돌아왔다. 명함을 집어넣고 수첩을 꺼내더니 날짜까지 확인하기 시작한다.

물론이지, 기꺼이. 그런데, 혹시 1인분? 남자 친구에게 조른다든가, 뭐, 그런 속셈? 그걸 확인하지 못하는 나 자신이 더욱더 한심스럽다.

'들장미 하우스' 12호. 그날 밤 교환한 주소에 그렇게 적혀 있었다.

 아르바이트 때문에 1월 3일에 일찌감치 도쿄로 돌아왔다. 그리고 그 다음다음 날.

 동창회 이후로 내내 장기 생각만 했다. 아니, 스기시타 생각만. 장기판 위에서 실제로 말을 움직여 보기도 하고, 할아버지와 대국하면서 스기시타에게 받은 기보와 똑같은 형태가 되도록 공격해 보기도 했다. 그러다 할아버지가 무심코 던진 한마디에 해결책을 찾게 되었다.

 "너, 혹시 교육 텔레비전의 장기 교실 보는 거냐?"

 결국은 질 수밖에 없는 말의 배치가, 6개월 전 그 채널에서 방영한 아무개 명인의 진비차 격파 전법과 그 형태가 같았던 모양이다. 프로그램을 녹화해서 하루 종일 몇 번이고 돌려 본다고는 하지만, 6개월 전의 일을 기억하는 할아버지도 참 대단하다. 이번만큼은 할아버지의 공이 크다.

 필시 스기시타는 유도 당했을 것이다. 대국 상대는 스기시타가 그 어쩌고 하는 전법을 외고 있다는 걸 알고 초반부터 스기시타가 그 형태로 몰고 가도록 유도한 후, 버리는 말인 척하며 보와 계마로 은근슬쩍 외통수로 몰고 갔을 것이다.

 그렇다면 스기시타에게 빨리 연락해야지. 설레는 가슴으로 전화를 걸었더니 이미 도쿄로 돌아왔다고 한다. 설명하는 데 시간이 좀 걸릴 것 같다고 하자, 그럼 우리 집에 올래? 그러는 거다.

'들장미 하우스'. 내가 사는 아파트는 '다치바나 아파트'. 이름만 봐서는 내가 사는 곳보다 세련되었을 것 같아 왠지 모르게 안심됐다. 지하철에서 내려 걸어가는 동안에도 고층 빌딩이 줄지어 서 있기에 여기서 5분 거리라면 꽤 좋은 곳에 사나 보다, 생각했는데…….

큰길을 걷다가 그냥 지나쳐 버릴 만큼 좁은 골목으로 들어서서 두 번 왼쪽으로 돌자, 영화 세트? 하고 고개를 갸웃거릴 만큼 낡아 빠진 2층짜리 목조 빌라가 서 있었다.

물론 섬에 있었다면 아무런 위화감도 들지 않을 만한 건물이지만.

바깥으로 난 계단 난간에 '들장미 하우스'라고 쓰인 해묵은 나무 간판이 걸려 있다.

1층 2호실. 냅다 걷어차면 그대로 열릴 것만 같은 문 옆에 달린 조그만 단추를 누르자 그녀가 나왔다. 화장기 없는 맨얼굴에 수수한 원피스를 입고서.

세 평짜리 다다미방. 노트북이 없다면 쇼와 시대로 거슬러 올라간 듯한 착각에 빠질 법한. 하지만 그런 소박함이 섬 시절의 그녀의 모습과 겹쳐지면서, 지난번 만났을 때보다 그녀가 더욱 친밀하게 느껴졌다.

다만, 이토록 검소하게 생활하는 것은 역시 내 탓일지 모른다는 생각도 들었다.

그런데, 문에 가려 미처 못 봤는데, 딱 하나 터무니없이 어울리지 않는 가구가 있었다.

화장대, 라는 것인가. 나무 프레임에 세밀한 조각이 들어간 중후한 모습. 유럽 어느 성에 있다면 아무런 위화감이 안 느껴질 테지. 아니, 그보다 저렇게 고가의 물건 위에 책이며 잡지를 아무렇게나 쌓아 놓은 데에 위화감을 느끼는 것일까.

"이쪽에 앉을래?"

고타쓰. 아마 식사도 공부도 독서도, 전부 여기서 하나 보다. 한가운데에 접이식 장기판과 말이 담긴 플라스틱 케이스가 놓여 있다.

눈앞에 커피가 든 머그 컵이 놓였다. 크림과 설탕은 이미 넣은 듯하다.

"왠지 나루세가 여기 처음 왔다는 느낌이 안 들어. 동창회 때도 오랜만이라는 느낌이 없었는데. 어색하지가 않아."

그녀가 의미심장하게 말한다. 아니, 내가 이상하게 받아들이는 것뿐일까. 그녀의 방에 단둘이 있다는 사실에 새삼스레 가슴이 두근거려, 그걸 들키지 않으려고 커피를 한 모금 마신 후 장기판을 펼쳤다.

말을 늘어놓고, 그야말로 텔레비전의 장기 교실에서처럼 필요 이상으로 정중하게 설명한다. 상대에게 유도 당했다고 하면 왠지 그녀를 바보 취급하는 것처럼 받아들일까 봐, 스기시타가 진비차 격파 전법으로 몰고 가는 데에 골몰한 나머지 상대방에게 수를 읽혀 허를 찔린 게 아닐까, 라고 말해 보았다.

그녀는 "아, 그렇구나." 하며 열심히 장기판을 들여다본다.

"원래 일반 장기와 박보 장기는 다른 거라서, 박보 장기에서 배운 전법을 그대로 일반 장기에서 재현하려고 하면 틈이 생겨. 그렇게 되지 않도록 적어도 세 수 전쯤에는 관계없을 듯한 말을 잡아 놓아야 하는데, 피차 속셈을 다 알고 있는 상태에서 또 속이는 일이니 더욱더 허를 찔리기 쉬운 거지. 그래도 우선은,"

그러면서 나는 장기판 위의 형세를 역전시킨다.

그녀가 잠시 장기판을 바라보다가 "대단해."라고 웃는 얼굴로 말했다. 샤프펜슬은 없었지만, 귀 속에서 세 번 두드리는 소리가 들린 듯한 기분이다. 이 기세를 몰아 물어보고 싶다.

"저 말이지, 샤프펜슬 네 번 버전, 결국 무슨 뜻이었어?"

"그때 가장 간절하게 생각했던 거. 나루세가 알아주었으면 했던 거."

내가 알아주었으면 했던 네 글자의 말. 분발해라, 는 아닐 테고. 너를 사랑해, 는 다섯 글자. 아니다. 고등학생이 사랑 고백을 하면서, 사랑해, 같은 말은 쓰지 않는다. 좀 더 단순하게…….

"스기시타, 그거 어떻게 됐어?"

찰칵 문이 열리면서 남자 목소리가 들렸다. 그리고 방으로 들어온다.

굉장히 예쁜? 남자다. 하얗고 선이 가는 얼굴. 콧날이 반듯하고, 옆으로 길쭉한 눈매는 서늘하다. 뭐지, 이 남자?

"어서 와, 니시자키 씨. 밥 먹고 갈래? 금방 되는데."

좁은 부엌 공간에 한 구밖에 없는 가스레인지의 약한 불 위에 놓여 있는 냄비가 그러잖아도 처음 왔을 때부터 신경 쓰였다. 날 위한 건가? 그러면서.

"고기 감자 조림? 별로야. 내 몫은 노하라 할아버지 갖다 드려. 간다."

불쑥 나타났던 남자는 그러더니 또 휭하니 가 버렸다. 내가 있는 것은 안중에도 없다는 듯한 태도다. 대체 뭐야, 저 녀석?

"주인 할아버지 건 따로 있는데. 나루세는 먹을 거지?"

"그럼."

"역시 넉넉하게 만들길 잘했네. 플라스틱 용기에 담아 줄 테니까 가져가."

여기서 먹으면 안 될까? 라고 생각했다가, 문득 자신이 그럴 입장이 아니라는 사실을 깨달았다. 나는 아직 그녀에게 사과하지 않았다. 그러니 용서도 받지 못했다. 빈손으로 온 주제에 무슨 대단한 해설을 한다고.

게다가 질투까지.

"그런데, 그 사람 누구야?"

"응, 옆집 사는 니시자키 씨. 왕자님 같지? 대학생, 인가? 낙제를 한 건지 졸업을 한 건지 잘 모르겠지만, 순문학 작가가 되고 싶다고 하더라고."

"어쩐지……, 분위기가 그렇더라. 어울리네."

"그렇지? 그리고 결핵이나 요양소 같은 말도 어울릴 것 같지 않아? 거기다 재능까지 있으면 끝내 줄 텐데."

"없어?"

"자신 있다는 작품을 몇 편 보여 준 적이 있는데, 뭐가 뭔지 통 모를 얘기뿐이더라고. 작은 새를 키우는 사람이, 그 새가 자신의 의지로 불에 뛰어들도록 며칠 동안 모이를 안 줬다가 뜨거운 오븐 속에 모이를 넣어 그 속으로 유인하는 이야기. 또는…… 바다에서 자살한 연인이 조개껍데기로 환생했다고 믿는 남자 이야기. 조개껍데기를 귀에 대고 연인의 목소리를 듣거나 하는 부분은 낭만적인 느낌도 들지만, 어느 날 목소리가 들리지 않게 되자 남자는 조개껍데기를 부숴서 먹어 버려. 그랬더니 그날 밤 꿈에 그녀가 나타나. 그 후로 남자는 매일 밤 해변에 나가서 그녀가 환생한 조개껍데기를 찾아내서는 부숴서 먹는 거야. 그러다 몸이 딱딱하게 굳어 가는 것을 느끼고 정신을 차려 보니 자신이 커다란 조개껍데기가 되어 있었다. 그런 이야기. 무슨 소린지 모르겠지?"

"그래도 나름대로 문학적이기는 하네."

"조개껍데기를 돌로 깨서 먹는데도? 무슨 닭도 아니고, 말도 안 되는 얘기야. ……이렇게 말하면 화내려나. 이 빌라, 옆방에서 하는 소리 다 들리거든."

"혹시 그 사람이랑 사귀는 거야?"

"무슨. 사진 찍어서 걸어 두고 보기엔 좋을지 몰라도, 같이 있으면 무지 피곤해. 그리고 이 빌라 사람들은 다들 사이좋게 지내. 3년 전에 엄청난 태풍이 불어 닥쳐서 집이 물에 잠긴 적이 있는데, 그때부터 운명 공동체라는 느낌을 갖게 됐거든. 같이 지붕을 수리한 적도 있는데 정말 깜짝 놀랄 정도로 낡았더라고. 그래도 그 섬에 있는 것보다는 몇 배나 좋아. 이런 느낌을 공유할 만한 사람, 나한테는 아마 나루세밖에 없을 거야. 그래서 다시 만나니 반가웠어."

반가웠다고? 나 때문에 이런 곳에 살고 있는데? 지붕 수리라니…….

"미안해, 스기시타. 정말 미안해. 나를 감싸 주다가 장학금도 못 받게 되고. 정말이지 미안하다."

나는 고타쓰에서 나와 다다미 위에 무릎을 꿇었다. 숙일 수 있는 만큼 머리를 숙였지만, 용서받으리라고는 생각지 않는다. 세련된 원룸에 살 정도는 아닐지 모르지만, 그래도 장학금을 받았다면 좀 더 나은 곳에 살고 있었을 것이다. 내가 여유 있게 지낸 만큼을 스기시타가 여유 있게 지낼 수 있었을 것이다.

"뭐? 그럼 너, 지금까지 줄곧 그렇게 생각하고 있었니? 난 장학금 같은 거 신경도 안 썼는데."

고개를 들었다. 스기시타가 몹시 난감한 표정을 짓고 있다.

"아니, 물론, 우리 집이 안 좋은 상태이긴 했지만 아빠가 있잖아. 바닷가 커다란 집에서 딴 여자와 살고 있는 최악의 아빠지만, 양육비 같은 건 꼬박꼬박 보내 줘서……. 그래서 참 다행이야, 라고 다섯 번 두드렸는데."

"그 다섯 번이 참 다행이야, 였어?"

"그래. 아님 뭐겠어."

그것 말고도 많지. 하지만 안심이다. 눈물 날 정도로. 다행이야, 다행이야, 다행이야.

"그보다, '샤르띠에 히로타'의 출장 서비스 말인데, 가령 오늘 전화하면 이번 달 안에 예약이 될까?"

"음……, 그건 좀 힘들지. 빨라야 4월쯤일걸."

"그렇게 오래 기다려야 돼? 최대한 빨리 어떻게 좀 안 될까? 장학금 고마웠어, 나루세의 특별 우대야, 뭐 그런 거 없어? ……아아, 이건 취소. 괜히 생색내는 것 같다."

용서받았다고 생각했다가 갑자기 허를 찔린 기분이었다.

내가 아차, 싶은 표정을 지으니 그야말로 농담처럼 말했을 뿐이겠지만. 하지만 그걸로 스기시타에게 입은 은혜를 갚을 수 있다면……. 화를 내지 않은 것과 은혜를 입었다는 것은 또 별개의 문제다.

"그래? 그럼 내가 들어가면 되겠다."

출장 서비스를 처음부터 끝까지 혼자서 해낼 수 있는 스태프는 몇 명 안 된다. 그래서 스태프의 상황에 따라 출장 서비스를 할 수 없는 날도 있다. 그런 날 중 하루에 내가 들어가면, 이달 중으로라도 예약을 받을 수 있다. 스기시타에게 그렇게 말해 보았다.

단, 나 혼자 갈 경우 손님은 네 명까지.

정말? 그녀가 함박웃음을 짓더니, 그럼 언제가 좋을까, 역시 주말은 힘들겠지, 라고 말했다. 이번 달 토요일은 딱 하루 비워 두었다. 1월 22일, 내 생일이다. 만약에 오늘, 장기 가르쳐 준 답례로 어쩌고……, 일이 그런 식으로 흘러가는 것 같으면 과감하게 초대하려고 했는데.

"22일 토요일이면 괜찮겠어?"

그래. 이걸로 됐다. 화 안 났다고? 그럼 내 생일에 식사라도, 이건 오버다. 스기시타는 수첩을 펼치고 22일에 동그라미를 쳤다. 그러더니 손가락으로 다른 날을 더듬는다.

"그럼, 파티는 다음 주에 해야겠네. 나루세는 한가한 날이 언제야?"

나는 그게 내 생일 파티인 줄로만 알았다.

생일 일주일 전……이라는 걸 지금까지 의식해 본 적이 있었던가.

꽃 화분 같은 걸 내 손으로 사기는 처음이었다. 그녀와 마주 앉은 테이블 한가운데에 이 화분이 있으면 참 행복한 기분이 들지 않을까 해서 사 왔는데, 그 자리에는 이미 전기냄비가 놓여 있었다.

"오늘은 전골을 끓이려고."

그렇게 말하면서 화분을 화장대에 올려놓아 준 건 고마웠고, 추운 밤에 그녀와 전골을 먹는 것도 즐거울 것 같았지만, 왕자님까지 이 자리에 있어야 하는 이유는 납득이 안 간다.

"지난번에는 인사도 못하고 실례가 많았어. 니시자키라고 해."

술잔을 한 손에 든 채 고타쓰에 발을 들이밀고 드러누워 말하다니. 부아가 치민다.

"미안해. 늦게까지 아르바이트하느라고 준비를 아직 다 못했어. 냉장고에 무알코올 맥주랑 와인 있으니까 우선 마시고 있어."

좁은 싱크대 앞에서 파를 송송 써는 그녀의 뒷모습을 바라보는 것이 어떤 의미에서는 동경하던 광경이랄까. 꽤 감동적이었지만 배는 고팠다. 낮에 출장 서비스를 나갔다가 끝나고 바로 왔기 때문이다.

우선 맥주를 꺼내서…… 맞다, 케이크. 냉장고에 넣어 두는 게 좋을지도 모르겠는데. 아차, 스기시타에게 케이크를 들고 갈 거라고 메일이라도 써 두는 건데. 벌써 사 놨으면 어떡하지.

냉장고를 열고 무알코올 맥주를 꺼내면서 나의 어수룩한 망상을 비웃는다. 케이크는커녕 식빵과 마가린밖에 없다. 들고 온 케이크 상자를 종이봉투째 가운데 칸에 넣었다.

친구가 좀 이른 생일 파티를 해 주겠다는데 근무 스케줄 좀 바꿔도 될까요? 히로타 씨에게 그렇게 물었더니, 그럼 케이크도 그때 가져가는 게 낫겠군, 하면서 오늘 만들어 준 것이다.

여자들이 좋아하는 걸로 만들었으니까 잘해 봐, 라며. 기념일을 '샤르띠에 히로타'에서 맞는 손님이 왜 많은지 알 만하다. 상자를 열어 보고 그녀는 어떤 표정을 지을까.

그보다, 그녀를 좀 거들어 주는 게 좋을지도 모르다. 전기냄비 옆에 된장과 나무 주걱이 놓여 있다. 맥주는 나중에 마시기로 하고, 된장을 냄비 가장자리에 발라 둑처럼 만들었다.

굴 야채 전골. 가스 화로에 질냄비였다면 더 좋았을 텐데, 하고 생각한다.

"어, 스기시타식인 줄 알았는데 너에게도 당연한 거로구나.

과연 동향이군. 제법인데."

내 손놀림을 보며 니시자키가 말한다.

"니시자키 씨는 고향이 어딘데요?"

그렇게 묻자, 여기서 별로 멀지 않아, 라고 말했다. 이렇게 낡아 빠진 빌라에 혼자 살고 있으니 보나 마나 지방 출신이겠다 싶었는데, 유유자적한 분위기로 보면 그럴 것 같기도 하다.

채소를 수북하게 담은 접시를 들고서 그녀가 자리에 앉았다.

"세상에, 된장의 두께가 일정하네. 과연 요정 '잔물결'의 아들이야. 여전히 꼼꼼한 게, 성격 나오네."

그 말을 들은 니시자키가 왜 그런지는 몰라도 히죽거렸다. 전기냄비의 스위치를 켠다. 굴과 채소를 넣은 후 잠시 기다리기만 하면 된다.

"나루세 군, 우리 와인 따자고. 나를 위해서 여기까지 와 주었는데 먼저 건배부터 해야 되지 않겠어?"

니시자키가 말했다. 나를 위해서? 무슨 소리지? 어리둥절해하고 있는데, 그녀가 냉장고에서 차가운 화이트 와인을 꺼내 와 니시자키에게 건넨다. 그는 코르크 마개를 따서 물방울 무늬가 새겨진 유리잔에 콸콸 붓는다.

"니시자키 씨, 제78회 시라카바 문학상, 축하해요."

그녀가 선창한 후 셋이서 잔을 마주쳤다.

문학상? 파티라는 게 그거 때문이었어? 생각해 보니 그녀가 내 생일을 알 리 없다. 나도 그녀의 생일을 모르듯. 그런데, 상을 받았단 말이야? 왕자님, 제법인데.

"나루세 군은 책을 읽나?"

"어쩌다 읽기는 하죠. 그런데 시라카바 문학상이라니, 대단한데요. 아, 맞다. 그러고 보니 얼마 전에 아쿠타가와상을 받은 사람도 시라카바상 수상자 출신이었던 거 같은데."

"잘 아는군. 자네라면 나의 문학을 이해할 수 있겠어. 이렇게 만난 기념으로 이걸 꼭 좀 받아 주었으면 좋겠군."

니시자키는 매우 흐뭇한 표정으로 그렇게 말하고는, 화장대 위로 손을 뻗더니 갈색 봉투를 집어 내게 건넸다. 받아 들고 봉투 속을 보니 원고가 들어 있다. 제목은 '작열하는 새'. 어쩌라는 거야.

그런 내 기분은 아랑곳하지 않고 니시자키는 "맞아, 이쪽이 먼저지." 하면서 월간지 『시라카바』를 펼쳐서 보여 준다.

제78회 시라카바 문학상 예선 통과자 ―「조개껍데기」의 니시자키 마사토.

제목으로 보건대 좀 전에 그녀에게 들은 이야기 같은데 그런 걸로 용케 상을 받았구나, 그렇게 생각했는데, 1차에서만 통과됐을 뿐, 2차 통과자 위에 찍힌 동그라미 표시가 니시자키의 이름 위에는 없다.

그러면서 마치 수상이라도 한 것처럼 난리를 치고…….

전골이 보글보글 끓으면서 된장이 알맞게 눋기 시작해 일단은 먹기로 했다. 니시자키는 없다고 치고, 그녀와 둘이서 먹는다고 생각하자.

"나루세, 굴 다 익었어. 이렇게 쪼그만 굴, 본 적 없을걸."

그녀가 내 접시에 굴을 덜어 준다. 어쩐지, 좋다. 무지하게, 좋다.

"나루세 군, 자네는 누굴 위해 살고 있지?"

니시자키가 불쑥 끼어들었다.

"누구라니, 나 자신을 위해 사는 거 아닌가요?"

"사람이 잘군. 덩치는 그렇게 커다라면서 말이야. 하기야 나도 큰소리칠 입장은 아니지. 반년 전까지만 해도 나 역시 자신을 위해서 살았으니까. 아니, 자신을 위한 문학을 추구했다고 해야 하나. 문학상 공모에서 떨어질 때마다, 왜 나의 세계를 이해하지 못하느냐고 얼굴도 모르는 심사 위원들을 원망하곤 했지. 하지만 떨어지는 게 당연했어. 재능을 자기 자신을 위해 쓴다는 것은 결국 자신의 능력을 넘어설 수 없다는 뜻이니까. 지금 눈앞에 금방이라도 끊어질 듯한 출렁다리가 있다고 쳐 봐. 그 다리를 건너가면 무언가가 있을지도 몰라. 하지만, 굳이 위험을 감수할 만큼 대단한 것이 있다는 보장은 없어. 그렇다면 자네는 다리를 건너겠나?"

"글쎄요, 어떨지."

"그렇겠지. 그런데 만일 다리 저쪽에 스기시타가 있다면 어떨까. 게다가 도와 달라며 자네 이름을 부른다면?"

건너……갈까? 에이, 하지만 그런 상황이 있겠어, 하는 표정으로 동의를 구하듯 그녀를 보니 그녀는 진지한 표정으로 나를 보고 있다.

"부른다면, 건널 거예요, 아마."

그녀가 싱긋 웃었다. 만약 단둘이 있었다면, 이대로 손을 꼭 잡고 싶다…….

"그러겠지. 그럴 거야, 나루세 군은."

니시자키가 내 손을 잡았다. 기분 안 좋다.

"다리 건너에서 내 이름을 불러 주는 사람이, 내게도 생겼어. 이 세상의 아름다운 것만을 모아 놓은 결정체 같은 사람. 미의 여신이야."

제정신이야, 이 인간? 어느 극단에 소속돼 있어서 지금 연극 연습 하는 거야, 그렇게 말해 주었으면 좋겠다. 그런데 스기시타는 이해해, 이해해, 라고 말하듯 고개를 끄덕이고 있다.

"물론 스기시타도 나쁘지는 않아. 하지만 끊어질 것 같은 출렁다리 양쪽 끝에 나랑 스기시타가 있다면, 어느 모로 보나 스기시타 쪽이 건널 것 같지 않아? 그러나 스기시타는 건너오지 않지. 왜냐. 나의 문학, 즉 내가 지향하는 곳과 스기시타가 지향하는 곳이 서로 다르기 때문이지. 그러나 나의 그녀는 달

라. 그녀는 다리를 건널 수 없어. 하지만 나를 원하고 있어. 난 처음으로 누군가를 위해서 썼어. 그게 바로 이 「조개껍데기」야. 건너고 보니, 사람들의 평가가 기다리고 있더군."

평가라니, 고작 1차 심사밖에 통과하지 못했으면서.

"자넨 지금, 고작 1차 심사라고 생각하고 있을지도 모르지."

독심술이라도 하는 건가?

"이건 위대한 첫걸음이야. 그녀가 함께해 준다면 나는 아무리 높은 곳이라도 올라갈 수 있다……고 여겼는데."

그 순간 니시자키가 갑자기 일어서더니 창가로 가서 두 손으로 커튼을 열어젖혔다.

고층 빌딩들이 줄지어 선 야경. 그렇구나, 여기는 도쿄였어.

"저기 저 제일 높은 빌딩. 아니지, 악의 대왕이 지배하는 탑."

니시자키가 손가락으로 가리킨다.

"자네, 라푼첼 이야기 알아? 나의 여신은 지금 그 이야기 속의 공주처럼 저 꼭대기에서 4층 아래 방에 유폐되어 있어. 나는 그녀를 구출하고 싶다. 그래서 자네가 협조해 주었으면 하는데."

이건 또 무슨 소리야.

"니시자키 씨, 좀 더 알기 쉽게 설명해야지. 나루세가 황당해하잖아."

그녀가 얘기를 잇는다. 아무래도 나는 1차 심사 통과를 축하하기 위해서만 초대된 건 아닌 듯하다.

한마디로, 니시자키는 불륜에 빠진 모양이다.

탑 꼭대기 근처에 사는 사람은 대기업에 근무하는 노구치 다카히로 씨와 그의 아내 나오코 씨. 대기업에 근무한다고 해 봐야 어차피 샐러리맨인데, 임시 거처가 저렇게 어마어마한 맨션이라니 대단하다고 생각했더니, 아마도 노구치 씨의 부모가 상당한 재력가인 듯하다.

그 재력가의 후계자(?)의 부인과 니시자키가 불륜이라니, 니시자키의 망상이 아닐까 싶었지만, 노구치 부부가 원래부터 스기시타와 아는 사이라고 하니 믿는 수밖에 없다.

스기시타와 노구치 부부는 오키나와 다이빙 투어에서 장기를 통해 서로 알게 되었다고 한다. 아랍의 부호는 아니지만, 유명 인사를 만나는 데 진짜로 장기가 도움이 되었다는 게 놀랍다.

스기시타가 없을 때 그녀를 찾아온 나오코를 만난 니시자키는 여신이 나타났다느니 하는 알 수 없는 소리를 하면서 둘만의 만남을 거듭하게 된다. 하지만, 겨우 한 손으로 꼽을까 말까 한 단계에서 남편이 뭔가 이상하다는 눈치를 채고 말았다.

남편은 악의 대왕으로 둔갑한다.

스기시타 말로는, 대왕은 산뜻하고 쾌활한 인상이지만 실은 엄청나게 질투가 심하다고 한다. 대왕 자신의 입으로는 유산한 부인이 염려스러워서, 라고 하나 본데, 그 후로 대왕은 공주님을 감금하게 되었다.

21세기인 이 시대에, 공주님이 다른 남자와 연락하지 못하도록 휴대 전화는 물론 컴퓨터나 집 전화까지 압수한 모양이다. 게다가 맨션 현관문 바깥쪽에 체인을 달아 대왕이 밖에 있는 동안 공주님은 밖으로 한 발짝도 나갈 수 없게 했다고 한다.

니시자키 말로는 공주님이 대왕의 폭력에도 시달리고 있다고 한다.

하지만 불륜을 저지른 두 사람이 나쁘다. 니시자키도 자신이 공주님을 포기하면 일이 어떻게든 해결될지 모른다며 스스로를 타이르고 있었는데, 스기시타가 친구와 노구치 부부에 대해 얘기하는 소리를 벽 너머로 듣고 도저히 가만히 있을 수 없어 스기시타에게 공주님과의 관계를 털어놓고 도움을 청했다는 것이다.

두 사람은 공주님을 탑에서 구해 낼 방법을 궁리했다. 하지만 방범 시스템이 완벽한 데다, 입구에 안내원과 경비원까지 있다고 한다. 스기시타 말로는, 안내 데스크에서 나오코 씨를 찾아왔다고 말해 봤자 대왕이 없을 때는 전해 주지 않도록 되어 있다고 한다. 대왕이 집에 있어야 그곳에 갈 수 있는 것이다. 하지만 그래서는 공주님을 데리고 나올 수 없다.

그러는 와중에 스기시타가 내게서 '샤르띠에 히로타'의 출장 서비스 얘기를 들었다. 그걸 어떻게 잘 이용할 수 없을까, 하며 니시자키에게 제안했고, 그래서 내가 오늘 여기까지 불려 오게 된 것이다. 동창회 때부터 스기시타가 웬일인지 친근하게 굴더니, 이것 때문이었다.

가게로 노구치 씨의 예약 전화가 온 것은 지난번 이곳에 온 날로부터 사흘 후였다. 22일에 예약하고 싶다고 하기에 그날은 다른 예약이, 하고 머뭇거리자, 스기시타 씨의 소개라고 밝혔다. 4인분을 주문한다고 해서 스기시타와 어떤 관계일까 궁금했는데, 이런 일이었다.

이게 무슨 파티야.

물론 1차 심사 통과를 축하하고 싶은 마음도 진짜로 있었던 것 같다. 1차 통과 덕에 니시자키가 공주님이라는 존재의 의의를 새롭게 인식한 듯하니까. 그 이상은 아무래도 좋다.

"미안해, 나루세. 부탁할게."

스기시타가 머리를 숙이는 바람에 될 대로 되라는 심정으로 고개를 끄덕였다.

니시자키가 "정말 고마워." 하면서 무슨 계획표 같은 것을 내게 내민다. 애초의 계획으로는 나와 함께 '샤르띠에 히로타'의 스태프인 척하고 들어가 내가 부엌에서 준비하고 있는 동안 어떻게든 빌미를 만들어 데리고 나가려 한 듯하다. 그런데 공주님이 니시자키에게 전화를 걸어, 꽃집 배달원으로 가장해서 데리러 와 달라고 하는 바람에 계획을 변경하게 되었다.

대왕의 집에는 방음 장치가 되어 있는 서재가 있다고 한다. 거기서 스기시타가 장기를 두며 대왕을 붙들고 있는 사이에 니시자키가 데리고 나가기로 한 것이다.

내 역할은, 어쩌면 일이 금방 잘 끝나 버릴지도 모르지만, 만에 하나 니시자키가 공주님을 데리고 나간 다음 대왕이 쫓아올 경우 그를 막는 일, 또는 실패한 니시자키를 대신해 공주님을 데리고 나가는 일, 그 정도인가 보다.

"뭐, 내가 데리고 나간다고?"

내가 그렇게까지 할 이유는 없지 않을까. 그런데 니시자키는 "만에 하나, 그렇다는 거지."라며 자기가 뭐라도 되는 듯 내 어깨에 손을 얹었다. 장난인지 진심인지, 도무지 모르겠다.

이런 일에 협조해도 괜찮은 것일까.

계획표 맨 위에는 '출렁다리 건너기 작전'이라고 쓰여 있다. 이건 뭐 B급 코미디도 아니고. 그러고 보니 지금 파티를 하지 않으면 니시자키가 앞으로 문학 때문에 축하받을 기회는 없을 것 같다. 그건 그런데…….

이런 일에 과연 가담을 해야 하는 것일까. 계획표도 엉성하기 짝이 없다.

5시 반, 스기시타, 탑으로 들어간다.

6시, 니시자키, 꽃집 배달원으로 가장해 공주님을 데리고 나간다.

7시, '샤르띠에 히로타'의 출장 서비스 도착. 뒷일을 부탁.

정말 할 생각이 있는 거야?

"식사를 4인분 주문하던데, 나 말고도 협력자가 또 있는 거야?"

"안도라고, 우리가 다 아는 사람이 올 거야. 하지만 안도는 이 계획과 관계가 없고, 아무것도 몰라. 처음에는 니시자키 씨도 출장 스태프인 척하려고 했기 때문에, 손님이 세 명인데 스태프가 둘이나 오면 노구치 씨가 이상하게 생각할까 봐 안도를 불렀어."

스기시타가 그렇게 설명한다. 그렇다면 차라리 그때 계획에 대해 얘기해 주었으면 좋았을 것을. 아마도 처음에는 내게 계획에 대해 얘기할 생각이 없었던 것 아닐까. 니시자키가 스태프인 척할 필요도 없어졌고 하니. 그러다, 단둘이 하자니 왠지 걱정스러워 별 해가 없어 보이는 내게 협조를 구하기로 했다, 그런 건가.

괜찮아, 나루세는 내게 빚이 있거든, 어쩌고 하면서.

"그래서, 무사히 데리고 나왔다 치고, 그다음엔 어떻게 할 건데요? 이 집에 숨겨 놓기라도 하겠다는 건가요?"

"일단은 그녀를 여기로 데리고 올 거야. 뒷일은 둘이서 의논할게. 아는 사람이 없는 곳으로 도망칠 수도 있고."

니시자키가 말했다. 뭐야, 이 현실감 없는 계획은. 사는 게 쉬운 일인 줄 알아, 라고 내가 말해 봐야 아무런 설득력이 없겠지만. 만일 내가 공주님이라면 아무리 탑에 갇혔다 해도 이 인간이 구하러 오면 절대 따라나서지 않을 것이다.

작전이 성공리에 끝난 후 왕자와 공주님은 어떻게 될 것인지, 오히려 그쪽이 더 궁금해졌다.

스기시타가 한 번 더 머리를 숙여 내가 그것을 받아들이자, 니시자키는 신이 나서 옆방으로 돌아갔다.

"미안해. 저래 보여도 니시자키 씨, 진심은 진심이야. 나도 나오코 씨를 도와주고 싶고. 정말 미안해."

그런 말을 아무리 한들 그것마저 나를 이용하기 위한 연기로 느껴진다. 그렇다고 내 쪽에서 세게 나갈 수도 없다.

"사과 안 해도 돼. 재미있을 것 같은데, 뭐."

그렇게 말하자, 스기시타는 기쁜 듯 웃어 주었다.

둘이서 뒷정리를 하고 나자, 자, 내 볼일은 다 끝난 것 같은데, 오늘은 이대로 돌아가는 건가, 설마 자고 갈 수 있는 건 아니겠지. 아니다, 오히려 돌아가고 싶다, 그런 생각을 하며 고타쓰에 발을 집어넣은 채 어정쩡하게 있는데, 그녀가 커피를 끓여 머그 컵 두 개에 따라 들고 왔다. 냉장고에 케이크 있는데, 라는 말은 할 수 없다.

그녀가 맞은편에 앉는다. 둘 다 다리를 뻗고 있어 그녀의 발끝이 내 무릎 언저리에 닿았다.

"미안해, 고타쓰밖에 없어서. 냄비를 꺼 버리니까 갑자기 추워지네."

그렇게 말하고서 그녀는 두 손으로 머그 컵을 감싸 쥐고 후후 불었다. 이렇게 둘이 있는 이유에 대해서는 아직도 조금 열 받지만, 추운 겨울밤에 이렇게 마주 앉아 따끈한 커피 한 잔을 함께 마실 수 있는 사람이 있다는 건 그리 나쁘지 않다. 횡횡 몰아치는 바람에 유리창이 흔들린다. 커튼은 니시자키가 열어 둔 그대로다.

그 섬에 살던 시절에는 상상도 못했던 고층 빌딩들. 게다가 도쿄 타워는 섬에서 제일 높은 아오카게 산보다 더 높다.

맨 꼭대기 층에서 지상을 내려다보면 어떤 기분이 들까. 원하는 것을 모조리 거머쥔 기분일까. 하지만 그 맨션에 사는 부부는 별로 행복하지 않은 듯하다.

원래부터 나는, 제아무리 높다 해도 아파트라는 것에는 별다른 가치를 느끼지 못했다. 아무리 넓고 좋다 한들 결국은 공간에 불과하다. 멋진 야경을 보고 싶은 거라면 전망대가 있는 고층 건물에 천 엔 정도 내고 올라가면 될 일이다.

그보다는, 좁아도 좋으니 손에 잡히는 현실감 있는 장소를 원한다. '샤르띠에 히로타'처럼, '잔물결'처럼, 소중한 사람과 마주 앉아 행복한 시간을 공유할 수 있는 장소.

그런 곳에 함께 있기를 바랐던 적이 있는 사람이, 비록 낡아 빠진 빌라지만 손을 뻗으면 닿을 곳에 있다. 이거, 굉장히 행복한 일 아닌가.

문득 보니 그녀도 고층 빌딩들을 올려다보고 있다. 어쩌면 같은 생각을 하고 있는지도 모른다.

"……생각하는 거 아니지?"

"응?"

"이걸로 충분히 행복하다, 그런 생각 하고 있는 거 아니지?"

"스기시타는, 어떤데?"

"나는…… 아직 전혀 만족스럽지 않아. 섬에 있을 때는 그곳만 벗어나면 인생이 바뀔 거라고 생각했지. 아빠의 애인 때문이 아니야. 아무것도 없는 좁은 세계 속에서, 행복해지려는 노력도 없이 행복하다고 스스로를 타이르면서 인생을 끝내기는 정말 싫었어. 그런데 사람들은 어떻게 즐거운 듯 지낼 수 있는지, 이상해서 견딜 수 없었지. 숨 막혀 하는 사람은 없을까, 내내 동지를 찾고 있었어. 그러다 간신히 생각이 비슷한 사람을 찾았다 싶었던 게 바로 나루세야."

"……나?"

아닌 게 아니라 그 시절, 나도 비슷한 생각을 했다.

"그런데 나루세가 마음속에 쌓아 두고 있던 생각은 그 이상이었나 봐. '잔물결'이 타오르는 것을 빤히 바라보고 있는 나루세의 모습은 굉장히 강한 것 같으면서도 한편으로 굉장히 약해 보였어. 엄청난 각오로 저지른 거구나 싶어 나도 함께하고 싶은 마음이 들었고, 그래서 거짓말을 한 거야. 같이 있었다고."

아니, 잠깐. 스기시타는 정말 내가 불을 질렀다고 생각하는 건가? 게다가 그런 나를 긍정하고 있다.

"장학금 신청서는 처음부터 나루세에게 주려고 동사무소에서 받아 왔던 거야. 나보다 더 그 섬을 답답해하는 것 같고 나보다 확실하게 성공할 것 같은데 진학을 포기하면 아깝잖아. 하지만 뭐라고 하면서 줘야 할지 몰랐어. 결국 그런 식으로 건네게 돼서 미안해. 그게 줄곧 마음에 걸렸어. 우리 둘 다 섬을 벗어날 수 있어서 다행이다, 하면서 나는 그걸로 만족했어. 하지만 떠난 건 좋았는데, 뭐냐고, 이 꼴이. 이 생활이. 섬에 있을 때랑 하나도 달라진 게 없잖아. 그나마 괜찮다고 스스로를 달랠 수 있는 건 아직 학생이니까. 하지만 기회가 있다면 나 자신이 갖지 못한 것을 가진 사람들을 역습하고 싶어. 그걸 발판 삼아 나도 높은 곳으로 가는 거지."

그녀가 다시 한 번 고층 빌딩들을 올려다보았다. 나도 본다.

"나루세는 섬에서 벗어나 사람들 속에 섞이고 싶다고 했지. 그런데 난, 나루세가 도시에 나가서도 사람들 속에 섞일 수 없는 사람이라는 생각이 들었어. 그래서 힘들지는 모르겠지만, 그래도 언젠가는 높은 곳까지 갈 수 있지 않을까 싶었어. 결국, 커피를 마시며 진심으로 행복하다고 느낄 수 있는 건, 그곳까지 가고 나서야 가능한 일이야. 그곳까지 가지도 않고서 그런 말을 한다면, 그건 변명일 뿐이야. 그날의 나루세 군을 다시 만나서, 이번에는 쭉 같이 있고 싶어. 니시자키 씨에게 협력하는 게 아니야. 우리 자신을 위해서 하자."

그렇다. 이 빌라는 물론이고 내가 사는 곳도, 그리고 일상생활도, 섬에 있던 시절에 그렸던 도쿄나 도시가 아니다. 만약 이대로 섬에 돌아가 취직하게 된다면 또다시 옛날의 자신으로 돌아갈 뿐이다.

섬에서 벗어나기만 하면 되는 것이 아니었다. 하지만 그건 섬을 벗어나지 않고서는 깨칠 수 없는 일이다. 나를 섬에서 띠나게 해 준 그녀가 이제 다시 한 번 나를 어딘가 먼 곳으로 데려가려 하고 있다.

게다가, 이번에는 둘이서.

불륜의 도피행을 돕는 것이 그 전야제라면, 그건 꽤 신나는 이벤트가 아닐까.

1월 22일, 나의 스물두 번째 생일. 결행의 날이 찾아왔다. 그래 봐야 한나절을 빈둥거리면서 보내고, 오후 3시가 넘어서야 겨우 움직이기 시작했다. 집을 나서기 조금 전에 스기시타에게서 메일이 왔다. 작전을 재확인하는 내용이 아니었다.

생일 축하해.

스기시타가 냉장고에 들어 있는 케이크를 발견한 것은 파티 다음 날 아침이었다. 히로타 씨가 케이크에 HAPPY BIRTH-DAY라고 써 놓는 바람에 스기시타는 말하지 그랬어, 라고 미안하다는 듯이 말했지만 어색한 분위기는 아니었다.

왠지 서로가 앞날이 있을 듯한 기분이 들어서였다고 생각한다.

오후 4시에 가게로 나가 출장 서비스 준비를 시작했다. 모르는 집으로 나가기는 오랜만이었다. 지도를 찾아보고 주차장 위치도 꼼꼼히 확인해야 한다. 맨션 이름은 '스카이 로즈 가든'. 가게에서 차로 20분이면 충분할 것이다. 지도에서 보니 스기시타의 집에서도 비교적 가깝다.

그날 밤에는 니시자키와 스기시타가 막연히 고층 빌딩들을 올려다보며 얘기하는 줄 알았는데, 지금 내가 가려는 맨션을 응시하고 있었는지도 모른다.

악의 대왕에 의해 높은 탑에 유폐된 가엾은 공주님을 구출한다 이거야? 나, 참.

요리를 담은 보온 용기를 왜건에 싣고 6시 반에 가게를 나섰다.

대로에서 일방통행로로 들어서자마자 바로 그 맨션이 눈에 들어왔다. 입을 쩍 벌리고 있는 듯한 게이트가 보였지만, 그건 분명 주민용 지하 주차장으로 들어가는 입구일 것이다. 방문객용은 입구 앞쪽에 있다고 주문서의 주차장란에 쓰여 있다.

한번은 건물과 주차장이 아주 멀리 떨어진 고급 아파트에 출장 나간 적이 있었다. 그 후로 그런 고급 아파트는 되도록 피하고 싶었지만, 이곳은 문제없을 것 같다. 입구에서 가장 가까운 쪽에 차를 세우고, 접이식 카트를 꺼내 천천히 짐을 실은 후 시계를 보았다.

6시 48분. 아주 적당한 시간이다. 자동문을 들어서니 호텔 프런트 같은 카운터가 있었다. 주문을 받았다고 해서 직접 집으로 올라갈 수는 없는 시스템이다.

카운터 안쪽에 있는 여자에게 주문서를 보이며 노구치 씨 댁과 연결해 달라고 부탁했다.

스기시타는 이미 도착해 있을 것이다. 니시자키는 어쩌고 있을까. 벌써 공주님의 손을 잡고 여기서 빠져나갔다면 이렇게 조용할 리 없다. 그렇게 생각하니 마음이 좀 무거웠다.

현관문 바깥쪽에 설치된 체인을 사진 찍어 두라는 부탁도 받았다. 만에 하나 작전이 실패로 돌아가고 경찰에 신고되어 취조를 받게 될 경우, 그 사진만으로도 공주님이 감금당했었다는 증거가 될 테니까, 라며.

가게 유니폼인 흰 상의 가슴 주머니에 넣어 둔 휴대 전화를 꺼냈다. 식사가 끝날 때까지는 반드시 전원을 꺼 두어야 한다. 손님의 소중한 한때에 찬물을 끼얹는 일이 있어서는 안 되기 때문이다.

차라리 스기시타에게서 '니시자키 실패, 예정대로 식사'라는 문자가 와 있다면, 하고 기대했는데 그런 문자는 와 있지 않았다. 그런데 문자와 착신 이력을 확인하고 있는 동안 안내원이 들고 있는 수화기에서는 벨소리만 계속 흘러나왔다. 그녀는 일단 수화기를 내려놓았다. 스무 번이나 서른 번, 정해진 회수까지 기다려도 받지 않으면 일단 끊는다는 규정이라도 있는 걸까.

"잠시 기다렸다가 다시 연결해 보겠습니다."

이러면 곤란한데. 아무도 받지 않는다는 건 무슨 뜻이지?

니시자키가 작전에 성공해서 공주님을 데리고 나갔고, 대왕과 스기시타는 여태껏 서재에서 장기를 두고 있는 것인가. 그렇다면 좋겠지만, 만약, 데리고 나가다가 대왕에게 들켜 한바탕 소란이 벌어졌다면……. 스기시타는 무사한 것일까.

조금씩 불안해질 무렵, 희미하게 들리던 벨소리가 멈췄다. "누구야." 하는 남자의 목소리가 있고 나서 "취소라고 전해."

라는 말소리가 들렸다. 대왕의 목소리인가. 아니, 니시자키 같기도 한데. 어느 쪽이든 식사를 할 상황은 아닌 것 같다. 위에서는 대체 무슨 일이 벌어지고 있는 것일까.

다시 한 번 연결해 달라고 부탁했다. 그러자 이번에는 금방 연결되었는데, 웬일인지 안내원이 수화기를 내밀었다. 뭐지, 라고 생각하면서 받아 든다.

"나루세지? 도와줘!"

스기시타의 목소리였다. 수화기를 카운터에 내려놓고 곧장 엘리베이터로 향했다. 무슨 일이야, 무슨 일이 일어난 거냐고.

집 앞에 도착해 인터폰을 누르면서 한 손으로는 이미 손잡이를 잡고 있었다. 문은 잠겨 있지 않았다. 몇 센티미터 정도 열었다가 일단 멈춘다. 그리고 답답한 마음에 다시 활짝 열자 현관에 빨간 장미가 뭉그러진 채 흩어져 있었다.

무슨 일이 일어난 거지, 하면서 뭉개진 꽃다발을 내려다보고 있는데, 바로 앞쪽 방에서 스기시타가 나왔다.

"나루세……, 큰일 났어."

숭얼거리듯 말하고 그녀는 다시 안으로 들어갔다. 상황을 전혀 파악하지 못한 채 스기시타를 따라 안으로 들어가자, 안쪽에 니시자키가 서 있었다. 그리고 그의 발치에는 두 사람…….

엎드리듯 쓰러져 있는 사람이 노구치 씨인가? 그 뒤쪽에 천장을 보고 자빠져 있는 사람은 나오코 부인? 죽은 것일까? 머리 뒤쪽에서 피가 흘러나오고 있는 노구치 씨의 발치에는 피 묻은 은촛대가 나뒹그라져 있다.

  대체 무슨 일이 일어난 것인가.

"작전은 실패야."

니시자키 씨가 맥없이 말했다.

"미안해."

스기시타가 조그만 소리로 중얼거린다.

"대체 뭐가 어떻게 된 거야?"

  그렇게 물으며 스기시타를 바라보니 "잘 모르겠어."라고 대답한다. 방음 장치가 되어 있는 서재에 내내 있었거든, 하고서 나와 니시자키를 서재로 안내한 뒤 번갈아 들락날락하면서 바깥 소리가 전혀 들리지 않는다는 것을 확인시켰다. 그런 다음, 자신과 니시자키가 이곳에 온 이후의 일을 얘기했다.

  폭력적인 남편이 갑자기 덤벼들었다고는 하지만, 결과적으로 사람이 둘이나 죽었다. 더구나 한 사람은 니시자키가 제 손으로 죽였다고 한다. 경찰에 신고하고, 있는 그대로 말해야 하는 것인가.

  셋이서 계획해서 나오코 부인을 데리고 나가려고 했습니다. 하지만 이렇게 최악의 사태가 벌어지리라고는 생각지 못했습니다. 그런 말이 과연 통할까. 그리고 계획이라는 말은 금물이다.

"있는 그대로, 하지만 셋이 계획을 세웠다는 건 비밀로. 여기서 우연히 만났다고 하는 거야. 그리고 나는 동창회 이후로 스기시타를 만난 적이 없어. 니시자키 씨와도 초면이고. 스기시타는 니시자키 씨가 나오코 씨와 아는 사이라는 걸 몰랐어. 식사 모임을 제안했고, 초대를 받았을 뿐. 니시자키 씨는 나오코 씨를 데리고 나가겠다는 작전을 혼자 짰어. 됐지?"

둘은 고개를 끄덕였다. 이것만 철저히 지키고, 나머지는 사실대로 말한다.

그렇게 한 번 더 확인한 후 내가 경찰에 신고했다.

그 후, 신기하게도 서로의 진술에 어긋나는 점이 없었던 모양이다.

신고한 직후에 안도라는 녀석이 나타났지만, 거의 동시에 경찰이 들이닥쳐 그와는 결국 한마디도 나누지 못했다. 안도가 계획에 대해 전혀 몰랐던 점은 다행이었다.

니시자키 씨는 죄에 합당한 형을 받게 되었고, 사건 후 스기시타와 둘이 만난 일은 없었다.

그러고서야 비로소 나는 그녀가 화재 사건 후에 나를 피했던 이유를 알 것 같았다. 그녀가 장학금 때문에 내게 앙심을 품었으리라고 4년 넘게 생각해 온 나 자신이 한심하다. 그녀는 그렇게 좀스러운 사람이 아니다.

나를 지키기 위해, 나를 감싸고도는 것 아니냐는 주변의 의심을 사지 않기 위해 피했던 것이다. 자신의 소중한 장소가 불타는 광경을 보고 있는 내가 스기시타의 눈에 어떻게 비쳤는지는 모르겠다. 하지만 그 시절 그녀는 나에게 약간의 호감을 품고 있지 않았을까 생각한다.

톡, 톡, 톡, 톡. 샤프펜슬을 네 번 두드린 소리는 '네, 가, 좋, 아'였다고 생각하고 싶다. 그걸로 충분하다.

10년 후 …

10년 전 그 사건 때 나는 분명 거짓말을 했다. 니시자키나 스기시타와 입을 맞춘 것 외에도. 거짓말은 두 가지. 하나는, 내가 그 집 문 앞에 도착했을 때 현관문 바깥쪽 체인이 걸려 있었다는 것.

다른 하나는, 거짓말이라기보다는 말하지 않은 것.

이건 그저 억측에 불과할지도 모르겠지만, 쓰러져 있는 노구치 씨 옆에는 분명 피 묻은 촛대가 나동그라져 있었다. 니시자키는 그걸로 노구치 씨의 후두부를 쳤다고 진술했고, 경찰도 그 진술을 의심하지 않았다. 하지만…….

사람을 죽인 니시자키의 형량은 예상했던 것보다 가벼웠다. 그건 그 녀석, 사건 당일 마지막으로 노구치 씨 집을 찾은 안도가 니시자키를 위해 이리저리 뛰어다닌 덕인지도 모른다.

니시자키의 몸에는 유소년기에 받은 학대의 흔적이 무수하게 남아 있었다고 한다. 특히 심했던 것은 불에 덴 자국. 그게 니시자키가 쓴「작열하는 새」와 관련이 있는 듯한 느낌이 들어 나는 그에게 받은 원고를 펼쳤다.

소설의 주인공을 작가와 동일시하며 읽는 것만큼 어리석은 해석도 없을 것이다. 그 소설 전부가 니시자키 자신의 얘기라고는 생각하지 않는다. 다만 니시자키의 얘기도 일부 있다. 그 아주 약간의 부분으로 추측하건대, 적어도 니시자키는 고기 감자 조림 냄비가 얹혀 있는 가스 불을 보고서 방에서 뛰쳐나갈 만큼 불을 무서워하고 촛불에도 두려움을 품고 있을 것이다. 그럼 은촛대 위에서 타오르는 촛불은?

그런 사람이 아무리 순간적으로 취한 행동이라지만 과연 촛대를 집어 들었을까. 그곳에는 분명 비슷한 모양의 은제 꽃병도 있었는데. 그라면 그 쪽을 집어 들지 않았을까.

그렇다면 촛대를 잡은 사람은 누군가. 나오코 부인?

니시자키에게 덤벼드는 노구치 씨의 후두부를 향해 일격. 그럼, 그런 다음 나오코 부인은 누구의 칼에 찔렸다는 말인가, 니시자키? 그 세 사람으로 끝날 문제면 괜찮다. 그러나 같은 장소에 스기시타가 있었다.

나는 내내 서재에 있었어, 라며 경찰에 신고하기 전에 니시자키와 나를 서재로 안내했지만, 그렇다면 그녀는 왜 노구치 씨를 붙들어 두지 못했을까. 서재에 있던 장기판에는 동창회 때 그녀에게 받은 메모지에 적혀 있던 것과 똑같은 모양으로 말이 놓여 있었다. 처음부터 해결책을 알고 있었을 테니 어떻게든 컨트롤할 수 있지 않았을까.

정말 그녀는 내내 서재에 있었던 것일까.

그걸 그녀에게 묻는다면, 사실을 말해 줄 것인가.

만일 그녀 역시 그때 거짓말을 했다면, 화재 때와는 달리 그건 나를 위한 거짓말이 아니었을 것이다. 그렇다면 그녀는 누구를 위해 뭘 했고, 뭘 숨기고 있는 것일까.

직접 물어보자니 두려워져, 먼저 다른 사람들 얘기를 들어 볼까 하고 생각하는 나는 여전히 옛날 그대로 한심한 남자일지도 모른다.

자그마하지만 겨우 내 가게를 차려 10년 만에 그녀를 식사에 초대할 수 있게 되었는데도.

제3장

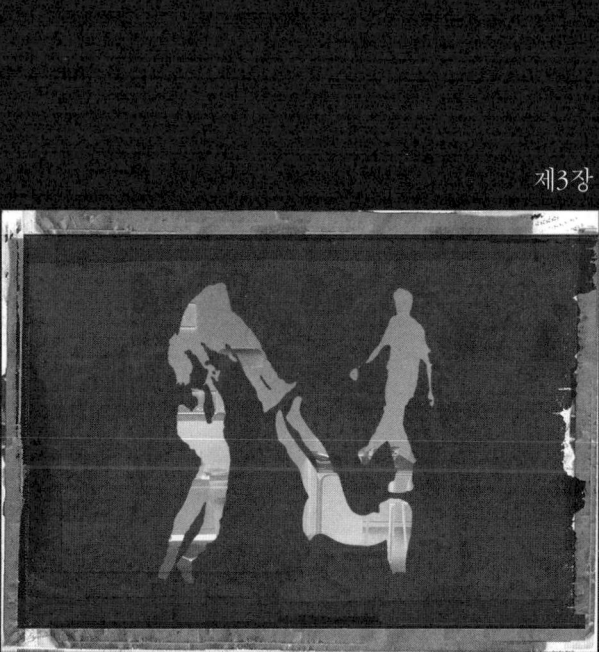

「작열하는 새」

 내가 그것을 알아차렸을 때 이미 나는 이 방에서 남자와 여자와 함께 지내고 있었다.
 넓은 방 한쪽 구석에 놓인 새장 안이 내가 사는 곳. 거기에서 보이는 것은 엷은 보라색 커튼에 가려진 침대뿐.
 나는 그날까지 자신의 의지로 움직이는 다른 사물을 본 적이 없었기 때문에, 나도 그들과 똑같은 모습을 한 같은 종류의 생물이라고 생각했다. 하지만 그걸 기쁘게 생각한 적은 없다.
 남자는 가무잡잡하고 몸집이 커다랗다. 여자는 하얗고 몸집이 작다. 그냥 보기에는 남자 쪽이 강할 것 같은데, 고통스러운 소리를 내는 것은 언제나 남자였다.
 사랑해. 사랑해.
 커튼 너머에서 무슨 일이 일어나고 있는지는 모른다. 쥐어짜는 듯한 남자의 목소리를 들으면서, 나는 그 말의 의미를 생각해 보았다.
 사랑해, 라는 건 어떤 것일까. 아무리 생각해도 알 수 없다.

그건 내가 '사랑해'와는 무관한 세계에 살고 있기 때문임이 분명하다. 여자가 주는 모이를 먹고, 기분이 내키면 노래를 부르고, 잠을 자고. 그런 나날의 어디에도 '사랑해'가 관련되었다고는 생각할 수 없었다.

그리고 나는 남자처럼 고통스런 소리를 내 본 적이 한 번도 없잖아.

그날, 새장이 창가로 옮겨졌다. 네게 햇빛을 쬐어 주기 위해서야, 라고 여자는 말했다. 처음에는 너무 눈이 부셔 눈을 뜰 수조차 없었기 때문에 원래의 자리로 돌아가고 싶었지만, 따스한 공기에 몸이 감싸이다 보니 서서히 기분이 좋아졌다. 무엇보다 조금씩 눈에 익어 가는 풍경이 아름다웠다.

창밖은 온갖 색깔로 넘쳐 났다. 때로 움직이는 것도 볼 수 있었다.

"바깥이 참 멋지지. 이 세계가 모두 네 것이야."

여자가 창가에 서서 내게 말했다.

"멋지다!"

내가 그렇게 대답하면 여자는 "무서워하지 않아도 돼."라며 미소지었다. 가끔 나는 여자가 내 말을 이해하지 못하는 게 아닐까 생각하곤 했다. 그건 사뭇 아쉬운 일이지만, 남자처럼 자지러지는 소리를 내게 하는 것보다는 나았다.

여자가 바깥을 올려다본다.

"새가 날아가네."

두 팔을 크게 벌리고 하늘을 흘러가는 생물. 저게 새라는 건가. 나는 자신의 손을 보았다. 조그맣고 하얀 손. 남자와 여자를 보면서, 왜 나만 이렇게 작은 걸까, 늘 의문스러웠다. 그건 같은 생물이 아니기 때문이었다.

나는 새였던 것이다.

여자가 남자를 돌아보았다.

"당신 알아, 내가 다시 태어나면 뭐가 되고 싶은지?"

방 한가운데 놓인 가죽 소파에 기대어 꾸벅꾸벅 졸고 있던 남자가 퍼뜩 놀란 듯 등을 쭉 폈다.

"다시 태어나다니, 그런 불길한 소리 하지 마."

남자가 어색하게 다리를 바꿔 꼰다.

"지금 당장 그런다는 얘기가 아니야. 인간은 언젠가는 죽잖아. 그다음 일을 말하는 거지. 사랑한다면 당연히 알겠지."

여자가 온 얼굴에 함박 미소를 띠자 남자는 꿀꺽, 침을 삼켰다.

"그럼 당연하지. 당신은…… 새가 되고 싶지?"

"역시!"

여자가 자지러지게 소리를 질렀다. 미소가 순식간에 사라졌다. 남자의 얼굴도 얼어붙었다.

"아니……야?"

"역시, 당신은 나를 사랑하지 않아. 사랑하는 척할 뿐이지."

여자가 창가를 떠나 남자에게 다가갔다. 남자의 허벅지 위에 무릎을 얹고, 두 손으로 남자의 얼굴을 감싼다.

"나를 속이려 해 봐야 소용없어."

"왜 그런 말을 하는 거야. 나는 당신을 사랑한다고. 몇백 번, 아니 몇천 번도 더 되풀이한 말을 어떻게 하면 믿어 주겠어? 난 당신이 원하는 걸 모두 해 줬어. 가정을 버리고, 명예도 버렸어. 재산도 전부 당신에게 주겠다고 약속했을 텐데."

"하지만 그런다고 당신이 육체적인 고통을 느끼는 건 아니잖아. 나는 당신을 위해 몸이 찢어지는 듯한 고통을 이겨 냈다고."

"그건 고마워하고 있어. 마음 깊이. ……당신을 사랑해."

"그렇다면 증거를 보여 줘."

"그게, 당신이 바라는 건가?"

"응. 진심으로."

"그래서 당신이 믿어 준다면야."

남자는 소파에 기대어 여자에게 몸을 맡겼다. 여자가 남자의 셔츠 단추를 하나씩 풀자, 남자의 가무잡잡한 가슴이 드러난다. 그 가슴에는 검붉은 모자이크 무늬가 있었다.

그 무늬를 보는 순간, 나는 징그럽다고 느꼈다. 그런데 여자는 아름다운 것이라도 바라보듯 눈을 가늘게 뜨고 손가락 끝으로 그 무늬를 정성스럽게 더듬는다.

 하나하나 모두 더듬고 나자 여자는 남자의 벗겨진 셔츠 주머니에서 라이터를 꺼내어 유리 테이블 위에 놓인 은촛대에 꽂혀 있는 빨간 초에 불을 붙였다.

 빨간 불꽃이 일렁이며 초가 녹아들었다. 여자는 촛대를 집어 들더니 남자의 가슴 위 아직 무늬가 없는 부분에 촛농을 떨어뜨렸다.

 남자가 얼굴을 일그러뜨리며 고통에 찬 신음을 내지른다.

 귀에 익은 말.

 사랑해, 사랑해, 사랑해.

 "나도 사랑해. 당신을 진심으로 사랑해."

 촛대를 내려놓고 남자의 가슴에서 굳은 빨간 촛농을 하얀 이와 빨간 혀로 떼어 내면서 여자도 사랑해, 를 되풀이한다.

 이것이 '사랑해'인가. 이 두 사람은 매일 커튼 너머에서 이것을 되풀이하고 있었던 것인가. 절대 기분 좋은 행위일 것 같지 않은데, 왜 '사랑해'를 서로에게 원하는 것일까. 살아가는 데에 원래 '사랑해'라는 게 필요한 것일까.

 이해할 수 없는 것은 내가 새이기 때문인가.

 내 몸집이 조금 더 커지자 여자는 나를 방 안에 풀어 주었다. 밤에는 새장 안으로 돌아가야 했지만, 식탁에서 식사를 하고 방 안을 마음대로 돌아다닐 수도 있었다. 그래서 나는 '사랑해'가 시작되면 침대 뒤에 몸을 숨기고 그 행위를 보지 않기로 했다.

남자가 자취를 감춘 것은 그 무렵이었던가.

담배 사러 갔다 올게. 어느 날 아침, 남자는 그렇게 말하고 집을 나갔다.

그날 밤, 여자는 은촛대를 한 손에 들고 휘몰아치는 태풍마냥 방 안에 있는 것을 닥치는 대로 쓰러뜨리고 깨부쉈다. 유리 테이블에 금이 가고 연보라색 커튼이 발기발기 찢기는 광경을 새장 한구석에서 숨죽인 채 바라보던 나는 처음에는 남자가 어서 돌아와 이 폭풍을 잠재워 주었으면 하고 바랐지만, 돌아오면 더 무서운 일이 벌어질 듯한 예감이 들자 차츰 '도망쳐, 도망쳐.' 하고 마음속으로 빌게 되었다.

밤새도록 계속되던 폭풍은 점차 추적추적 내리는 비로 변했다. 여자는 침대에 누워 소리 없이 울었다. 남자의 이름을 너무도 많이 외치는 바람에 목이 완전히 상해 버렸는지도 모른다. 계절은 가을. 창밖에서도 차가운 비가 영원히 그치지 않을 것처럼 하염없이 내렸다.

비는 다음 날 아침까지 계속되었다. 조용한 방에 울리는 빗소리와 창문으로 스며드는 희미한 빛 때문에 얕은 잠에서 깨어난 나는 배가 고프다고 느꼈다. 그 무렵에는 여자와 말이 꽤 통하게 되었기 때문에 배가 고프다고 말하는 것은 어렵지 않았다.

"밥 주세요."

그렇게 말하면 여자는 기꺼이 식탁에 밥을 차려 주었고, 대개는 내가 부탁하기 전에 준비해 주었다.

하지만 이때만은 그럴 수 없었다. 찢어진 커튼 사이로 보이는 그녀의 등이 아직도 떨리고 있었기 때문이다. 여자는 파란 실크 블라우스를 입고 있었다. 여자의 등이 떨리는 것과 동시에 블라우스도 잔물결을 일으키며 반짝였다. 슬픔의 댄스. 그 모습을 보면서 나는 배고픔을 참기로 했다.

그러고도 하룻밤이 더 지나서야 나는 밥을 먹을 수 있었다. 목이 마르고 배가 고파 구역질이 나고 눈앞이 희미해지기 시작할 무렵, 새장 문이 열렸다.

"미안해."

여자가 그렇게 말하면서 내미는 물을 나는 허겁지겁 먹었다.

여자는 벌겋게 부어오른 눈두덩 위에 물에 적신 손수건을 올려놓고 그걸 한 손으로 누르고 있었다. 보나 마나 나 따위는 잊고 있었을 것이다. 눈두덩을 식히려고 침대에서 일어났다가 생각이 났을 뿐. 그런데 만약 여자가 남자를 쫓아 집을 나가기라도 한다면.

그때 비로소 나는 여자 덕분에 살고 있다는 것을 깨달았다.

거의 사흘 만에 먹는 밥을 한입 가득 넣고 우물거리는 나를 여자는 퉁퉁 부어오른 눈으로 물끄러미 바라보았다.

"예쁘다. 정말 예뻐."

나 말인가? '예쁘다'는, 남자가 여자에게 자주 하던 말이다. 여자도 가끔은 그 말을 했다. 남자가 꽃이나 조그만 돌을 선물할 때. 어쩌면 나도 남자가 여자에게 선물한 것인지도 모르겠다고 생각했다.

"있지, 나를 사랑해?"

그 말을 듣는 사람은 언제나 남자였다. 하지만 지금 이 방에는 여자와 나밖에 없다. 처음으로 나 자신을 향한 그 말을 들은 나는 당황한 나머지 입안에 있는 것을 서둘러 꿀꺽 삼키고 대답했다.

"사랑해."

처음으로 해 본 그 말이 무사히 통했을까. 불안한 마음으로 보니, 그녀는 눈두덩이 부어 평소의 절반 크기로 줄어든 눈을 한층 더 가늘게 뜨고 기쁜 표정을 짓고 있었다. 다행이다, 무사통과다.

"어머나, 그렇게 급하게 대답하지 않아도 돼. 밥은 꼭꼭 씹어 삼켜야지, 안 그러면 목에 걸리잖아. 자, 많이 먹어. 더 먹어도 돼. 오늘부터는 네가 좋아하는 것만 만들 거야."

여자는 내 머리를 쓰다듬고, 나는 천천히 물을 먹었다. 목구

멍 언저리에 남아 있던, 미처 씹지 못한 밥알이 몸속으로 흘러 들어가는 것을 느끼면서 나는, 이러면 되는 거야, 라고 생각했다.

사랑해? 라고 물었을 때 조금이라도 틈이 생기면 어떻게 되는지 나는 이미 몇 번이나 보았다. 마구잡이로 휘두르던 은촛대는 지금 침대 밑에 내동댕이쳐진 채로 있다. 거기에 초를 꽂고 불을 붙여 내 몸을 태우는 일이 없도록 하기 위해서는 여자의 질문에 곧바로 대답해야 한다.

그러면 여자는 한없이 상냥하게 대해 준다.

그러나 정말로 조심해야 하는 것은 "사랑해?"가 아닌 다른 질문들이다. 아무리 빨리 대답해도 자신이 바라는 대답이 아니면 여자는 즉시 괴성을 지르고 증거를 보이라며 불을 준비할 것이 분명하다.

왜 그런지 몰라도 나는 전부터 여자가 원하는 말을 본능적으로 알았다. 남자가 신중하게 말을 골라 대답하는 모습을 보면서 아, 또 틀렸어, 하고 안타까워했던 적이 한두 번이 아니다. 그런 것도 모르다니, 저 남자는 혹시 불에 그슬리는 게 좋아서 일부러 엉뚱한 대답을 하는 게 아닐까 의심한 적이 있을 정도다.

다만 걱정되는 것은, 내 말이 전부 여자에게 전달될까 하는 점이었다.

남자가 사라지고 며칠 후, 새장이 방 밖으로 내보내어지고, 나는 여자 옆에서 자게 되었다.

갈기갈기 찢긴 연보라색 커튼은 하늘빛 새 커튼으로 바뀌었고, 내 전용의 보드라운 베개도 준비되었다.

여자 옆에서 처음 자게 된 날, 나를 먼저 재우려고 여자가 손가락으로 내 몸을 어루만져 주는 동안은 괜찮았지만, 막상 잠들면 여자의 등에 깔려 버리는 게 아닌지 불안해서 자는 둥 마는 둥 하는 상태로 새벽을 맞고 말았다. 그러나 여자가 혹시 죽은 게 아닐까 싶을 정도로 침대에 들었을 때와 똑같은 자세로 자고 있는 것을 보고 다음 날부터 안심하고 잘 수 있었다.

여자 옆에서 자고, 식사하고. 사랑해? 라고 물으면 틈을 두지 않고 얼른 사랑한다고 대답한다. 음악을 들으면서 "어느 곡이 좋아?"라고 여자가 물어, "3번."이라고 대답하면 여자는 "나도."라며 미소짓고 내 머리를 쓰다듬는다.

그런 나날이 계속되었다.

새장에서 나온 직후에는 넓다고 느꼈던 방도 며칠이 지나자 갑갑하다고 느끼게 되었다. 여자는 아주 이따금 방 밖으로 나갔지만, 나를 데리고 나가려고 하지는 않았다.

"이 방 바깥은 추악한 것들로 가득 차 있어. 너는 그런 걸 보면 안 돼. 여기서 내가 돌아올 때까지 기다리고 있어."

그렇게 말하고는 문을 잠그고 나갔다. 몸이 작고 힘도 없는 나는 문을 열기는커녕 손잡이를 돌릴 수조차 없었다. 혹시 창문이라도 열려 있다면 나는 새라서 밖으로 날아갈 수 있을 텐데, 생각했지만, 여자는 나갈 때면 반드시 창문도 꼭꼭 잠갔다. 뿐만 아니라 방에 있을 때도 여자는 나 혼자 창가에 다가가는 것을 절대 허락하지 않았다.

"여긴 아주 높은 곳이야. 떨어지면 어떻게 하려고."

새니까 괜찮다고 생각했지만 나는 잠자코 고개를 끄덕이기로 했다. 웃으며 서로 기대어 있을 때에도 여자의 말을 부정한 남자는 불 세례를 받았던 것이다.

하늘의 별과 지상의 별 중 아름다운 것은 지상의 별이야. 그런 여자의 말에 남자가, 나는 하늘의 별에 낭만을 느끼는데, 라고 대답했을 뿐인데도.

불 세례를 받으면서까지 밖에 나가고 싶지는 않다. 방 안에서도 바깥을 볼 수는 있었다. 그러나 저 푸르고 맑은 하늘은 별세계. 추악한 것들을 숨기기 위해 창밖에 친 커튼이라고 생각하기로 했다.

어느 날 밤, 자다가 등에 무언가 소름 끼치는 것이 지나가는 듯한 느낌에 눈을 떴다.

자는 동안에는 1밀리미터도 움직이지 않을 것이라고 여겼던 여자가 이불 밖으로 손을 뻗어 내 몸을 쓰다듬고 있었다.

그렇게 내 몸을 쓰다듬는 것이 처음은 아니었다. 나를 재울 때, 음악을 들을 때, 별 이유 없이 그저 기분이 좋을 때, 여자는 내 머리나 몸을 쓰다듬곤 했다. 그리고 나는 그것이 싫지 않았다.

그런데 이때만은 웬일인지 여자의 손이 닿은 곳이 찌릿찌릿하면서 소름 끼치는 느낌이 들어 나도 모르게 여자 손을 뿌리치고 말았다.

"무슨 짓이야?"

낮게 중얼거리는 목소리. 아차, 했지만 이미 때가 늦었다.

"무슨 짓이야. 너, 나를 사랑하는 거 아니었어?"

흐느적흐느적 몸을 일으킨 여자는 이불을 걷어 내고 두 손으로 내 가슴을 짓눌렀다.

"사랑해."

숨이 막히는 걸 겨우 견디면서 간신히 뱉어 낸 말은 이미 여자에게 통하지 않았다.

"고통 때문에 마지못해 하는 그런 말은 소용없어, 이 거짓말쟁이야. 사랑하지 않으면 처음부터 그렇게 말했어야지. 아니면 나를 괴롭히기 위해서 일부러 속이고 배신하는 거야? 그럼 이 집에서 나가면 되잖아. 그 남자가 있는 데로 가면 되잖아."

나가라면서 여자는 내 가슴을 한층 더 세게, 온몸의 힘을 두 손에 실어 짓눌렀다.

남자는 살아 있는 것일까.

"사랑해, 사랑해, 사랑해."

고통에서 벗어나기 위한 주문처럼 나는 계속해서 있는 힘껏 소리 질렀다. 눈에서 뜨끈한 액체가 흘러나왔다. 눈물은 여자의 눈에서만 흐르는 것이라고 생각했었다.

새도 눈물을 흘린다.

여자의 손이 내 가슴에서 떨어졌다.

"미안해. 너를 슬프게 하려는 건 아니야."

숨을 크게 들이쉰 후, 천천히 여자에게 눈을 돌렸다. 그녀도 눈물을 흘리고 있었다. 하지만 내 눈물과 여자의 눈물이 같은 것이라고는 생각되지 않는다. 내 눈물은 공포. 여자가 손가락 끝으로 내 눈물을 닦아 냈다.

"있지, 나 사랑하니?"

"사랑해."

여자의 말이 채 끝나기도 전에 대답했다.

"고마워. 하지만 난 이제 너를 말만으로는 믿을 수 없게 되었어. 증거를 보여 줘."

불 세례다. 나는 여자 손에서 빠져나와 침대 밑으로 숨어들었다.

"용서 못해!"

여자가 날카롭게 소리 질렀다. 당장이라도 끌어낼 듯한 기세로 침대 밑을 들여다보지만, 그 좁은 틈새로 비집고 들어올 수는 없다. 그렇다고 무거운 침대를 들어 올릴 수도 움직일 수도 없다. 사방에서 팔을 뻗어 봐야, 넓은 침대 밑 한가운데 있는 내게 와 닿을 리 없다.

그런데도 나는 몸을 떨고 있었다.

여자가 "용서 못해."라고 악을 쓰면서 두 손으로 침대를 연거푸 두드린다. 밤새도록 이렇게 대치하고 있다 한들 여자가 지치지 않는다는 것을 나는 안다. 먼지가 풀풀 일어 컥컥거리며 숨쉬기 힘들어했지만, 공포에서 헤어나기 위해서는 이대로 여기서 잠들 수밖에 없다. 눈을 감고, 귀를 막는다.

제발 이게 꿈이었으면. 아침에 눈을 뜨면 나는 평소대로 푹신한 침대 위에 있다. 옆에는 여자가 침대에 들었을 때와 똑같은 자세로 잠자고 있다. 그러길 바랐다. 그러기를.

그러나 그런 기적이 일어날 리 없었다. 날이 밝은 것 같은 느낌에 기도하는 심정으로 천천히 눈을 떴는데 여자와 눈길이 마주쳤다. 빨갛게 핏발 선 눈. 밤새 침대 밑을 들여다보고 있었던 것일까, 아니면 내가 깨어났다는 걸 알아차린 것일까.

여자가 싱긋 웃었다.

"안녕, 잘 잤니? 푹 잤으니까, 증거를 보여 줄 마음이 생겼으려나."

증거를 보여 주지 않으면 절대 용서하지 않을 것이다. 이대로 또다시 눈을 감는다 해도, 아무것도 변하지 않는다.

불 세례가 아니면 죽음이다.

나는 마음을 죽이고, 감정을 지니지 않은 새가 되는 쪽을 선택했다.

네 사랑의 증거는 생각보다 더 아름답네.

피부가 가무잡잡했던 그 남자에게는 검붉은 얼룩 같은 자국밖에 남지 않았는데, 너의 새하얀 피부에는 새빨간 무늬가 돋아나. 이것 좀 봐, 하트 모양이잖아. 네 온몸을 사랑의 증거로 메워 주면, 네 사랑이 진짜라는 걸 믿어 줄게.

하얀 몸에 새겨진 추악한 흔적의 숫자는 사랑의 증거 따위가 아니다. 새가 모이를 먹은 횟수다. 사랑의 증거만큼 여자는 새에게 모이를 주었다. 굶주림이 극한에 달한 새는 살고자 하는 본능만으로 여자가 지핀 불 속으로 날아들었다.

작열하는 불길 속에만, 삶이 있다.

모이는 오븐 속에.

살기 위해, 모이를 찾아, 스스로 뜨거운 오븐 속으로 날아드는 새만큼 어리석은 생물이 또 있을까. 아니, 지직지직 한 군데씩 타들어 가느니 차라리 오븐 속에서 순식간에 통구이가 되는 편이 행복할 것이다.

앞으로 몇 군데를 더 태워야 불지옥에서 해방될 수 있을까. 그때 새는 과연 살아 있을까.

그런데 해방의 날은 갑작스럽게 찾아왔다.

남자가 돌아온 것이다. 남자가 방바닥에 머리를 비비며 다시 한 번 자신을 사랑해 달라고 여자에게 애걸하는 모습을, 새는 숨듯이 담요를 둘러쓰고 방 한구석에서 가만히 지켜보았다.

남자는 왜 돌아왔을까. 새는 전혀 이해할 수 없었다. 불꽃의 뜨거움을 잊어버린 것일까.

그런데 어떤 말로 애걸해도 여자는 남자를 받아들이려 하지 않았다. 눈을 마주치려고도, 입을 열려고도 하지 않았다.

"사랑해, 사랑해, 사랑해. 증거를 보여 달라고 말해 줘. 말해 주지 않겠다면……"

그러더니 남자는 테이블 위에 있던 촛대에 빨간 초를 세우고 불을 붙였다. 한 손을 초 가까이 대고 뜨거움을 확인하더니 그 손으로 촛대를 들어, 얼굴을 돌린 채로 있는 여자의 볼에 갖다 댔다.

여자는 단말마의 비명을 지르며 그 자리에 무너져 내렸다. 무슨 일이 일어난 것인가. 마음을 죽인 새는 여자의 마음이 죽었다는 것만 알 수 있었다.

남자가 여자를 끌어안았다.

"이제 당신을 사랑할 수 있는 남자는 나뿐이야. 아니, 앞으로는 당신이 나를 사랑할 차례지. 자, 나를 사랑한다고 말해 봐. 그리고 사랑의 증거를 보여 줘. 그러면 당신을 마음 깊이 사랑하겠어."

침대에 여자를 눕힌 남자는 새 쪽으로 다가갔다. 그리고 새가 뒤집어쓰고 있던 담요를 살며시 걷어 올리더니 헉, 숨을 삼킨다. 새빨간 모자이크 무늬.

"미안하구나, 내 탓이다. 그녀의 사랑을 감당할 수 없어서 놓아 버리고 만 벌을 설마 네가 받고 있을 줄이야."

남자는 눈물을 흘리면서 새를 꼭 끌어안았다.

"오늘부터 너는 자유다. 어디든 가고 싶은 곳으로 가려무나. 이곳은 잊어버리고. 하지만 네가 버림받았다고는 생각지 않았으면 좋겠구나. 너는 서로에게 궁극의 사랑을 원한 남자와 여자 사이에서 생겨난 아이니까. 사랑의 증거는, 그런 어리석은 행위가 아니라, 바로 너야."

그러나 남자가 어떤 말을 해도, 새는 남자의 말을 이해할 수 없었다. 그보다 우선 배고픔을 참을 수 없었다. 날아들 불지옥은 보이지 않았다.

결국 죽고 마는 것인가.

작열하는 새는 소리 내어 울기 시작했다.

사랑해, 사랑해, 사랑해, 사랑해, 사랑해……

*

 52층짜리 맨션의 맨 꼭대기 층 라운지. 지상 200미터 높이에 있는 셈이다. 하지만 아무리 높은 곳이어도 시야를 가리는 것이 있는 한, 자신의 발밑이 세계의 끝과 이어져 있다는 것을 느낄 수 없다. 그것을 내게 가르쳐 준 인간은 지금쯤 4층 아래 좁고 폐쇄된 방에서 장기판을 마주하고 있을 것이다.
 노구치 다카히로를 위하여.
 '들장미 하우스'에서 학생 시절을 보내지 않았다면 나는 진심으로 그를 존경했을 것이다. 성공한 사람에게 필요한 것은 5퍼센트의 재능과 95퍼센트의 노력. 갈고닦은 능력을 무기로 어떤 상황에서도 정면 돌파한다. 능력이 부족한 주위의 인간들은 모두 자신을 성공으로 이끄는 발판이며, 노력을 아끼지 않는 자만이 그 발판을 자유롭게 조종하면서 세상을 헤쳐 나갈 수 있다.
 그런 인간이 되고 싶었다.
 조금 철이 들었을 때, 나는 자신의 능력이 주위 사람들보다 뛰어나다는 것을 깨달았다. 섬의 어르신들에게 '신동'이라 불린 적도 있었지만, 그것과는 좀 다르다는 것도 이해하고 있었다.
 나의 능력은 천부적인 것이 아니라 피나는 노력 끝에 나온 결과였다.

 공부든 운동이든, 동급생 누구에게도 져 본 적이 없었다. 그러나 그걸로 만족한 적도 없었다. 시골 공립학교의 시험에서 1등을 했다고, 축구부 주장이 되었다고 어떻게 되는 것은 아니다. 그것들을 미래로 연결시킬 수 있어야 비로소 노력한 보람이 있는 것 아닐까.

 그러나 인구 3천이 채 안 되는 섬에서는 노력 끝의 성공이 어디로 이어지는지 알 수 없었다. 다만 한 가지, 섬을 벗어나지 않으면 아무것도 시작되지 않는다는 것만은 알았다.

 일기 예보 지도에서조차 생략될 정도로 조그만 섬에서 이제껏 쌓아 온 능력을 발휘하는 것으로 그치지 않고, 더 많은 노력이 필요한 넓은 세계에서 끊임없이 자신에게 도전하는 것이 일생의 목표이자 살아가는 가치라고 생각했다.

 고등학교 졸업 후, 진학을 빌미로 섬을 떠나겠다고 하자 부모님은 전혀 반대하지 않았다. 두 분 모두 섬의 관공서에 근무하시는 덕에 경제적으로는 문제가 없었지만, 1남 1녀의 장남이라서 대학을 졸업하면 돌아오라고 할지도 모른다고 걱정했다. 그러나 부모님은 "돌아오지 말라고는 안 하겠다만 돌아올 의무도 없다."며 보내 주었다.

 그러자 나는 반대로 부담을 주고 싶지 않다는 의식이 강해졌다. 그래서 통학은 편리해도 그 외의 이점이라고는 비바람을 피할 수 있다는 것뿐인, 지은 지 70년이나 된 2층짜리 목조 빌라에 자취방을 구했다.

'들장미 하우스'. 꽤 세련된 이름 같지만, 실은 주인 할아버지의 성씨인 '노하라(野原. 들장미라는 뜻의 野薔薇와 발음이 같다—옮긴이)'에서 따온 것이다.

집세가 싸다는 건 알았지만, 차를 갖고 다니는 대학 친구의 얘기를 들자니 도심에 있는 학교까지 오는 데 한 시간이나 걸리는 곳에 있는 아파트의 주차비보다도 싸다는 것을 알고 새삼스레 놀랐다.

그 싸고 허름한 빌라는 아니나 다를까, 살기 시작한 지 3년째인 가을, 대형 태풍의 상륙으로 침수되고 지붕 일부가 날아가 버렸다. 그리고 그 녀석들과 만나게 해 주었다.

스기시타 노조미. 어디에나 있을 법한 평범한 여대생. 연구실에서 밤을 새고 돌아온 아침에 집 밖에서 몇 번인가 마주친 적이 있어 아침에 들어오는 일이 많은 여자라고 생각한 적은 있지만 말을 나누기는 처음이었다. 알고 지내서 무슨 이득이 있을 것 같지는 않았지만, 이름이 같은 데다 그녀도 조그만 섬 출신이라는 사실을 알고는 친근감을 느꼈다.

니시자키 마사토. 배우 아닌가 싶을 정도로 얼굴이 잘생긴 그는 만나자마자 다니자키 준이치로를 들먹이며 자신을 작가 지망생이라고 소개했다. 그리고 어느 날인가는 제일 잘된 작품이라며 원고를 들고 왔다.

"너희들이라면 내 작품을 이해할 수 있을지도 모르지."

그렇게 말하면서 스기시타에게도 원고를 건넸는데, 왠지 시골 출신이라고 깔보는 것 같아서 상당히 불쾌했지만, 같은 지붕 아래 사는 사람으로서의 우의를 생각해 처음 몇 장 정도는 읽어 주기로 했다.

제목은 '작열하는 새'.

원고를 받은 지 며칠 후, 니시자키가 "오늘 밤에 모여서 한잔할까?" 하고 제안했다. 태풍 이후로 함께하는 술자리가 거듭되면서 이 인간과는 잘 맞지 않는다고 느꼈고, 원고를 읽기 시작한 후로는 더욱 그런 생각이 강해졌기에 거절할까 했는데, "스기시타도 올 건데."라기에, 그렇다면 참가하기로 했다. 맛있는 음식을 먹을 수 있을 테니까.

니시자키의 방에서 술자리를 갖기는 처음이었다.

와인과 맥주는 니시자키가 준비하겠다고 해서 고향에서 보내온 햄을 들고 가니, 스기시타는 생선튀김 요리와 고기 감자 조림 같은 안주를 접시에 담고 있고, 니시자키는 그 옆에서 벌써 싸구려 와인을 찔끔거리고 있었다.

다다미 위에 깔린 러그 한끝에 앉자 스기시타가 잔을 가지고 왔다. 와인과 맥주, 어느 쪽이냐고 묻기에 맥주라고 대답하자, 니시자키가 냉장고에서 발포주를 꺼내 와 따라 주었다.

"잘 왔어, 안도 군. 나의 서재에."

"아, 네. 서재?"

그 말을 듣고서 세 평짜리 방을 둘러보니 서재라고 할 만도 했다. 방 한구석에는 만년필과 쓰다 만 원고지가 펼쳐져 있는 큰 책상이 있고, 그 옆에 책꽂이가 놓여 있었다. 거기에는 문고본만 50권 정도 꽂혀 있다. 작가를 지망한다면서 너무 적은 것 아닌가? 하기야, 그것도 어디까지가 진심인지 알 수 없지만.

책꽂이 가운데 단에는 노트북 컴퓨터와 프린터가 놓여 있다. 내게 준 원고는 워드 프로세서로 작성된 것이었으니 저기서 뽑았을 테고, 그렇다면 원고지는 뭐에 쓰는 거지?

"니시자키 씨는 원고를 손으로 쓰기도 합니까?"

"이거 반가운데, 오자마자 원고 얘기부터 하다니. 스기시타는 와서 내내 스쿠버 다이빙 자격증 얘기만 했는데."

"여대생은 참 속 편해서 좋아."

불쾌하게 들렸을까 걱정되어 스기시타를 보니 아무렇지 않은 표정으로 자신의 잔에 와인을 따르고는 내가 들고 온 햄에 붙어 있는 미니 레시피를 읽고 있다.

"원고는 손으로 써. 컴퓨터로는 혼을 불어넣을 수 없어서 말이지. 그런데 최근의 문학상 공모에서는 원고를 워드 프로세

서로 작성해서 보내라느니 파일을 첨부하라느니 하는 규정이 있어서 일단 손으로 쓴 것을 정서도 할 겸 노트북으로 다시 작성한 거야. 덕분에 이렇게 원고를 주고 감상을 들을 수도 있으니 나쁘지는 않아. 사실 문학상에 응모하는 것 외에 남에게 보여 주는 것은 처음이야. 친해진 지 얼마 안 되었지만, 너희들은 알아줄 것 같아서 말이지. 그래, 읽어 보니 어때?"

그 감상이 듣고 싶어 이 술자리를 마련한 것인가, 그런 느낌이 없지 않았지만, 반대로 자신이 쓴 소설이니만큼 대놓고 감상을 묻기가 꽤 힘들었을 거라는 생각도 들었다. 하지만 이 잘난 얼굴은 어디로 보나 신이 난 것으로밖에 보이지 않는다. 인간의 가치관이란 모두 비슷할 거라고 여겼는데, 아무래도 그렇지 않은 모양이다.

"실은 아직 첫 부분밖에 읽지 않아서……."

"뭐야, 너도?"

너도라면, 하고서 스기시타를 보았다.

"미안해. 여러 가지로 바빠서."

그러면서 그녀는 전혀 미안하다는 기색도 없이 고개를 숙인다. 이 속 편한 여대생이 바쁠 일이 뭐가 있을까. 미팅? 데이트? 별일도 없으면서 그저 원고 읽기가 귀찮았던 것은 아닐까? 나는, 고통스러웠다.

"그렇다면 읽은 부분까지라도 괜찮아. 오히려 몇 번에 나눠

서 세세한 부분까지, 차분하게 감상을 듣는 게 좋을 수도 있지."

 니시자키가 막대기 모양으로 자른 오이를 아작거리면서 말했다. 길쭉한 유리잔에 오이와 당근과 셀러리가 담겨 있다. 새 모이인가. 아니지, 새 이야기다.

 "이해할 수 없는 것은 내가 새이기 때문일까, 그 부분까지 읽었는데, 뭐랄까, 얼마나 미인인지 몰라도, 제멋대로인 오만한 여자에게 휘둘리는 어리석은 남자라는 구도가 영 아니에요. 새를 본 후 다시 태어나면 뭐가 되고 싶은지 알아? 라고 물으면 새라고 대답하는 게 보통 아닌가요. 결국 여자는 변태적인 행위로 끌고 가고 싶을 뿐, 무슨 말을 해도 트집을 잡겠지. 놀고들 있네, 시간이 남아돌아가나, 그런 생각밖에 들지 않았습니다."

 끝까지 읽지는 않았지만, 다 읽어 봐야 얻을 게 하나도 없는 이야기다. 작가의 인간성 탓일까. 내가 인생에서 가장 소중하게 여기는 것은 노력, 그리고 향상심이다. 그런 것이 이야기 어디에도 나타나지 않았다는 것은 니시자키에게도 없다는 뜻일 것이다.

 "안도다운 의견이군. 스기시타는 어떻게 생각하지?"

 "나도 거기까지 읽었지만, 감상은 조금 달라. 여자가 몹쓸 짓을 하고 있긴 하지만, 트집을 잡고 있는 건 아니라고 생각해. 그렇게 격정적인 사람이라면 다시 태어나 새가 되고 싶다는 생각은 하지 않을 테니 정말로 실망하지 않았을까."

"흐음, 흥미롭군. 그럼 여자는 뭐라고 대답해 주길 바랐을까?"

"인간. 당신은 다시 태어나도 당신이어야 한다, 뭐 그렇게."

"재미있는 해석이군."

"그런데 니시자키 씨, 실은 여자의 대답을 생각지 않았던 거 아냐? 맞고 틀리고에 상관없이, 이렇게 불합리한 요구를 받아들이는 것이야말로 진정한 사랑이다, 라고 말하고 싶은 게 아닐까 생각했는데, 난."

"훌륭한데, 스기시타. 앞부분만 읽고서 이 소설의 테마를 짚어 내다니. 이렇게 이해하는 걸 보면 혹시 나 좋아하는 거 아냐?"

"안됐지만, 너무 잘생겨서 사양이네요. 게다가 니시자키 씨가 무슨 생각을 하는지 상상하는 것과 내가 같은 생각을 하는 것과는 전혀 별개니까. 이 이야기 속 남자와 니시자키 씨의 이미지도 겹쳐지지 않고."

그런가. 나는 영락없이 니시자키가 그런 취향인 줄 알았는데. 그건 그렇고, 한가한 인간일수록 별것 아닌 일을 과장해서 말할 수 있는 것이다.

"그럼 말이지, 스기시타에게 사랑이란 뭐지? 아니, 바꿔 말하지. 궁극의 사랑이란?"

 문과계 인간들은 이런 일로 열을 올리는가. 좀 더 생산적인 얘기를······.

 "죄의 공유."

 스기시타가 중얼거렸다. 니시자키라면 몰라도 스기시타는 좀 더 현실감 있는 녀석이라고 생각했는데. 쓸데없는 토론이지만 이렇게 된 이상 깨부수고 싶은 기분이 들었다. 이과계를 얕보지 말라고.

 "매사 말하기 나름이라더니. 그거, 중고생 녀석 둘이서 도둑질을 했는데 손을 잡고 도망치다 보니 신이 나더라, 뭐 그런 얘기와 똑같잖아. 완전히 저급한 수준의 사랑이라고."

 "그건 공범이지. 공유라는 것은 아무도 모르게 상대의 죄를 절반 짊어지는 거야. 아무도, 그러니까 상대도 모르게 죄를 떠안고 아무 말 없이 떠나는 것."

 "그런 걸 사랑이랄 수는 없지. 굳이 말하자면 자기애랄까. 아무 말 없이 죄를 감싼다면, 죄인은 평생 자신의 죄를 깨닫지 못하고 형편없는 인간으로 살아갈 거 아냐. 나라면 내 여자가 범죄를 저질렀다 해도 그걸 감싸지 않을 거야. 그건 잘못이야."

 "그럼, 경찰에 넘길 거야?"

 "같이 갈 거야. 그리고 내가 할 수 있는 최선을 다해야지."

"감옥이라도 가게 된다면?"

"기다리지. 그다음에 둘이서 새로운 인생을 시작해."

"안도, 지금 여자 친구 없지?"

"너처럼 팔랑팔랑 놀 짬도 없고, 이상도 높으니까. 그리고 난 어떤 상황에서도 내 의지를 쉽게 바꾸지 않아."

"흠. 멋지네, 그것참."

남의 일처럼 얘기하고 스기시타가 자리에서 일어났다. 내가 가져온 햄을 들고 싱크대로 향한다. 이거, 과연 깨부순 것인지. 개운치 않은 기분으로 있자니 니시자키가 셀러리를 불쑥 내밀었다.

"열정적이네, 안도 군. 정의의 화신이야. 하지만 여자는 헤어지면 그만일까? 사랑의 의미가 다를지도 모르지만, 만약 가족이 범죄를 저질렀대도 경찰에 넘길 수 있겠어? 가족이라면 너에게도 골치 아픈 일이 닥칠 텐데. 그런대로 괜찮은 회사에 들어갔고, 그럭저럭 출세도 할 것 같은데, 그걸 다 포기할 각오가 되어 있단 말이야?"

"애당초 우리 가족은 다들 성실하게 살고 있고, 앞으로도 그럴 거야. 결혼 상대도 그래. 나는 범죄를 저지를 만한 사람은 사랑하지 않아."

"아름답군, 안도 군의 인생은. 하기야 스기시타도 현실적으로는 안도와 비슷하겠지만. 어차피 궁극의 사랑이란 건 픽션

속에서나 존재하는 거니까. 어, 잠깐. 스기시타, 지금 뭐하는 거야?"

갑자기 니시자키의 안색이 변했다. 돌아보니, 스기시타가 가스레인지 앞에서 햄 덩어리 양쪽 끝에 포크를 찔러 넣고 있었다.

"레시피에 프라이팬에 구워 먹으면 더 맛있다고 쓰여 있긴 한데, 니시자키 씨 집에는 냄비도 프라이팬도 없으니까, 그냥 불에 구워 볼까 싶어서."

"됐어, 놔둬. 햄 같은 건 그대로 잘라 먹어도 되잖아. 좋은 햄은 그냥 먹는 게 더 맛있다고."

자기 소설을 헐뜯어도 여유 있는 미소로 받아넘기던 니시자키가 고작 햄 때문에 정색을 하다니. 채식주의자인가 생각했었는데 그렇지는 않은 것 같다. 스기시타가 만들어 온 연어 튀김 요리도 집어 먹고 있다. 나는 구웠으면 했지만, 야외에서 굽는 것 같은 스기시타의 방식보다는 그대로 잘라 먹는 게 무난하겠다 싶어 니시자키의 말에 찬성했다.

스기시타가 두툼하게 자른 햄을 접시에 담아 들고 온다. 니시자키가 한 조각을 집어 입에 넣고 맛있다는 듯 먹는다.

"……그래서, 니시자키 씨, 「작열하는 새」는 심사에서 어디까지 올라갔는데?"

스기시타가 물었다.

"제일 먼저 읽은 심사 위원이 궁극의 사랑을 이해하지 못하는 인간이었나 봐."

"그럼 1차도 통과하지 못한 거예요? 수고 많으셨네요."

나는 잔을 니시자키의 잔에 부딪쳤다. 싸구려 유리잔은 부딪치는 소리마저 공허하다.

1차 심사도 통과하지 못한 작품 때문에 귀중한 시간을 허비했단 말인가. 나머지를 읽는 일은 없으리라. 지금 이 사람들과 이렇게 시간을 보내는 것조차 쓸모없는 일인 듯 여겨졌다.

그 사람들과는 이제 그만 만나자고 다짐했지만, 며칠 후 공동 작업을 할 일이 생겼다. 지붕 수리였다.

맑은 날이 계속되어서 몰랐는데, 태풍 때 지붕의 일부가 날아가 버린 것 같았다. 1층 맨 구석 집에 사는 주인 할아버지에게 수리를 부탁하러 갔더니, 할아버지가 공구함을 꺼내서는 몸소 지붕에 올라갈 준비를 시작했다. 직접 하신단 말이야? 나는 어이없어하면서도, 여든 넘은 할아버지에게 만에 하나 무슨 일이 생기면 곤란하다는 생각이 들어, 내가 할 테니 공구만 빌려 달라고 했다.

창문으로 그 모습을 봤는지, "태풍 때 신세를 졌으니까."라며 스기시타가 도와주겠다고 나섰다. 마찬가지로 니시자키도 방에서 나왔지만, 솔직히 말하면 둘 다 별로 도움이 될 것 같지 않았다.

그런데 정작 별 도움이 되지 않는 쪽은, 안타깝게도 나였다.

지붕에 올라가 비가 새는 부분의 양철을 벗겨 내고 나무판자를 못 박아 보강한 후 다시 양철을 덮는다. 작업은 우선 목재소에서 사 온 판자를 톱으로 자르는 것에서 시작됐다.

"안도, 옹이 부분을 그렇게 기를 쓰고 자르면 톱날이 망가지잖아. 이공계 아니야?"

"이공학부, 화학과야."

"자, 바꿔."

스기시타가 내 손에서 톱을 낚아채더니, 내가 5분 걸려 겨우 3분의 1 끝낸 작업을 1분도 채 안 걸려 다 해 버렸다. 니시자키가 그 판자를 들고서 2층 통로에 걸쳐 둔 사다리를 타고 지붕으로 올라간다.

"어이, 니시자키 형님. 못 박을 줄 알아?"

"걱정 마. 내가 이래 봬도 손재주가 좀 있거든."

그러면서 씩 웃고 만다.

그동안 스기시타는 판자를 한 장 더 잘라 건넸다.

"안도, 톱질은 됐으니까 이거 들고 지붕에 올라가서 못이나 박고 와. 아, 아니다, 못질도 안 되겠다. 못이 몇 개밖에 없으니까 니시자키 씨에게 맡기는 게 낫겠어. 그럼 차라리 점심 준비……도 못하나? 저번에 건어물 태웠지? 토스터에 굽는 거였는데도 말이야. 그럼 이 상황에서 안도가 할 수 있는 게 뭐지?"

이렇게 굴욕적인 말은 들어 본 적이 없다.

"톱질은 중학교 때 이후로 해 본 적이 없단 말이야. 시골 사람이라고 다 목공 일을 잘하는 건 아니라고. 어쩌다 자기가 할 수 있는 일이 나왔다고 잘난 척하는 거야?"

"나는 그런 뜻으로 한 말이 아니야. 안도가 톱질을 너무 못하니까 내가 하는 편이 낫겠다고 생각했을 뿐이지. 그리고 시골 사람이란 게 무슨 상관이야. 니시자키 씨를 봐. 이런 작업에 가장 어울리지 않을 것 같은 사람이 맹활약하고 있잖아."

올려다보니 니시자키는 지붕 위에 한쪽 무릎을 세운 채 웅크리고 앉아 못을 박고 있다. 그런 모습마저 젠체하는 것으로 보여 조금 약이 올랐지만, 리드미컬하게 내리치는 쇠망치 소리는 기분 좋게 귀에 울렸다.

"판자 빨리 부탁해. 이런 곳에 오래 있으면 햇볕에 타고 말 거야."

니시자키가 소리를 질렀다. 햇볕에 타기는 무슨. 그러고 보니 저 인간은 여름에도 긴소매를 입고 있었다.

"조금만 기다려."

스기시타가 톱을 고쳐 쥐려는 찰나, 내가 옆에서 빼앗았다. 바보 취급하는데 가만히 있을 수는 없다. 그런데 또다시 톱날이 걸리고 만다.

"왜 그렇게 옹이 위를 자르려고 하는지 모르겠네."

스기시타가 다시 톱을 빼앗는다.

"2미터짜리 판자를 4등분하는 거니까 50센티미터씩 잘라야 하잖아."

"50센티미터를 재서 선을 그은 곳이 바로 옹이 위였다는 거야? 무슨 모형을 만드는 것도 아니고, 그럴 때는 살짝 비켜서 자르면 되잖아."

그 말이 끝남과 동시에 판자 한 장이 잘려 나갔다.

결국 내가 한 일이라고는 스기시타가 자른 판자를 지붕 위의 니시자키에게 날라 준 것뿐이었다. 작업이 끝날 즈음, 노하라 할아버지가 생선초밥을 사 들고 왔다. 파티 세트라 셋이 같이 먹어야 한단다.

스기시타가 할아버지께 같이 드시자고 하니 할아버지는 당신 것도 사 왔다면서 우리 것보다 좀 싸 보이는 생선초밥이 든 조그만 팩을 보여 주었다.

우리는 스기시타의 방에서 생선초밥을 먹기로 했다. 셋이 고타쓰에 둘러앉아 주전자에 끓여 식힌 차를 한 손에 들고 먹기 시작했다.

"할아버지도 참, 이 집 팔아 버리고 시설 좋은 실버타운 같은 곳에서 사시면 좋을 텐데. 건물은 낡았어도 땅은 값이 꽤 나갈 거 아냐."

전부터 생각해 오던 걸 말해 본다.

"팔라는 얘기가 있긴 했는데, 할아버지가 계속 거부하시나 봐."

"왜? 좋은 기회잖아."

"몇십 년이나 살던 곳인데 남이 팔라고 한다고 아, 예, 그렇습니까, 하고 간단히 팔 수 있겠어?"

"그런가."

"안도, 고향에 내려갔는데 낯선 사람이 불쑥 나타나서, 오늘부터 여기서 살 거니까 나가라, 그러면 어떻게 하겠어? 안도 방에 멋들어진 화장대가 들어오고, 안도 물건은 복도로 내던져진다면."

"그런 일은 있을 수 없지만, 합법적인 절차를 밟았다면 괜찮지 않을까? 그리고 난 섬으로 돌아갈 생각이 별로 없어. 그렇게 사소한 일에 마음을 써서야 세계를 상대할 수 없지."

"세계라……, 대단하네. 난 그런 야망이 있는 사람이 참 좋더라. 하지만, 안도는 공부하고 축구밖에 할 줄 아는 게 없잖아. 그래도 괜찮아?"

"밖에, 라니? 스쿠버 다이빙이다 뭐다 말만 해 놓고서 아무런 노력도 안 하면서 밤새 놀고 아침에 들어오는 여대생이 그런 말 할 자격이나 있나. 나는 이만저만 노력하는 게 아니라고. 그러는 스기시타, 넌 뭘 할 줄 아는데?"

"딱히 할 줄 아는 것도 없어. 그러니까 안도에 대해서도 부정하지 않아. 공부랑 축구를 잘하는 거, 대단하다고 생각해. 그리고 안도라면 큰 회사에 들어가서 세계를 상대로 활약하겠다는 꿈도 이룰 수 있을 거라고 생각하고. 하지만 그것만으로 세계무대에서 버틸 수 있을까? 우리나라에서라면 틀림없이 안도에게 지겠지만, 무인도나 오지에서는 역전할 것 같은데."

"어째서 내가 오지에 가야 하는데, 좌천인가? 그런 얼간이 짓은 절대 하지 않을 거야."

"글쎄, 어떨지 잘 모르겠네."

스기시타가 니시자키를 보았다. 이럴 때야말로 오이를 먹으면 좋을 텐데. 스기시타와 입씨름하는 사이에 먹을 만한 게 싹 줄어들었다.

"세계를 어떤 의미로 인식하느냐에 따라 다르겠지. 안도가 말하는 세계는 미국이나 영국같이, 어린이용 런치 세트에 국기가 꽂힐 만한 선진국이잖아. 실제로 안도는 그런 데서 활약할 테니까 괜찮겠지."

내 인생 자체를 깔보는 것 같아 공연히 화가 부글부글 끓었다. 톱질 좀 못한다고 이런 말까지 들어야 하나? 작가가 되겠다느니 어쩌느니 하며 취직 활동도 하지 않고 뒹굴뒹굴 지내는 놈에게 그런 권리는 없을 것이다.

탁, 소리가 나게 찻잔을 내려놓는다. 그럼에도 니시자키는 개의치 않고 유유히 얘기를 계속했다.

"그리고 스기시타가 아침에 돌아오는 것은 아르바이트 때문이야. 물장사가 아니라 몸을 써야 하는 중노동. 스쿠버 다이빙 역시 그 연장이고. 부모님에게 부담 주지 않으려고 열심히 일하는 거라고. 어떻게 그렇게 잘 아느냐고? 스기시타와 주인 할아버지는 장기 친구, 할아버지와 나는 함께 차 마시는 친구라서 이렇게 되기 전부터 스기시타에 대해서는 여러 가지로 잘 알고 있었어. 말이 나온 김에 하는 얘긴데, 이 빌라는 목수였던 할아버지의 아버지가 지은 거래. 전쟁 중에도 부부가 지켜 내신 거지. 그리고 할아버지는 결혼하고 나서도 자식이 생기지 않았기 때문에 여기 사는 사람들을 자식이나 다름없이 여기신대. 그러니 이 집에는 할아버지의 인생이 오롯이 담겨 있는 셈이고, 할아버지로서는 나이가 들었다고 해서 팔아 버릴 수 없는 거야. 그렇지, 스기시타?"

"그래, 맞아. 니시자키 씨도 알고 있었네."

"나야 사교적이니까. 아무튼 나는 돌아갈 집도 없는 데다 여기가 좋으니까, 할아버지가 어떻게든 버텨 줬으면 싶어. 스기시타처럼 반찬을 만들어 드릴 수는 없어도, 조금은 보살펴 드릴 수 있을 테니까. 그런 상황이니까 우리 사이좋게 지내자고, 안도 군. 그럼 나는 원고 마감 날이 얼마 남지 않아서 그만

가 볼 테니 둘이 있을 때 사과하라고."

니시자키는 참치 초밥을 하나 입에 넣고 돌아갔다.

여전히 화가 치밀었지만, 내게도 반성할 점은 있다는 생각이 들어 스기시타에게 사과했다. 스기시타는 자신도 말이 지나쳤다고 사과하고는 아무렇지도 않은 표정으로 화제를 바꿨다.

"그런데 우리 장기 두지 않을래?"

지금까지 살아온 인생 어느 장면에선가 등장해도 좋았을 법한 오락을 나는 스기시타에게 배우게 되었다.

스기시타의 권유로 시작한 일은 그 외에도 또 있다.

타도, 스기시타. 말을 움직이는 법만 알면 스기시타 정도는 금방 꺾을 수 있다고 생각했는데 도저히 당해 낼 수가 없었다. 니시자키에게 "뜻하지 않은 곳에 라이벌이 있었군." 하는 소리를 들었지만, 그 사람의 말은 점차 한 귀로 듣고 한 귀로 흘릴 수 있게 되었다.

문제는 스기시타다. 내게 강의라도 할 심산인지, '혈웅'이니 '미노 울타리'니 하는 전법을 들먹이며 말을 움직인다. 그 상황이 너무도 굴욕적이어서 필사적으로 장기판을 노려보고 머리를 굴리며 말을 움직여 보지만, 그럴 때마다 스기시타는 해도 그만 안 해도 그만인 잡담을 하며 금세 다음 수를 받아쳤다.

"니시자키 씨, 새 작품을 응모했는데 또 1차에서 떨어졌대."

순 그런 시시껄렁한 얘기. 그리고 그 연장선에서 이런 말도 했다.

"안도, 관심 있으면 같이 스쿠버 다이빙 해 보지 않을래?"

그럴 시간도 돈도 없다. 때때로 며칠씩 연구실에 틀어박혀야 하기 때문에 아르바이트도 하지 않았다. 생활이 힘들 정도는 아니지만 놀 여유도 없다. 게다가 스기시타는 일하는 대학생 아닌가. 사람에게 사죄까지 하게 만들더니 결국은 노는 일밖에 안중에 없는 건가.

시간이 맞으면, 이라고 애매하게 대답했는데 대국에 져서 분한 김에 술을 마시다 보니 어느 사이 청소 회사 아르바이트 면접을 받기로 되어 있었다.

스쿠버 다이빙을 하자더니.

아르바이트는 그 자리에서 채용되었다. 등록제인 데다 시급이 많은 점이 마음에 들었다. 우선은 청소 회사의 통상적인 업무에 몇 번 투입되었다. 신축 맨션의 입주 전 청소와 한밤중의 오피스 빌딩 청소 등. 등록된 사람들이 총동원되어 50층짜리 맨션의 각 방을 왁스 칠한 적도 있다. 그 꼭대기 층 거실을 스기시타와 둘이 청소하고 있을 때였다. 나보다 두 배는 빨리 왁스 칠을 하는 스기시타가 창가에 멍하니 서 있었다.

"혹시, 고소 공포증으로 손이 굳어 버린 거 아냐?"

"아니. 이런 곳에 살면 좋겠다 싶어서. 높은 곳을 좋아하니까. 이 아르바이트를 시작한 것도 실은 빌딩 유리창 청소를 하고 싶어서였어. 그런데 채용되고 나서 여자는 안 된다고 하잖아. 자꾸 떼를 썼더니 몸무게가 50킬로그램을 넘으면 한 번은 시켜 주겠다고 했는데, 아무리 먹어도 살이 쪄야 말이지. 그래서 포기했어."

"그럴 정도로 유리창 청소가 하고 싶은 거야?"

"둘러싸인 게 없어야 높은 곳에 있다는 걸 실감할 수 있잖아."

바보와 연기는 높은 곳에 올라가고 싶어 한다더니, 하고 놀리다 보니 스기시타가 그토록 높은 곳에 집착하는 이유는 미처 묻지 못했다.

스쿠버 다이빙 자격증은 주말에 두 번씩 강습을 받아 나흘 만에 땄다.

수강료의 70퍼센트는 청소 회사가 부담했다. 그리고 그다음 주, 도쿄 만 청소 작업에 동원됐다. 이런 거였어? 완전히 속은 듯한 기분이 들었지만, 여름에는 오키나와의 바다에 잠수해 보자 싶어 산호 보호 단체에 자원 봉사자로 등록했다. 하지만 실제로 참가할 수 있을지 어떨지는 미지수다.

그 이유는 취직자리를 구하기 시작했기 때문이다. 화학 관련 회사 몇 군데에서 얘기가 있었지만, 세계를 상대하기에는 역시 종합 상사가 최고라는 생각에 지원 대상을 종합 상사로

좁혔다.

"자원 봉사 활동 같은 것도 이력서에 쓰면 좋지 않을까? 안도가 들어가고 싶어 하는 회사도 그런 활동을 지원하는 것 같던데."

스기시타의 말에 밑져야 본전이라는 생각으로 이력서의 '기타'란에 썼는데, 면접에서 그에 관해서만 묻는 통에 사뭇 놀랐다. 마이너스 요소로도 작용할 수 있는 지방의 섬 출신이라는 점과 도쿄 만 청소 작업 경험을 섞어 가며 해양 환경 문제에 대해 크게 어필했다.

그곳이 바로 M상사. 제일 바라던 회사였다. 영업부로 들어갔지만 이과 계열만 뽑았기 때문에 내 실력으로 합격했다고 생각한다. 그렇지만 스기시타 덕도 몇 퍼센트 정도는 있을 것이다.

그 답례로 큰맘 먹고 오키나와 여행을 제안했다. 한 번 정도는 스쿠버 다이빙을 제대로 즐겨 봐도 괜찮지 않을까 싶었다. 그 얘기를 끼냈을 때는 덮어놓고 좋아하더니 며칠 후, 그렇다면 멋진 만남을 만들어 볼까, 라고 말하는 것이다.

"안도가 가기로 한 회사 사람 중에 산호 보호 단체 회원으로 있는 사람이 있는데, 그 사람 블로그를 봤더니 이번에 개인적으로 이시가키 섬에 간다고 쓰여 있더라고. 우리 그 날짜에 맞춰서 가자. 취미가 장기라니까 잘하면 친구가 될 수 있지 않을까?"

그 사람이 노구치 다카히로. 그야말로 '멋진 만남'이었다. 내 인생에서 처음으로 목표 삼고 싶은 이상형의 인물을 만났으니까.

그건 순전히 스기시타 덕분이다.

아르바이트를 마무리 짓는 일로 고층 빌딩 유리창 청소를 택했다. 아르바이트를 하면서 친해진 녀석과 함께 정원 두 명인 그 일을 신청하고서, 당일에 무단결근해 달라고 녀석에게 부탁했다. 스기시타에게는 갑자기 바닥 청소가 들어왔다고 말하고 동트기 전에 둘이서 오피스 빌딩으로 향했다.

스기시타를 곤돌라에 태워 주기 위해서였다. 만일의 경우에 대비해 스기시타의 몸무게가 50킬로그램이 넘도록 다이빙용 웨이트 벨트를 두르라고 했다.

곤돌라에 올라타고 아침을 맞이했다. 동쪽 하늘에서 천천히 퍼져 나가는 하얀 빛의 띠가 지상에 떠다니는 부연 안개를 녹이자 시야가 밝아졌다. 시선을 집중하니 도쿄 만 저편 아득히 먼 수평선까지 내다보였다.

스기시타는 발판이 위태위태한데도 겁내지 않고 바깥쪽을 향해 똑바로 서서 저 먼 곳을 바라보고 있었다.

"역시, 경치가 완전 다르네. 내가 살던 섬은 세토 내해에 있어서 해안에서 바다를 바라보면 점점이 떠 있는 섬들이 시야에 들어와. 바다라기보다는 마치 강 같은 느낌이었지. 심하게 말하면 성을 둘러싼 해자랄까. 넓다거나 끝없다기보다는 오히려 갇혀 있는 느낌이었어. 그런데 섬의 제일 높은 곳에 오르면 바다에 떠 있는 섬도 내려다보이지만 저 멀리 수평선도 보여. 그럼 내가 지금 어디 있는지를 확인한 듯한 기분이 들지. 아, 내 발밑은 확실히 세계의 끝까지 이어져 있구나, 그런 느낌. 그게 살아가게 하는 에너지였어. 정말 고마워."

그렇다면 세계의 끝에서 가장 높은 곳에 서 보고 싶지 않느냐고 말하려는데 갑자기 강한 바람이 불어왔다. 스기시타의 몸이 휘청거렸지만 그녀는 곧 균형을 잡고 다시 먼 곳으로 시선을 향했다. 그러나 한 손은 내 작업복 소매를 꼭 부여잡고 있었다.

말하지 않기를 잘했다. 말했다면 스기시타는 세계의 끝으로 갈 방법을 궁리했을 것이다. 그리고 혼자서 가 버렸겠지. 이 손을 놓고서.

회사 기숙사로 들어가게 되어 스기시타와 니시자키의 배웅을 받으며 '들장미 하우스'를 떠났다.

마지막 밤은 '안도 송별회'라는 이름으로 셋이 밤새워 마셨다.

"안도의 인생에 행운이 있을지어다!"

니시자키의 선창으로 셋이서 몇 번이나 술잔을 부딪쳤던가.

"오늘로 해산!"

술에 취한 스기시타는 이 말을 또 몇 번이나 했던가.

"아, 해산이다!"

니시자키도 그때마다 장단을 맞췄다.

앞으로도 틈날 때마다 이곳을 찾을 작정이었던 나는 거 참 호들갑들 떠는군, 하고 생각했지만, 세 사람 중에 하나라도 사회인이 있으면 분위기는 싹 바뀔 것이다. 학생 시절은 인생의 여름 방학에 비유되곤 하는데, 어렸을 때의 8월 31일은 정말로 이런 기분이었는지도 모르겠다.

하지만 서운하다는 느낌은 조금도 없었다. 내 능력을 시험할 수 있다는 기대감에 한껏 부풀어 있었기 때문이다. 출세하겠다는 의욕으로 가득한 상태에서 다음 스텝을 밟았다.

입사 동기들이 노구치 씨 연줄로 들어온 거냐고 물은 적이 몇 번이나 있었다. 내 실력으로 들어왔다는 말을 내 입으로 굳이 하기가 짜증스러워, 입사가 결정된 후 여행지에서 우연히 만났다고만 대답하기로 했다.

하지만 인기 높은 프로젝트 과에 발령 난 것은 노구치 씨 덕분이다.

노력하면 남들 위에 설 수 있다고 생각했지만, 입사 동기들은 모두 어렸을 적부터 노력에 노력을 거듭해 온 녀석들뿐이었다. 그들보다 한발 앞서 가기 위해 입사 전부터 상사와 친해 둔다는 생각 같은 건 꿈에도 하지 못했었다.

결과적으로 그렇게 된 것뿐이다. 정면 돌파가 아닌 방법은 모두 임시방편이라고 여겼는데, 목표에 도달하는 길에는 여러 가지가 있는 모양이다. 그 길을 얼마나 다양하게 찾아내느냐에 따라 결과도 상당히 달라지는 것이리라.

모든 일을 정면 돌파 할 수 있다고 생각하는 것은 아직 세상 물정을 모른다는 뜻일까.

업무 면에서뿐 아니라, 노구치 씨는 집으로 초대하거나, 정치가들이 모여 밀담이라도 할 만한 요정이나 고급 레스토랑에 데려가 주기도 했다. 심지어 장기판을 사이에 두고 마주할 때는 대등한 입장에서 두자고까지 했다.

노구치 씨가 나에게 보이는 관심을 주위 사람들은 순순히 부러워했다.

노구치 씨는 나뿐만 아니라 신입 사원 모두가 동경하는 상사였던 것이다.

그는 일에서는 입사해서 지금에 이르기까지 세 나라에서 해외 근무를 했고, 가는 곳마다 프로젝트를 성공리에 끝내 동기들보다 훨씬 높은 직위에 올랐다. 개인적으로는 젊고 아름다운 아내와 충만한 생활을 누리고 있다. 게다가 부모는 재력가. 그런데도 거기에 기대지 않고 자신의 실력으로 승부하는 점이 또한 훌륭했다.

그야말로 섬에 있던 시절의 내가 그리던 이상형이었다. ……섬에 있던 시절의.

그런데 노구치 씨와 친분이 깊어지면서, 내가 과연 이런 사람이 되고 싶었던 것일까, 라고 서서히 의문을 품게 되었다. 노구치 씨의 내면으로부터 배어 나오는 탐욕스러움이 어쩐지 우스꽝스럽게 보이기 시작한 것이다.

프로젝트에서 성공을 거둔 것은 당신 혼자만의 힘이 아니지. 각자 맡은 역할을 충실히 해낸 덕분임에도, 의지할 수 있는 상사인 척하면서 남의 일에 끼어들고 성공은 그 덕분이라고 착각하고 있다. 그렇게 부하 직원의 공로를 가로채면서까지 출세하고 싶은가.

취미 삼아 하는 장기도 그렇다. 질 것 같으면 휴전에 들어가자고 하고서 스기시타에게 조언을 청한다는 사실을 내가 눈치채지 못했을 거라고 생각하는가.

달리기에서 1등을 하고 싶은 아이가 두 팔을 휘두르며 달리는 꼴이었다. 그렇게 숨 가쁘게 달려간 끝에는 과연 무엇이 기다리고 있을까.

노구치 씨를 보는 내 눈이 마치 니시자키의 그것처럼 되어 있었는지도 모른다. 일에서도 개인적으로도 궁지에 몰렸던 시기다. 당연히 속이 뒤틀려 있었을 것이다.

장기판을 앞에 두고서, 믿을 만한 상사인 척하면서 이런 말을 한 적이 있다.

"안도에게는 기대를 걸고 있는데 나를 한 번도 이기지 못해서야 되겠어? 그런데 자네, ××라는 곳, 알고 있나?"

"아니요, 모르는데요. 느낌으로는 중동 언저리가 아닐까 싶지만."

"그래, 맞아. 거기에 세계적 규모의 태양광 발전소를 지을 계획인데, 아직 우리 회사가 수주하게 될지는 확실치 않지만, 일단 관계 부서에서 한 명씩 보내기로 되어 있어. 어떤가, 안도. 다섯 번 둬서 나를 한 번도 못 이기면, 전기도 가스도 들어오지 않는 곳에 가서 수행하는 것이."

인사 문제를 사적인 장기로 결정할 셈인가 싶어 어이가 없었다. 아마도 몇 명 거론되고 있는 후보들 중에 나도 끼어 있고, 누가 가도 상관없는 상황일 것이다. 나를 후보로 올린 사람은 물론 노구치 씨일 것이고.

그러나 그런 길도 있을지 모르겠다. 이제 슬슬 스기시타를 이기고 싶기도 하고, 거꾸로 진다 한들 그 대가가 세계의 끝으로 가는 티켓이라면 굉장히 유쾌한 일 아닐까.

나는 제안을 받아들이기로 했다.

결국 노구치 씨와의 대국에서 네 번 연속으로 진 후, 연말에 스기시타를 직접 상대해 딱 한 번 이겼다. 그녀는 분명 타개

책을 강구할 것이다. 다섯 번째 대국은 같은 국면에 이르도록 노구치 씨를 유도해 놓았다. 최종전은 그 승부다.

오늘 밤, 결과가 나온다. 그것도 스기시타 앞에서. 어디 있는지도 모르는 나라에 부임하게 된다고 하면 그녀는 부러워할까. 말없이 소맷자락을 붙든다면 데리고 가도 좋다.

하지만, 오늘 이곳을 방문한 것은 명목상으로는 나오코 씨를 위로하기 위해서다.

유산한 탓에 정신적으로 불안정한 나오코 씨의 기운을 북돋우기 위해 유명 레스토랑의 출장 서비스를 부르자고 제안한 것은 스기시타였다. 그 제안을 노구치 씨가 흔쾌히 받아들였는지는 잘 모르겠다.

나오코 씨가 불륜을 저질렀다는 소문이 나돌았고, 노구치 씨는 나오코 씨를 집 안에 감금하려고 했다. 현관문 밖에 설치된 체인은 노구치 씨 자신을 표현하는 것이 아닐까 생각한다. 지금까지 쌓아 온 것을 지키고 싶은 것이다. 노구치 씨가 그 집에 가둔 것이 자신의 자존심은 아닐까.

그 심정을 모르는 것은 아니다.

노구치 씨가 7시쯤 오라고 했지만, 오늘의 대국이 과연 어느 쪽으로 기울 것인지도 탐색하고 싶고 가능하면 식사 전에 결과가 나왔으면 해서 6시 조금 지나 맨션에 도착하기로 마음

먹었다.

노구치 씨는 차 두 대분의 주차 공간을 갖고 있기 때문에 차를 가지고 갈 때는 주민용 주차장을 이용한다. 거기서 노구치 씨에게 전화했더니 상당히 당황한 말투로 꼭대기 층에 있는 라운지에서 기다리라고 했다.

스기시타가 끝내 타개책을 찾지 못한 것인가.

앞으로 약 한 시간의 여유가 있다. 무슨 수를 쓰지 않으면 세계의 끝이 멀어진다고, 스기시타.

주차장에서 밖으로 나와 다시 출입문으로 들어갔다. 주차장에서 아파트로 직접 통하는 문은 호텔 방문 같은 구조라, 안쪽에서는 열쇠 없이도 나올 수 있지만 바깥에서는 열쇠가 있어야 들어갈 수 있다.

안내 데스크로 가서 노구치 씨를 만나기로 했다고 하자 안내원 아가씨는 내 얼굴을 기억하는지 노구치 씨 집에 연락을 하지 않고 그대로 통과시켜 주었다.

엘리베이터를 디고 꼭대기 층으로 향한다. 그런데, 엘리베이터에서 내린 후에야 휴대 전화를 차에 두고 왔다는 사실을 깨달았다. 다시 엘리베이터를 타고 1층으로 내려가 주차장으로 직접 통하는 문으로 나갔다. 문을 닫히지 않도록 하고서 전화를 가지러 갔다가 다시 들어와 엘리베이터로 가는데, 생각지 못한 사람과 마주쳤다.

니시자키다. 양손으로 빨간 장미꽃을 안고 있다.

"오랜만이네, 안도 군. 시간을 잘 지키는 것은 좋지만, 좀 이른 거 아냐?"

"어째서 니시자키 씨가 여기에?"

"나? 아르바이트. 이걸 노구치 씨 댁에 배달하러 왔어."

니시자키는 꽃다발을 한 손으로 바꿔 들었다. 검정 앞치마를 두르고 있다.

"꽃 배달? 어울리는 것도 같고 안 어울리는 것도 같고. 그런데 니시자키 씨도 결국은 일할 마음이 생긴 건가?"

"소중한 것을 지키기 위해서라면."

"그건 그렇고, 이거 대단한 우연인데. 스기시타가 주문한 거야?"

"아니, 나오코 부인. 이런저런 인연이 좀 있거든. 그런데, 안도. 내가 아주 굉장한 걸 알게 됐어. 전에 스기시타가 궁극의 사랑이란 죄를 공유하는 거라고 말한 적 있잖아, 그거 실화더라고. 그 상대를 너도 오늘 만나게 될 테니까 기대해. 꽤 괜찮은 녀석이야."

니시자키의 말을 다 이해하지 못한 채 엘리베이터가 48층에 도착했고, 니시자키는 평소처럼 유유자적한 모습으로 내렸다. 나는 그대로 꼭대기 층으로 올라갔다.

뭐지, 이 소외감은. 여기서 니시자키와 마주치다니, 우연일

리 없다. 스기시타와 둘이 뭔가 일을 꾸미고 있는 게 분명하다. 그것도 노구치 씨 집에서. 그런데 왜 나는 아무것도 모르지?

게다가, 스기시타에게 남자가 있다고? 그런 얘기는 들어 본 적이 없다. 더구나 그 남자도 여기에 온다고? 대체 뭐가 어떻게 돌아가는 거야.

꼭대기 층에 도착해 엘리베이터 문이 열렸지만 내리지 않고 48층 버튼을 눌렀다.

노구치 씨 집 현관문은 잠겨 있었다. 이 안에서 내가 모르는 어떤 일이 벌어지고 있다는 건가. 인터폰으로 손을 뻗었지만, 누르지 않았다.

대신 체인을 건다.

다시 꼭대기 층으로 올라가 라운지의 창가 자리에 앉아서 커피를 주문했다. 지상 200미터. 아무리 높은 곳에 있다 해도 유리창 너머로 보이는 풍경은 전체의 극히 일부에 지나지 않는다.

노구치 씨와 나는 매우 비슷한 인간인지도 모른다.

……아뿔싸, 벌써 7시가 넘었잖아.

현관문의 체인은 풀려 있었다.
적당한 때를 보아 내가 풀어 놓으려고 했는데, 니시자키가 뭔가 수를 써서 밖으로 나온 거겠지. 노구치 씨는 생전 처음 보는 사람이 문밖으로 걸린 체인 때문에 집 안에 갇힌 모습을 보고 민망해했을까. 덕분에 체인을 떼어 내 버리게 되면 좋을 텐데.

스기시타가 연 것일까. 일찌감치 불려 가 저 안쪽 서재에서 공략법을 궁리하고 있을 거라고만 생각했는데, 어쩌면 나와 같은 시간에 초대되었을지도 모른다.

아니면, 7시가 넘었으니 출장 서비스 나온 사람이 열었을지도.

인터폰을 누르자 스기시타가 나왔다.

그런데 몹시 당혹스러운 표정으로 "들어오지 마.", 한다. 노구치 씨가 그렇게 말하라고 시킨 것인가. 정말 어처구니가 없다.

"됐다. 이제 져도 상관없어. 아니 오히려 지는 편이 고맙겠어. 내가 이제부터 수를 가르쳐 줄 테니까, 스기시타가 생각해 낸 척하고 노구치 씨에게 알려 줘."

"……지는 편이 고맙겠다니, 무슨 뜻이야?"

"그건, 나중에 말해 줄 테니 기대해."

"지금 말해!"

스기시타가 소리를 꽥 질렀다. 이런 스기시타는 처음 본다. 왜 이렇게 정색하고 화를 내는 것일까. 그때 엘리베이터 쪽에서 제복을 입은 경찰관이 다가왔다.

요리사 같은 차림의 남자가 집 안에서 나와 차분하게 경찰관을 안내한다. 스기시타는 그 남자 뒤에 숨듯이 서서 흰 유니폼 소맷자락을 꽉 쥐고 있다.

무슨 일이 일어났는지 모르는 것은 나뿐이었다.

10년 후···

가령 그때······. 10년이 지났는데도 때로 그런 생각을 한다.

엘리베이터에서 마주쳤음에도 나오코 씨의 불륜 상대가 니시자키이고 그가 나오코 씨를 데리고 나가려 했을 줄은 꿈에도 몰랐다. 나오코 씨의 상대가 잘생긴 남자라는 소문이 회사 내에 무성했는데도 말이다. 지방에 있는 무슨 섬도 아니고 도쿄에는 잘생긴 남자가 발에 차일 만큼 많으니 그때는 눈치채지 못했더라도 엘리베이터 안에서 마주쳤을 때는 알아차렸어야 하는 거 아닌가.

그랬다면 난 어떻게 했을까. 바보 같은 짓 하지 마, 그렇게 니시자키를 설득했을까. 그가 내 말을 듣지는 않았더라도, 그를 따라갔다면 최악의 사태는 면했을지도 모른다.

최악의 사태······. 니시자키는 경찰에서 현관에 서 있는 자신에게 노구치 씨가 갑자기 주먹을 휘둘렀다고 진술했다. 그때 그는 손을 뒤로 해 문을 열고 도망치려 하지 않았을까.

도망칠 수 있는 유일한 문. 니시자키는 자기가 촛대로 노구치 씨를 내려치는 것을 스기시타가 보았기 때문에 도망치기를 포기했다고 말했지만 그 두 사람이라면 현장에서 입을 맞추고 함께 빠져나갈 수 있었을 것이다.

그게 불가능했던 것은, 체인이 걸려 있었기 때문이다.

그렇다면 왜 나에게 연락하지 않았을까.

스기시타도 니시자키도 내가 라운지에 있다는 것을 알고 있었을 텐데.

아니다. 아마도 체인을 건 사람이 나라는 사실을 니시자키는 알았을 것이다. 그리고 내가 노구치 씨 편에 가담했다고 생각했을 것이다.

그러나 니시자키는 경찰에게 체인에 관해서는 한마디도 하지 않았다.

니시자키뿐 아니다. 그 후에 출장 서비스차 온 나루세라는 사람도 현관문이 잠겨 있지 않았다고 증언했다. 스기시타와 시골 학교 동급생인데 동창회에서 다시 만나 가게를 소개하기는 했지만 그 후로 교류는 없었다면서. 과연 그 말이 사실일까.

엘리베이터에서 니시자키는, 스기시타가 말했던 죄의 공유

애기가 실화였으며 그 상대를 나도 만나게 될 거라고 했다. 그건 나루세를 말한 게 아니었을까. 꽤 괜찮은 녀석이야……. 그렇다면 니시자키도 나루세와 안면이 있다는 얘기다.

그 세 사람이 뭔가 계획을 세워 놓았던 것 아니었을까.

그러나 니시자키도 스기시타도, 내가 뭘 물어도 대답하려 들지 않았다. 나 자신, 그들과 경찰에게 체인에 관해 사실대로 말하지 못했다는 부담감이 있어 자꾸 캐물을 수도 없었다. 주위에서 내가 사건에 관련되었다고 생각할까 봐 두려웠던 것이다.

그런데 시간이 흐르면서 그 낡아 빠진 빌라에서 술을 마시며 하잘것없는 얘기에 열을 올렸던 날들이 무척 그리워졌다.

나도 그들의 계획에 가담했더라면 싶었다.

친척을 통해 소개받은 이름 있는 변호사에게 니시자키의 변호를 부탁했다. 니시자키는 공연한 일 하지 않아도 된다고 했지만, 내가 계속 밀고 나가자 '네 경력에 흠집이 나지 않을 선에서 하라'고 했다.

그 밖에 니시자키를 위해 할 수 있는 일이 없을까. 그런 생각을 하다가, 니시자키에 대해 아는 것이 없다는 사실을 새삼스레 깨달았다. 그에 대해 좀 더 알 수 있는 단서가 없을까.

나는 니시자키가 쓴 소설 「작열하는 새」를 끝까지 읽어 보기로 했다.

원고를 다 읽은 후 니시자키를 찾아갔다.

니시자키, 당신이 바로 새였군.

어린이 런치 세트에 꽂힌 국기에 가장 많이 등장할 법한 나라에서 5년을 지내고 귀국했다.

이제는 없을지도 모르지, 그러면서도 들러 본 '들장미 하우스'는 여전히 그 자리에 있었다. 주인 할아버지도 건재했다. 계단 아래서 톱질을 하고 있던 할아버지는 나를 보더니, "안도 군, 그동안 잘 지냈나?" 하면서, 벗어진 머리에 맺힌 땀을 목에 걸려 있던 수건으로 닦고는 웃음 지었다. 아흔 살이 넘은 할아버지가 10년도 더 전에 살았던 무뚝뚝한 학생을 기억해 주는 것이 기뻤다.

"뭐하고 계셨어요?"라고 묻자 "응, 새 간판을 만들고 있어." 라고 대답하기에 언젠가의 일이 떠올라 거들기로 했다. 그해 태풍이 참 대단했다는 얘기를 나누다가, 여기서 4년이나 살았는데 할아버지와 대화한 적이 거의 없다는 사실을 깨달았다.

할아버지에게 살갑게 굴어서 무슨 이득이 있다고. 나는 그런 인간이었다. 사건 후, 구치소에 가 있는 니시자키에게 전해 줄 물건이 있어서 몇 번 이곳을 찾은 적이 있었지만, 그때도 할아버지에게 인사해야겠다는 생각은 딱히 없었다.

할아버지는 니시자키를 염려했다. 스기시타도 염려했다.

하지만 할아버지를 안심시킬 만한 거리가 없었다. 니시자키가 작가 지망생이었다는 얘기를 하던 차에,「작열하는 새」라는 소설을 아느냐고 물어보았다. 할아버지는 모른다면서 어떤 얘기냐고 물었다. 나는 줄거리를 간단하게 설명해 드렸다.

"새가 노조미 양인가……."

설명이 끝남과 동시에 할아버지가 그렇게 말했다. 뜻밖의 말이었다.

"스기시타가 왜요?"

"아니, 왠지 그런 생각이 들어서. 아니라면 니시자키 군인가."

새처럼 온몸에 덴 흉터가 있는 사람은 니시자키다. 그는 가스레인지 켜기를 거부했던 적이 있다. 그러나 토스터나 전기냄비는 괜찮았다.

불을 무서워했던 것이다.

사건 후, 변호사와 함께 몇 번이나 니시자키의 부모를 찾아가 도와 달라고 머리 숙여 부탁했다. 어머니는 관계하고 싶지 않다면서 입을 다물었지만, 아버지는 니시자키가 어린 시절 학대받았다는 사실을 인정했다. 어머니의 얼굴에 화상 자국이 없는 것으로 보아 전부 실화는 아닌 듯했지만, 새는 니시자키라고 확신했다.

"그래서 나오코 씨를 구해 내고 싶었던 거였군. 그리고 노구치 씨에게 얻어맞으면서 옛날 기억이 되살아나 버렸어. 니시자키 씨는 그런 병을 앓고 있었어. 그러니 제대로 정신 감정을 받아 보자고."

 구치소 면회실 유리창 너머로 그렇게 말하자 니시자키는 "문학을 허접한 현실에 끌어들이지 마."라면서 정신 감정을 거부했다.

 그래도 나는 니시자키가 새라고 믿어 의심치 않는다. 그런데 할아버지는 스기시타를 먼저 떠올렸다. 오키나와에서 비키니 차림의 스기시타를 보았지만, 그녀의 몸에 흉터 같은 건 없었다. 함께 「작열하는 새」의 감상을 이야기할 때도 고통스러워하는 느낌은 아니었다.

 스기시타에 대해서는 대충 알고 있다고 여겼는데, 그녀는 언제나 현실이나 미래만 이야기했지 우리가 만나기 전의 일을 꺼낸 적은 한 번도 없었다.

 스기시타가 새.

 니시자키가 새.

 두 사람에게 뭔가 공통점이 있다 치고, 둘은 서로 그것을 알고 있었다는 말인가. 둘만이 이해할 수 있는 무언가를.

 사건 현장에는 죽은 노구치 씨 부부와 니시자키, 그리고 스기시타가 있었다.

 스기시타는 최고의 사랑이 '죄의 공유'라고 말한 적이 있다.

니시자키는 그 상대가 나루세인 것처럼 넌지시 암시했지만, 지난 10년간 죄를 공유한 것은 그 두 사람이 아니었을까.

손이 떨린다는 할아버지를 대신해, 자른 판자에 검은 페인트로 '들장미 하우스'라고 썼다. 그리고 잠시 말린 후 2층 난간에 철사로 고정시켰다. 두 사람이 서 있던 장소.

태풍이 몰아치던 그날, 너희 두 사람은 여기서 만났지.

이제 진실을 알려 줘도 좋지 않을까.

제4장

남쪽으로 난 커다란 창에서 바다를 바라보는 것을 무척이나 좋아했다. 그렇다는 것을, 그곳에서 쫓겨난 후에야 알았다. 조그만 섬이 올록볼록 떠 있는 청록색 잔잔한 바다를 바라보는 것이 내게는 호흡이나 다름없었는지도 모르겠다.

 그러니 숨을 쉴 수 없게 돼 버린 나는 조금 망가졌다, 그런 생각이다.

 섬에서 나고 자란 내 인생은 그날까지는 섬을 둘러싼 바다만큼이나 고요하고 잔잔했다. '성'에서 쫓겨난 그날이 오기 전까지는.

 외할아버지와 외할머니가 해안가에 지은 그 서양식 집은 벽도 지붕도 새하얘서, 예전에는 섬사람들이 '하얀 성'이라 불렀다. 그리고 그 집의 외동딸인 엄마는 외모의 화사함까지 더해 '하얀 성의 공주님'이라 불리며 섬사람들의 귀여움을 받았다고 한다. 결혼 적령기가 된 공주님은 아버지가 경영하는 건설 회사에 근무하는 똑똑하고 일 잘하는 왕자님과 결혼했다. 그리고 얼마 후, 공주님은 아버지와 어머니를 잇달아 병으로 잃었지만 슬하에 1남 1녀를 두고 행복하게 살았다죠, 17

년 동안은. 더불어 공주님의 딸과 아들도.

 공주님의 딸인 나의 외모는 엄마를 닮긴 했지만 공주님 같지는 않았다. 엄마는 툭하면 "우리 노조미는 화사함이 부족하다니까. 그럼 멋진 남자를 못 만나요."라고 했지만, 일부러 수수하게 하고 다닌 것은 아니다. 사람들 앞에서 웃음을 뿌리는 것보다는 구석에서 멍하게 지내는 것을 좋아했을 뿐.

 남자의 눈길을 끌기 위한 화사함 따위는 필요 없다. 인간으로서의 최저 생활을 해야 할 때에는 오히려 맨 먼저 버려야하는 것이 그것이다.

 조짐이라는 말은 무슨 일이 일어나기 전에 그것을 알려 주는 사소한 사건을 뜻하지만, 그것이 조짐이었다는 것은 일이 일어나고 난 후에야 깨닫게 된다. 그것도 시간이 상당히 흐른 뒤에야. 그러고 보니 그때 서쪽 하늘이 새빨갛게 물들었었는데, 그러고 보니 평소에는 얌전하던 개가 무언가에 겁을 먹은 것처럼 계속 짖어 댔었지, 그러고 보니 여느 때보다 안색이 안 좋았던 것 같아, 그러고 보니, 그러고 보니, 그러고 보니……

 섬이 불황의 늪에 빠져 들어 회사 일이 상당히 한가해졌을 텐데도 아빠는 야근을 한다면서 밤이 깊어서야 집에 돌아오는 일이 전보다 잦아졌다. 엄마가 차린 식탁은 빈말로도 맛있다고 할 수는 없는 게 사실이었지만, 아빠는 피곤하다며 손도 대지 않는 일이 많아졌다. 생일날 가족이 성대한 축하 파티를 해 주었는데도 그리 달가워하지 않았다.

 조짐을 눈치챘다면 그런 일이 일어나지 않았을 거라고는 생각하지 않지만, 마음의 준비 정도는 할 수 있었을 것이다. 그러나 그 일은 어느 날 갑자기 일어났다.

 고등학교 2학년 가을, 날씨 좋은 토요일 오후였다. 오전에 학교에서 모의고사를 치르고 집에 돌아와 보니 엄마가 현관 앞 기둥에 기대듯 서서 어깨를 바들바들 떨며 소리 내어 울고 있었다. 상냥하게 웃는 얼굴이 멋진 우리 엄마인데. 왜 그래? 하고 말을 건네려는데 집 안쪽에서 "이게 무슨 짓이야!" 하는 남동생 요스케의 목소리가 들렸다. 허둥지둥 들어가려 했더니 현관의 절반을 내 책상이 가로막고 있었다. 이게 왜 여기 있지, 그것도 책이 꽂힌 채, 서랍에 잡다한 물건이 들어 있는 채.

 어리둥절해서 보고 있는데, 낯모르는 젊은 남자가 커다란 종이 상자를 껴안고 계단을 내려왔다. 뚜껑이 없는 종이 상자 밖으로 초등학교 때 산타클로스에게 선물 받은(것으로 되어 있는) 곰 인형이 얼굴을 내밀고 있었다. 왜 내 방에 있는 물건들을 현관으로 옮기는 것일까. 남자가 감색 작업복을 입고 있어서 처음에는 무슨 공사라도 하나 생각했다. 하지만 공사하는 것치고는 분위기가 이상했다.

 "당신이 나가란 말이야."

 2층에서 요스케의 목소리가 울리는가 싶더니 우당탕탕 소리와 함께 요스케가 계단으로 굴러 떨어졌다. 요스케한테 뛰어가 계단 위를 올려다보니, 아빠가 우리 쪽을 내려다보듯 서 있었다.

"……아빠가 그런 거야?"

"누나, 저 인간 제정신이 아니야."

요스케가 고통으로 얼굴을 일그러뜨리며 말했다. 아빠가 우리에게 손을 댄 적은 지금까지 단 한 번도 없었다. 명랑하고 믿음직스럽고, 무슨 일이든 웃으며 받아 주는 사랑하는 아빠였는데. 어젯밤에도 평소와 다름없이 네 식구가 식탁에 둘러앉았다. 그런데 계단에서 밀치다니, 뭐가 어떻게 된 일일까.

계단을 올라가자 아빠가 말했다.

"너도 얼른 짐 싸."

복도에는 내 방에 있던 물건을 아무렇게나 쑤셔 담은 종이 상자가 산더미처럼 쌓여 있었다. 이 많은 물건이 저 세 평짜리 방에 다 들어 있었단 말이야? 하며 감탄할 정도였다. 텅 빈 방으로 들어가니 여자가 이쪽에 등을 보인 채 서 있었다. 키가 크고 머리가 긴 낯선 여자. 나이는 엄마와 나의 중간쯤일까. 창문으로 불어드는 바닷바람을 맞으면서 음, 하고 기지개를 켜더니 이쪽으로 돌아섰다.

"미안해. 오늘부터 여기가 내 방이래. 어쩐지 쫓아내는 것 같아서 미안하게 생각했는데, 상상했던 것 이상으로 멋있어서 고맙게 받기로 했어."

내 방? 이 여자가 무슨 소리를 하는 거야. 시선을 돌리자, 창 옆에 놓인 커다란 화장대가 눈에 들어왔다. 나무 프레임에 백합꽃이 조각된, 굉장히 비싸 보이는 화장대. 이 방에, 아니 이 집에 아주 잘 어울린다. 새 물건이지만 마치 오래전부터 그 자리에 있었던 것처럼. 화장대 위에는 좁고 긴 은제 꽃병이 놓여 있다. 거기에 꽃을 꽂아 놓으려는 것인가, 아니면 화장대와 같은 메이커 제품을 함께 주문해 임시로 거기에 놓았을 뿐인가. 꽃병도 세밀하게 조각되어 있다. 아무 말도 못하고 서 있는데 아빠가 들어왔다.

"난 오늘부터 이 사람과 살 거다."

방 안에는 세 사람. 그중 나를 밀쳐내는 듯 매정한 목소리였다. 엄마와 요스케에게도 이미 똑같은 말을 했을 거라고 짐작될 만큼, 이어진 말에는 거침이 없었다.

나는 자유롭게 살기로 했다. 내가 번 돈은 전부 내 마음대로 쓰고, 내가 먹고 싶은 것을 먹고, 내가 함께 살고 싶은 사람과 한집에서 살 것이다. 지난 17년 동안 나는 나의 욕망을 억누른 채 너희들을 위해 참고 살아왔다. 그러나 그런 생활은 오늘로 끝이다. 우리 집안은 남자가 단명한다. 쉰 살을 넘긴 사람이 없었다. 아버지는 마흔여덟, 할아버지는 서른여덟 살에 돌아가셨다. 축하 파티도 했으니 알겠지만, 나는 지난달에 마흔일곱 살이 되었다. 그래서 인생에 대해 달리 생각하게 되었다. 인생 50년, 내 인생은 길어야 앞으로 3년뿐이다. 그런데 이대로 살아도 괜찮은 것일까. 데릴사위로 이 집안에 들어와 기울어 가는 건설 회사를 일으키기 위해 몸이 부서져라 일했다. 이제 이것으로 충분하지 않을까. 마지막 3년 정도는 나 좋을 대로 살 권리가 있는 것 아닐까. 그러기 위해서 필요한 것과 불필요한 것을 구분했다. 자신의 인생을 희생해서라도 자식을 행복하게 해 주는 것이 부모일지 모르겠으나, 나는 아무리 노력해도 그렇게는 생각되지 않는다. 나는 내 자신이 행복했으면 좋겠다. 노조미와 요스케가 사랑스럽지 않은 것은 아니지만, 너희들이 있는 한 나는 분명 무언가를 희생하게 될 것이다. 그러기 전에 너희들이 나갔으면 한다.

만일 아빠가 그 시점에서 불치병에 걸려 있었다면 그 말이 옳다고 납득했을까. 큰 병은커녕 감기에 걸린 것조차 본 적이 없는 그때로서는 바보 아닌가 하는 생각밖에 들지 않았다. 아빠의 할아버지는 전사하셨고, 아빠의 아버지는 교통사고로 돌아가셨다고 들었다. 두 사람 다 유전적인 병으로 죽은 게 아니다. 그런데 앞으로 남은 인생이 3년이라며 제멋대로 하려고 들다니.

"당신이 나가!"

어느새 올라왔는지 요스케가 아빠의 등 뒤로 달려들어 두 팔을 뒤로 꺾었다. 하지만 엄마를 닮아 가냘픈 요스케가 현장에서 단련된 아빠를 당해 낼 리 없었다. 아빠는 순식간에 요스케를 바닥에 내동댕이치고 몸에 올라타 주먹으로 얼굴을 쳤다.

안 돼! 소리치려 했지만 목소리가 나오지 않았다.

"죽을 거면, 오늘 죽으라고!"

요스케는 입술 한끝에서 피를 흘리면서도 온 힘을 다해 외쳤다. 아빠의 주먹이 같은 곳을 다시 한 번 내려쳤다. 자기 아들에게 이렇듯 아무 주저 없이 주먹질을 할 수 있는 것인가.

"그만 해!"

이번에는 목소리가 나왔다. 도움을 청하려고 여자 쪽을 보니 여자는 아무 일도 없다는 듯 창밖으로 얼굴을 향한 채 상쾌하다는 듯이 바닷바람을 맞고 있다.

"……죽으라고."

요스케가 꺼져 들어가는 소리로 중얼거렸다. 아빠가 또다시 주먹을 휘두른다.

"그만 해!"

요스케가 죽겠어! 화장대로 뛰어가 꽃병을 집어 들고는 높이 쳐들었다가 있는 힘을 다해 내던졌다.

다 태워 버렸다 여겼던 기억이 되살아난 것은 니시자키 씨의 단편 소설을 읽었기 때문일까. 「작열하는 새」. 제목만 보고는 SF적인 내용인가 했다. 그 잘생긴 사람의 머릿속에 어떤 세계가 펼쳐져 있을까 하고 반은 재미 삼아 읽기 시작했는데 의외로 무거운 스토리였다.

하지만 누구나 무겁게 느낄 소설은 아니라고 생각한다. 평론가가 아니라서 뭐라 말하긴 힘들지만, 문장력이 부족해서인지 표현 방법이 과장돼서인지, 평범하고 행복한 사람이 읽으면, 무슨 말을 하고 싶은 거지, 하는 감상을 품을 정도의 얘기가 아닐까 싶다. 안도처럼 미래 지향적인 사람은 읽다가 내던질 것 같다. 뭐 이렇게 허접해, 하면서.

입안이 가칠거리는 듯한 감촉 때문에 4분의 1 정도를 읽다 그만두었다. 이야기 속 공기가 묻어 버린 기억에 산소를 공급해 갑자기 불이 확 붙을 것만 같은 예감이 들었다.

소설 속, 창가에 서서 하늘을 올려다보는 여자의 모습에 그 여자의 모습이 겹쳐졌다.

당신 알아? 내가 다시 태어나면 뭐가 되고 싶은지, 하고 돌아보자 남자…… 아빠는, 새인가? 라고, 햇볕에 그은 얼굴에 하얀 이를 드러내며 대답한다.

그런 여자가 새가 되고 싶어 할 리 없다. 자유분방하게 제멋대로 살다가 바다 가까이 살고 싶다는 흥미 하나로 흘러든 조그만 섬에서 돈깨나 있을 만한 남자를 꼬드겨 가족이 있는데도 태연하게 집으로 쳐들어와서는 마치 제집인 양 창가에 서서 바람을 맞는 여자. 그런 여자는 다시 태어나도 인간, 탐욕스러운 여자 그대로다.

차라리 소설 속 남자와 여자처럼 아빠도 참혹한 꼴을 당했다면 좋았을 텐데. 그리고 일찌감치 죽어 버렸다면 좋았을 텐데. 지난달에 경사스럽게도 쉰 살 생일을 맞았으니 이제 그만하면 되지 않았나.

아차! 넘치겠다. 허둥지둥 가스 불을 껐다.

「작열하는 새」를 덮고 나자 요리가 하고 싶어 견딜 수 없었다. 있는 재료를 전부 꺼내서 고기 감자 조림을 만들고 말았다. 양이 평소의 세 배쯤은 됐다. 할아버지와 둘이 나눠 세끼를 먹어도 사흘은 갈 것 같다. 맞아, 안도와 니시자키 씨에게도 나눠 주자. 태풍 때도 맛있게 먹어 주었고 플라스틱 용기도 충분하다.

김이 오르는 고기 감자 조림을 플라스틱 용기에 나눠 담은 후, 먼저 1층 구석에 있는 할아버지 방으로 갔다. 오후 3시, 한판 두자고 할지도 모르지만 오늘은 그럴 기분이 아니다. 문을 노크하니 니시자키 씨가 나왔다.

"할아버지, 어떤 여자가 뭘 들고 왔는데요. 야, 부럽다."

니시자키 씨는 내가 들고 있는 투명 플라스틱 용기를 바라보면서 좁은 현관에서 나와 문을 밀어젖히고 정중하게 나를 안으로 들어가도록 해 주었다.

"고기 감자 조림, 내 건 없어?"

이렇게 잘생긴 남자가 서글서글한 미소를 띠고 말하면, 설령 준비한 게 없더라도 방으로 돌아가 얼른 만들어 낼지도 모르겠다. 아니면 들고 있던 걸 그대로 주어 버릴지도. 그날 이전의 나였다면.

누구에게 사랑받고 싶다는 생각 같은 건 하지 않는다. 사랑받기 위한 노력도 절대 하지 않는다.

그게 얼마나 어리석은 짓인지, 뼈에 사무칠 정도로 잘 알고 있다.

"니시자키 씨 것도 있는데, 할아버지랑 장기 두게 되면 좀 있어야 갖다 줄지도 모르겠네."

"괜찮아, 괜찮아. 할아버지나 기운 나게 해 드려."

니시자키 씨는 그렇게 말하고 자기 방으로 돌아갔다. 기운 나게, 라는 말에 혹시나 싶어 방으로 들어가 보니 조그만 앉은뱅이 상 옆에 예쁜 종이로 싼 유명 전통 과자점의 상자가 놓여 있다.

또 그 사람들이 다녀간 것인가.

"이거 늘 미안해. 괜찮으면, 이 과자라도 갖다 먹어."

목수 일을 무척이나 좋아해서 걸어서 왔다 갔다 두 시간이나 걸리는 자재상을 일주일에 세 번은 가고 여든이 넘었는데도 아직 정정한 할아버지가 앉은뱅이 상 앞에서 구부정한 자세로 앉아 있다.

"또 여길 팔라고 하던가요?"

개발업자가 이 일대 땅을 전부 사들여 가칭 '리틀 도쿄'라는, 일종의 타운 기능을 갖춘 맨션을 지으려 한다는 애기는 지지난 주에 반찬을 드리려고 왔을 때 들었다. 할아버지가 조감도가 실린 컬러 팸플릿을 보여 주었다. 병원, 쇼핑센터, 스포츠 센터, 레스토랑이 모두 단지 내에 있는 근미래형 맨션. 육아와 간호 서비스도 단지 내 시설에서 받을 수 있다.

지상 300미터의 꿈의 타운. 이 땅을 팔면 할아버지는 죽을 때까지 그곳에서 살 수 있다. 간호 서비스까지 받을 수 있다면 기댈 곳 없는 할아버지로서는 반가운 일이겠다 싶었다. 그런데 할아버지는 가능하면 그런 건 다른 곳에 만들었으면 좋겠다고 하셨다.

나고 자랐으며 여태 지켜 온 '들장미 하우스'에서 생을 마감하고 싶다면서.

그 마음을 이해한다. 소중한 장소를 되찾을 수 없다면 차라리 불에 타 깨끗이 사라졌으면 좋겠다고 바라던 그 마음. 그날의 기억이 떠오른 것은 「작열하는 새」 때문만은 아니었다.

"협박하거나 그러지는 않았죠?"

"아직 버티고 있는 게 이 집만은 아닌가 봐. 요 앞에 '초록 빌딩' 있잖아, 거기 주인도 반대하는 것 같더라고. 꽤 유명한 재력가인 모양이니, 그쪽이 버티고 있는 동안에야 심한 짓일랑 못하겠지 싶지만, 어떨지는 모르지."

"이곳을 지킬 작전을 짜내기 위해서라도 한판 둬야겠네요."

"작전?"

"할아버지, 우리 힘내요. 고등학교 때 선생님이 그랬어요. 장기를 둘 줄 알면 앞으로 어딘가에 도움이 될 거라고요. 부자와 사귄다든지, 아무튼 무슨 수가 있을 거예요."

선생님의 그 말을 진담으로 받아들인 건 아니지만, 장기에 관심을 갖지 않았더라면 나루세와 잠시나마 가깝게 지내는 일도 없지 않았을까 싶다. 나루세 덕분에 그 지옥 같은 기억을 태워 없앨 수 있었다고 여겼는데, 효과가 고작 2년밖에 안 간 것 같다.

아빠를 경찰에 신고할 거야! 요스케는 그 말을 몇 번이나 했지만, 요스케의 얼굴에서 멍이 사라질 즈음에는 아빠가 무슨 죄를 지었는지 알 수 없게 되었다. 우선, 아빠는 엄마와 이혼하지 않았다. 생활비는 양육비라는 명목으로 엄마 계좌에 다달이 20만 엔씩 보내 주기로 했다. 쫓아내기는 했지만 살 곳도 마련해 주었다.

섬에서 가장 높은 산인 아오카게 산의 정상으로 이어지는 산책로 중간에서 옆길로 조금 빠진 곳에 있는 낡은 단독 주택.

소풍 때 아오카게 산을 오르는 초등학생들은 넝쿨이 휘감긴 그 황폐한 집을 가리키며 '유령의 집'이라고 불렀다. 나와 요스케도 그렇게 불렀었다. 유령이 나온다는 소문도 믿었다. 설마 그런 곳에 우리가 살게 될 줄이야.

 "그 사람들이 여기 살아야지. 그 집은 엄마의 부모님이 지은 집이잖아. 그러니까 엄마 거잖아."

 나도 그런 생각은 했다. 하지만 할아버지가 돌아가신 후, 회사도 집도 모두 아빠 소유로 명의가 변경된 듯했다. 아빠가 남몰래 그렇게 한 게 아니다. 할아버지의 유언을 엄마가 따랐을 뿐이었다. 두 사람 모두 설마 일이 이렇게 되리라고는 생각하지 못했을 것이다. 이혼하지 않는 것은 가장 비겁한 방식이었다. 하지만 가장 가혹한 처사가 '유령의 집'에 살게 하는 것이었다면, 그 상황을 지옥이라 하기에는 아직 부족함이 있었다. 인구가 얼마 안 되는 섬이지만, 그중에도 편모가정이 드물지 않았고, 20만 엔보다 적은 수입으로 한 달을 사는 사람도 많을 터였다.

 하지만 그런 가정의 엄마는 필사적으로 일에 매달릴 것이다.

 밤새워 책을 읽다가 새벽녘 환기를 하려고 창문을 열면 신문 배달 아줌마와 눈이 마주치곤 했다. 어디선가 본 듯한 얼굴인데, 했더니 그 얼마 전에 가족끼리 외식하러 갔던 요릿집 '잔물결'에서 음식을 나르던 아줌마였다. 아직 초등학교도 안 들어간 아이가 있는데 남편이 병으로 죽었대. 아줌마의 모습이 사라지기도 전에 엄마가 딱하다는 듯이 그렇게 중얼거려 혹시 듣지나 않았을까 조마조마했기 때문에 기억하고 있었다. 그때는 저 아줌마 아침부터 밤까지 일하느라고 힘들겠다는 생각밖에 못했는데, 사정이 바뀌고 나서는 동네 어귀에서 마주칠 때마다 참 대단하네, 하며 진심으로 존경하게 되었다.

그 아줌마의 절반만이라도 엄마가 본받는다면.

살던 집에서 쫓겨나 그 황폐한 집에 발을 들여놓는 순간 엄마는 쓰러지고 말았다. 공주님에게는 충격이 너무 컸을 것이다. 낡은 집이긴 해도 방이 네 개나 있어서 각자 방을 하나씩 쓰고 나머지 하나는 거실로 사용하기로 했다. 우선 요스케와 함께 엄마 방부터 청소하고 엄마를 눕도록 했다.

그렇게 한 것이 잘못이었는지도 모르겠다. 괴로워도 이것이 현실이다, 원망하려거든 아빠를 원망해라, 하며 기운 빠진 손에 걸레를 쥐여 주고 잠자리 정도는 스스로 준비하게 했어야 했다. 공주님은 이부자리에 누운 채 언제까지고 꼼짝하지 않았다. 아무 하는 일 없이 멍하니 창가를 바라보며 눈물만 뚝뚝 흘리던 날들. 덕분에 요리를 전혀 할 줄 몰랐던 내가 한 달이 채 안 돼 솜씨가 부쩍 늘었고 간단한 목공 일까지 할 수 있게 되었다.

요스케와 함께 벽에 페인트를 칠하고 지붕을 수리하고 마당에 무성했던 잡초를 베어 내고 나니, 이렇게 사는 인생도 있을 수 있겠다는 생각을 할 정도가 되었다. 아빠가 보내 주는 돈을 쓰는 데도 별다른 거부감이 없어, 다음 달 돈이 들어오는 날에는 조금 사치를 부려 스키야키를 먹자고 계획을 세우기도 했다.

그런데 돈이 들어오기로 되어 있는 그날, 학교에서 돌아와 엄마의 침대 서랍에서 통장과 카드를 꺼내 돈을 찾으러 갔더니 잔액 부족, 이라는 표시가 떴다. 아직 돈을 안 부쳤나, 그렇다 해도 잔액이 3만 엔 이상은 남아 있을 텐데. 허망한 소리와 함께 기계에서 튀어나온 통장을 살펴본 나는 눈을 의심했다. 오늘 날짜로 입금된 20만 엔은 물론, 지난달 잔액인 4만 엔까지 전부 오늘 인출되어 있었다.

헐레벌떡 집으로 돌아와 엄마에게 확인하자 어처구니없는 대답이 돌아왔다.

"그럼 어떡해, 화장품이 다 떨어졌는데."

그러고 보니 엄마는 종일 침대에 누워 지내면서도 화장은 매일 하고 있었다. 언제나 아침 먹기 전부터 화장을 하고 있어 맨얼굴을 본 적이 거의 없을 정도라 화장을 하고 있어도 아무런 위화감이 없었을 뿐, 그게 공짜로 되는 일이 아니라는 것을 그제야 깨달았다. 성에서 가져온 엄마의 혼수품 오동나무 화장대 위에는 새 화장품 병이 일곱 개나 주르르 놓여 있었다. 늘 주문하던 가게에 전화해 배달시켰다고 했다. 병을 하나씩 들어 가격을 확인했다. 5만 엔이라고 적혀 있는 에센스를 보고는 현기증을 일으킬 뻔했다.

"이렇게 비싼 걸 왜 사는 거야?"

"늘 써 오던 건데, 뭐. 갑자기 바꾸면 피부에 안 좋다고."

"그렇다고 화장품에 돈을 다 써 버리면 어떡해. 쌀도 떨어졌는데 한 달 동안 뭘 먹고 살아."

"먹을 건 누가 늘 갖다 주잖아. 부탁하지 않아도……."

그건 규모가 작긴 해도 건설 회사 사장 집이었기 때문이다. 낚시가 취미인 사원이 잡은 생선을 갖다 주기도 하고, 고향에서 농사를 짓는 사원이 채소를 갖다 주기도 하고, 설이나 추석에 햄과 다과 세트를 들고 오는 것은 성에 살았기 때문이고, 쫓겨난 공주님을 위해 일부러 '유령의 집'까지 들고 오는 사람이 있을 리 없다.

동네 사람들은 엄마 편이어야 할 텐데, 엄마 친구라는 사람이 찾아오는 일은 성에 살았을 때도 거의 없었다는 것을 그때야 새삼 깨달았다. 공주님을 둘러싸고 있던 사람들은 누구였을까.

"이 에센스, 아직 안 열었지? 상점가에 있는 '우에다 살롱'에 주문한 걸 테고. 내가 도로 갖다 주고 올게."

"안 돼!"

엄마가 침대에서 후다닥 뛰어 내려와 내 손에서 에센스 병을 낚아챘다.

"미워지면 아빠가 싫어한단 말이야!"

"싫어하고 말고가 어딨어. 우린 쫓겨났다고."

"그건 아빠가 너희들이 필요 없다고 판단했기 때문이잖아. 너희들만 쫓아낼 수는 없으니까 엄마도 같이 나가라고 한 거야."

"그럼, 그 여자는 뭔데?"

"시끄러워! 시끄러워! 시끄러워! 그 여자는 가정부 같은 사람이야. 그러니까 이혼도 안 하고 있잖아. 아무튼 너희들이 이 섬을 떠나면 나를 다시 그 집으로 돌아오라고 할 거야. 그때 미운 얼굴로 갈 수는 없어."

 엄마는 무언가에 홀린 사람처럼 뚜껑을 열더니, 에센스를 손바닥에 철철 넘치게 덜어서는 화장한 얼굴 위에 처발랐다. 예쁘게 한 화장이 흉하게 뭉그러지는데도 끝없이, 끝없이.

 지옥의 시작은 바로 그날이 아니었을까.

 할아버지와 장기를 한 판 두고 나서 니시자키 씨 방에 고기감자 조림을 들고 가자, 들어왔다 가라고 했다. 남자 방에 아무렇지도 않게 들어가다니, 하는 생각이 잠깐 들었지만 니시자키 씨는 괜찮을 것 같았다.

들어가니 "이왕 왔으니 같이 먹자."며 냉장고에서 화이트 와인 팩을 꺼내는데, 잔은 물론이고 젓가락이며 접시가 한 사람 것밖에 없는 듯하기에 다시 내 방으로 돌아와 필요한 것을 가지고 갔다. 학교에 가면 같이 수다를 떨거나 커피를 마시는 정도의 친구는 있지만 집에까지 놀러 올 만한 친구는 없다. 가정 사정에 따라 태도가 달라지는 친구 따위는 성가시니까. 그런데도 내 방에는 여분의 그릇이 있다. 여름 방학에 요스케가 놀러 온다고 해서 산 것이다. 니시자키 씨는 나 이상으로 찾아오는 사람이 없는 것일까. 친구나 가족도 없나?

그래도 태풍이 불던 밤에는 꽤나 사교적이었던 것 같은데. 그러고 보니 둘이 이렇게 고기 감자 조림을 먹고는 있지만 제대로 얘기를 나누는 건 얼마 전에 원고를 받았을 때를 합해서 겨우 세 번째다. 그런데 마치 친척 오빠처럼 느껴지는 것은 무슨 이유일까.

"니시자키 씨, 고기만 먹고 있네. 감자도 남기지 마요."

그렇게 말하다가 깨달았다. 하얀 피부와 가냘픈 느낌이 요스케와 닮았던 것이다. 물론 얼굴은 니시자키 씨가 훨씬 잘생겼지만, 큰 키와 헤어스타일, 뒷모습이 비슷하다.

"자랑은 아니지만, 이래 봬도 음식을 남긴 적은 없어. 그래도 만일의 사태에 대비해 좋아하는 것부터 먹는 것뿐이야."

그런데, 하며 니시자키 씨가 갑자기 화제를 돌렸다.

"이 '들장미 하우스'가 없어진다는 거, 어떻게 생각해?"

아마 니시자키 씨가 법학부 학생이라서 할아버지가 이 건물을 팔지 않을 방법은 없는지 상담을 청했던 모양이다. 그래, 문학부가 아니라 법학부였지, 이 사람.

"할아버지가 팔고 싶지 않다고 하시니 어떻게든 해 드리고 싶긴 해."

"동감이야. 나로서도 여기만큼 지내기 좋은 곳이 없고. 가능하다면 평생 여기서 소설을 쓰며 살고 싶을 정도야. 지금이야 선물 들고 와서 머리 숙였다가도 할아버지가 싫다고 하면 순순히 돌아가지만, 그것도 오래가지는 않을 거야. 문제는 그 다음에 어떻게 나오느냐지."

"그렇게 되지 않도록 하면 되잖아. '초록 빌딩' 사람도 반대하고 있으니까 이 상태로 그냥 있는 거 아냐. 그러니까 계속 반대하게 하면 되겠네. 여기보다 '초록 빌딩'이 부지도 더 넓은데. 그런데 거긴 용도가 뭐지?"

"재력가가 세금 대책으로 지었다나 봐. 저쪽의 움직임이라도 알면 좋겠는데."

"그럼 그 재력가랑 친해져 볼까? 전화를 하든지 해서, 힘을 합해 계속 반대합시다, 그러면서 말이야."

"우리를 수상하게 여기지 않을까?"

"아니면, 우연히 친해지는 걸로 할까? 장기가 도움이 될지도 몰라."

"뜬금없이 장기라도 한판 둘까요, 그러면서 전화하자고?"

"부자들과 친해지는 방법을 전부터 쭉 생각해 왔거든. 주로 아랍의 석유왕이지만. 호화 여객선의 파티에 웨이트리스로 잠입하면 어떨까, 라든가. 하지만 그렇게 만나면 대등한 입장은 못 되겠지. 그러던 중에 신문에서 흥미로운 기사를 발견했어요."

각 나라의 개발도상국 지원 방식에 관한 칼럼이었다. 일본의 부자들은 지원이라면 돈을 제공하지만, 구미의 부자들은 노동력을 제공한다는 내용의. 아프리카 사막에 나무를 심는 자원 봉사 활동에 참여했던 일본인 젊은이가 자신과 함께 나무를 심고 함께 구호용 수프를 먹었던 사람들이 세계적으로 유명한 식품 회사의 사장 부부였다는 것을 알고서 우선은 놀라고 그다음은 감동했다는 에피소드도 실려 있었다. 10년도 더 지난 지금도 젊은이와 사장 부부는 가족 전체가 친구로서 교류하고 있다나.

"서민과 부자가 대등하게 만나기 위해 자원 봉사 활동에 참가해 보는 건 어떨까."

거의 농담 삼아 한 말이었다. 할아버지에게 소중한 장소를 지켜 주고 싶은 마음은 있었지만, 그렇다고 반드시 해야 할 의무가 있는 것은 아니다. 그리고 만일 팔린다 해도, 새로 짓는 맨션에서 살게 되면 가끔가다 괴로운 기분이 들지는 몰라도 그렇게 불행한 일은 아니지 않을까 싶었다. 배부르고 등 따뜻하게 사는 것이 최고의 행복이라는 것은 할아버지 연배의 사람들이라면 누구나 아는 사실 아닐까.

쫓겨나기 전과 다름없이 학교 수업료가 아빠 명의의 계좌에서 빠져나가는 것은 행운이었다. 전기나 전화는 요금을 한 달쯤 못 낸다고 바로 끊어지지는 않을 테니 다음 달로 미루기로 하고, 문제는 식비다. 나와 요스케가 가진 돈을 합해 봐야 약 3천 엔. 일용품도 필요하니 이걸로 한 달을 먹고산다는 건 도저히 불가능하다.

"내가 아빠한테 부탁해 볼게."

아빠에게 고개를 숙인다는 건 못마땅했지만, 내쫓았다는 마음의 빚이 있으니 1만 엔 정도는 쥐여 주겠지 하며 안이한 기분으로 요스케를 보냈는데, 한 시간 후 요스케는 쫓겨나던 날 자뜩 부풀어 올랐던 바로 그 자리에 새로운 멍을 만들어 왔다.

"자기를 끌어들이지 말래."

울다 웃다 하는 얼굴로 텅 빈 손바닥을 흔들어 보이는 요스케에게 해 줄 말이 없었다. 산책로 입구에 있는 정자로 데려가서 있는 동전을 모두 털어 제일 달콤해 보이는 카페오레를 사 주었다.

바다로 눈을 돌리니, 같은 세토 내해인데도 성의 창문에서 보는 것과는 조금 다르게 보였다. 거의 해발 0미터인 곳에 있는 성의 2층 창문에서 보이는 바다는 점점이 떠 있는 조그만 섬들이 수평선을 가리고 있었는데, 여기서는 섬 너머로 넓게 펼쳐진 바다가 보인다. 200미터 높아졌을 뿐인데 이렇게 다르다니.

 성에 살던 시절에는 섬을 떠나 대학에 진학하더라도 취직은 돌아와서 하고 여기서 계속 살았으면 좋겠다고 생각했다. 그런데 성에서는 보이지 않던 수평선을 보자 그 너머까지 보고 싶어졌다.

 저 멀리 수평선을 바라보던 시선을 섬의 해안으로 돌리자, 시야 한끝에 성의 지붕이 들어왔다. 꽤 먼 곳으로 쫓겨난 줄 알았는데 여기서도 보이네.

 "내일은 내가 가 볼게. 아빠도 설마 딸한테야 손을 못 대겠지. 때리면 위자료 받아 올게."

 "그러려면 누나도 체력을 키워야지."

 요스케는 자신이 마시던 캔 커피를 내밀었다. 나는 원래 크림도 설탕도 들어 있지 않은 커피를 좋아하지만, 입안에 달콤함이 퍼지자 몸에도 에너지가 보급되는 듯한 기분이 들었다.

 그 기세로 다음 날 학교에서 돌아오는 길에 성에 들렀더니 여자가 나왔다. 아빠는 오늘 아침에 본토로 출장을 떠났고,

거기서 자고 올 것이라고 했다. 이 여자에게 부탁해야 하나, 아니면 다음에 다시 와야 하나. 망설이고 있는데, 여자가 빙글빙글 웃으면서 말했다.

"식비 빌리러 온 거지? 어제 동생이 와서 그러는데, 엄마 씀씀이가 굉장히 헤프다고. 스스무 씨도 날 처음 만났을 때부터, 부인이 아무것도 하지 않는 주제에 돈만 펑펑 써 댄다고 한숨지었지. 너희들도 참 안됐다. 그런 엄마와 세트로 쫓겨났으니 말이야. 나도 너희들에게는 참 미안해. 스스무 씨 몰래 돈을 좀 줄까 생각했을 정도로. 하지만 너, 얼마나 어처구니없는 짓을 했는지는 알지?"

어처구니없는 짓······. 요스케를 구하기 위해 순간적으로 꽃병을 집어 높이 쳐든 나는 그것을 화장대 거울 한가운데를 향해 있는 힘껏 내던졌다. 거울은 요란한 소리를 내며 산산조각 나고, 요스케에게 휘두르던 아빠의 주먹은 움직임을 멈췄다. 자기는 아무 상관 없다는 듯이 창밖만 바라보고 있던 여자가 돌아보더니 헉, 딸꾹질 같은 비명을 질렀다.

두 사람의 얼굴이 서서히 분노로 빨갛게 물드는 것을 보면서 나는 칼처럼 생긴 기다란 유리 조각을 집어 들었다.

"요스케, 도망쳐. 이것들 인간이 아니야. 말이 안 통한다고. 괴물끼리 사이좋게 잘 살아 보시지, 나가 줄 테니까. 짐 싸는 동안에는 내 눈앞에 얼씬도 하지 마!"

그러면서 유리 조각을 휘둘러 아빠와 여자를 쫓아냈었다.

"그게 얼마짜린지 알기나 해? 식비를 달라고 하기 전에 먼저 변상을 해야지. 그렇다고 이대로 너희들을 굶어 죽게 하면 내가 평생 손가락질당하며 살아야 할 테니까, 우리 이렇게 하자. 너, 매일 이 시간에 먹을거리를 가지러 와. 돈은 주지 않아. 음식을 가지러 오는 거야. 꼭꼭 도시락 싸 놓을 테니. 나, 요리는 자신 있다고. 대신, 너도 성의를 보여야지. 매일 무릎을 꿇고, 부탁드립니다, 그렇게 말하는 거야. 그렇게만 하면 돼. 아이참, 난 왜 이렇게 사람이 좋은가 몰라."

당신에게 무릎을 꿇느니 죽는 게 낫다, 그렇게 내뱉고 뛰쳐나오고 싶었지만 요스케를 굶길 수는 없었다. 평생 계속해야 하는 것도 아니다. 그래, 아르바이트할 때까지 몇 번만 하자. 무릎 꿇는 거, 그저 동작일 뿐이다. 걷는다, 뛴다, 앉는다, 무릎을 꿇는다.

"결심이 섰으면 어서 해 봐. 너희 둘 중 하나는 오지 싶어서 저녁을 넉넉히 지어 놓았으니까. 자, 빨리."

성의 현관은 대리석. 여자는 보기보다 가정적인지 모래 한 톨 떨어져 있지 않을 만큼 깨끗이 청소되어 있다. 무릎과 정강이의 맨살이 닿아도 아프지는 않을 것 같다. 나는 천천히 몸을 낮추고 무릎을 꿇은 다음 머리를 숙이고 중얼거렸다.

"부탁합니다."

"뭘?"

뭘, 이라니? 고개를 들자 여자는 이렇게 유쾌할 데가, 라고 말하는 듯 환한 미소를 짓고 있었다.

"확실하게 말해야지."

"먹을거리 좀 주세요."

그렇게 말하고서 바닥에 닿을 정도로 머리를 숙였다. 이를 악물지 않으면 눈물이 쏟아질 것 같았다. 이를 꾹 물고 견디고 있는데 사르륵, 소리가 들린 것 같은 기분이 들었다. 입속에 바닷모래가 밀려든 듯한 감각. 그걸 떨쳐내려면 머릿속을 텅 비우는 수밖에 없었다.

"스기시타, 산호 보전 운동에 참가해 보지 않을래?"

비 새는 지붕을 수리한 후로, 잔뜩 만든 음식을 안도와 니시자키 씨에게 나눠 주는 게 습관처럼 돼 버렸다. 니시자키 씨 방에 감자 샐러드를 갖다 주러 갔다가 여느 때처럼 같이 한잔하게 되어 접시를 늘어놓는데, 니시자키 씨가 불쑥 그렇게 말했다.

"그러려면 먼저 스쿠버 다이빙 자격증을 따야 하지만."

그러고 보니, 빌딩 유리창 청소가 하고 싶어 청소 회사에서 아르바이트를 시작했는데 여자는 안 된다고 해서 실망해 있을 때, 스쿠버 다이빙 자격증을 따서 바다 청소를 하면 어떻겠느냐는 권유를 받았었다. 회사에서 보조금도 주고 재미도 있을 것 같아 어떻게 할까 망설이던 참이었는데, 방콕파로 보이는 니시자키 씨가 그걸 권할 줄은 미처 몰랐다.

"니시자키 씨, 다이빙에 관심 있어요?"

"난 없어. 그런데 친해지고 싶은 사람이 거기에 관심이 있는 것 같아서."

친해지고 싶은 사람. '초록 빌딩' 소유주의 장남이 산호 보전을 외치는 자원 봉사 단체에 소속되어 있다고 했다.

"하루 종일 방에 틀어박혀 있는 니시자키 씨가 어디서 그런 정보를 물어 온 거야?"

"나는 원고는 손으로 쓰지만 그렇다고 컴퓨터를 다룰 줄 모르는 건 아니야. 인터넷을 익명의 세계라고 여길지 모르지만, 사회적으로 나름의 지위가 있는 사람들은 본명을 밝히고 자신의 의견을 피력하는 걸 좋아하나 보더라고. 특히 자원 봉사 활동에 관해서는 다들 열을 올리지. 물론 기부금 같은 건 실은 절세를 위한 대책이겠지만."

니시자키 씨는 그렇게 말하고 인터넷으로 '초록 빌딩' 소유주에 관해 조사한 정보를 프린트해 놓은 것을 보여 주었다. 소유주의 이름은 노구치 기이치로. 연로한 탓인지 본인에 대해서는 직업밖에 안 나와 있었지만, 그의 아들은 개인적인 정보까지 꽤 많이 공개되어 있었다. 훌륭한 사람들은 여러 군데에 소속되어 있는 법인지 골프 클럽, 승마 클럽, 궐련 동호회 등 어른들의 동아리 같은 것에서부터 개발도상국에 초등학교를 짓는 일, 사막에 나무 심기, 산호 보전 등의 자원 봉사 단체에 이르는 다양한 단체의 이름이 나열되어 있었다.

"장기 클럽이 없는 게 아쉽긴 하지만, 요전에 그런 얘기 했었잖아. 아르바이트하는 회사에서 스쿠버 다이빙 자격증을 따게 해 준다고. 이 산호 보전 단체에 가입하려면 추천장이 필요한 듯한데, 청소 회사에서 그런 종류의 활동에 협찬하고 있다니, 그쪽을 통하면 가능하지 않을까?"

"재밌을 것 같은데. 뭔가 그림이 보이는 것 같아. 그럼 우선은 자격증을 따야겠네. 니시자키 씨는 어디서 딸 건데?"

"내가 왜? 난 바다도 싫어하는데."

"그럼 나만 따라고?"

"안도더러 같이 하자고 하면 되잖아. 장기에도 푹 빠져 있는 것 같으니 관심 있으면 달려들겠지. 아니, 차라리 이 계획을 안도에게 얘기해 보면 어떨까? 그 녀석 머리도 좋것다, 의외로 손쉬운 방법을 제시해 줄지도 모른다고."

"이 건물을 팔라고 한다는 건 안도도 알고 있으니까 해결책이 있었다면 말해 줬겠죠. 나는 안도를 끌어들이고 싶지 않아."

안도가 추구하는 게 뭔지는 몰라도, 커다란 목표가 있는 것만은 분명하다고 생각한다. 큰 목표를 향해 똑바로 나아가고 있는 사람에게 방해가 되는 짓은 하고 싶지 않다.

"하지만 그 노구치 다카히로란 사람, 세계를 상대하는 회사에서 일한단 말이야. 안도도 그런 회사에 들어가고 싶어 하지 않나?"

"그럼 친구 삼기 작전은 비밀로 하고 안도의 도움을 받을 수 있도록 말해 볼게."

"안도를 너무 애지중지하네. ……혹시 좋아해?"

"니시자키 씨, 정말 단순하다. 나는 누구에게도 기대고 싶지 않다고요. 혼자서 꿋꿋하게 살아가는 사람이 되고 싶어."

"스기시타는 충분히 꿋꿋해. 학교에도 빠지지 않지, 아르바이트도 열심히 하지, 그만하면 생명력이 넘친다고. 예컨대 문학의 세계가 필요 없을 정도로 말이야."

왜 거기서 갑자기 문학이 나오는 건지.「작열하는 새」를 겨우 다 읽기는 했는데, 감상을 말하고 싶지 않아 아직 끝까지 읽지 않은 척하고 있다. 그걸 은근히 마음에 두고 있는 것일까. 문학의 세계가 필요 없는 게 아니다. 가공의 세계에 빠져들 만큼 마음이 한가롭지 않을 뿐이다. 책을 읽어 본들 배는 불러지지 않는다. 눈앞에 책 더미가 쌓여 있다 한들 마음은 채워지지 않는다. 그보다는 냉장고 안에 먹을거리가 충분했으면 좋겠다.

내가 아르바이트를 하겠다고 하자 요스케도 하겠다고 나섰다. 하지만 편의점 하나 없는 섬에 중학생이나 고등학생을 써 줄 만한 곳이 있을 리 없었다. 할 수 있는 것은 오직 신문 배달뿐. 그나마 빈자리가 있어 내일부터 일하라고 해 줘서 고마웠다. 그런데……

"그런 꼴사나운 짓 하지 마. 스기시타 집안의 딸이 신문 배달이라니, 엄마 아빠 얼굴에 먹칠하고 싶어?"

엄마는 내게 그렇게 말하고는 반 정신 나간 사람처럼 신문 보급소에 전화를 걸어 돈이 없는 건 전혀 아니다, 애가 자립하고 싶어 하는 나이라서 힘들게 한다, 그렇게 변명을 늘어놓으며 내가 일하는 걸 막았다. 당신이 조금 전에 먹은 탕수육을 어떻게 얻었는지 알기나 하는 걸까.

갈 때마다 무릎을 꿇는다는 말은 요스케에게도 하지 않았다. 말하면 '차라리 굶어 죽는 게 낫다'면서 손도 대지 않을 게 뻔했기에. 그 여자, 비교적 괜찮은 사람이다. 우리를 쫓아낸 걸 미안하게 여기는 것 같다. 돈은 아빠에게 들키면 혼날까 봐 주지 못하니 대신 음식을 받아 달라고 했다. 그렇게 둘러댔다.

그랬는데도 처음에는 그런 여자가 만든 음식을 어떻게, 라며 수저를 들지 않으려 했지만 배고픔을 이길 수는 없었나 보다. 게다가 정말 약 오르게도, 여자가 만든 음식은 모두 다 맛

있었다. 얼굴 생김새가 뚜렷해서 인상은 화려하지만, 화장도 거의 하지 않고 옷도 심플하게 입고 있을 때가 많았다. 친척 아줌마였다면 그런대로 좋아했을 타입일지도 모르겠다.

하지만 여자는 화장대 거울을 깨트린 나를 용서하려 하지 않았다. 매번 무릎을 꿇은 내게, 나더러 어쩌라고, 성의가 안 보이네, 어쩌고 하며 끈덕지게 내 신경을 건드렸다. 그럴 때마다 내 입속에서는 보이지 않는 모래가 흘러넘쳤다.

아르바이트는 못하게 되었지만, 다음 달 돈이 들어올 때까지만 참으면 된다. 카드는 내가 가지고 있다.

지옥 같은 한 달이 가까스로 지나고 기다리고 기다리던 송금일. 나는 수업이 끝나자마자 돈을 뽑아 쌀과 채소와 고기 등 식료품을 사들였다. 더는 그 여자에게 무릎을 꿇지 않아도 된다. 정자에 들러 지난달 남은 잔돈으로 달콤한 커피를 사 마시자 텅 비어 가던 머릿속에 다시 에너지가 채워지는 듯했다. 입안의 가칠가칠한 느낌도 녹아 없어졌다. 그 여자보다 맛나게 음식을 만들어 보자. 요스케가 좋아하는 것을 잔뜩 만들어 주자.

그런데 집에 돌아와 보니 거실에 웬 젊은 남자가 와 있었다. 양복 차림을 한 채 배시시 웃는 모습으로. 종일 집에 있었을 엄마도 외출할 때나 입는 원피스를 차려입고 테이블을 사이에 둔 채 남자와 마주 앉아 있었다. 누구지 싶어 문간에 선 채 그대로 있었더니 엄마가 달려 나왔다.

"노조미, 얼마나 기다렸다고. 카드를 마음대로 가지고 나가면 어떡해. 엄마 지금 멋진 목걸이 보고 있는데, 어느 쪽이 좋을지 고민이야."

입안이 또다시 까칠거리면서 숨이 막혀 왔다. 테이블 위에는 파란 벨벳이 깔린 네모난 받침대가 있고, 그 위에 반짝반짝 빛나는 돌이 박힌 목걸이가 여러 개 놓여 있었다.

"다이아몬드 목걸이가 있긴 하지만, 이런 디자인은 없잖아. 얘, 어느 게 좋겠니, 아예 두 개 다 할까?"

"얼마죠?"

엄마 쪽을 보지 않은 채 남자에게 물었다.

"오늘은 캐주얼한 상품을 들고 왔습니다. 둘 다 20만 엔 전후의 아주 부담 없는 가격이죠."

"죄송해요. 우리는 지금 그런 여유가 없거든요. 그만 돌아가세요."

"무슨 소리야, 노조미!"

"그만 하고 방에 들어가, 엄마."

엄마는 방으로 가지 않고 퉁퉁 부은 표정으로 의자에 앉아 버렸다. 나를 노려보는 엄마의 눈길을 무시한 채 남자 쪽으로 돌아서서 말했다.

"우리는 한 달에 20만 엔으로 가족 셋이 살아야 하는 집이에요. 이번 달에는 지난달에 못 낸 전기료와 전화 요금도 내야 하고요. 목걸이에 돈을 쓸 여유가 없습니다."

그러자 남자는 얼굴에서 웃음기를 싹 거두더니 서둘러 물건을 정리하기 시작했다.

"그럼 애당초 부르지를 말았어야죠. 손님 때문에 일부러 이런 섬 구석까지 왔는데."

"죄송합니다."

팔러 다니는 사람이 아니고 엄마가 불렀단 말인가. 그것도 본토에서. 머리를 숙이고 있는 내 옆에서 엄마가 소리 내어 울기 시작했다. 테이블에 푹 엎드려 에구 에구 하며 마치 어린애처럼 흐느낀다. 남자는 성난 표정으로 가방을 탁 닫더니 내게 동정의 눈빛을 보내고는 나가 버렸다.

그 남자와 교대하듯이 요스케가 들어왔다. 나를 보며 "무슨 일이야?" 하고 중얼거린 순간 엄마가 얼굴을 들었다.

"요스케, 엄마 말 좀 들어 봐. 누나가 엄마, 목걸이를 못 사게 해. 심하지 않니?"

"그야 어쩔 수 없잖아. 그런 거 살 여유가 없으니까."

"하지만 지난달에도 화장품 샀는데 잘 살았잖아."

"그건 누나가……"

"요스케!"

나는 요스케를 제지하고서 엄마를 향해 돌아섰다.

"아무튼 사치는 그게 마지막이야. 부탁이야, 이해해 줘."

"몰라, 몰라. 너도 엄마를 이해해 주지 않잖아. 엄마는 예쁘게 하고 있어야지, 안 그러면 아빠가 데리러 왔을 때 곤란하단 말이야. 엄마는 너희들을 위해서 함께 나와 주었는데, 왜 이렇게 나한테 심하게 구는 거야."

"그만 좀 해. 이런 식으로 낭비하니까 버려진 거라고. 요리 솜씨도 저쪽이 엄마보다 몇 배는 좋아. 자기 탓이라는 걸 알아야지."

"그쪽이라니, 요리라니, 네가 그런 걸 어떻게 알아?"

"지난 한 달 내내 먹었잖아!"

요스케가 소리치는 것과 동시에 엄마가 정신을 잃고 쓰러졌다. 아무리 타인에게 받는 일에 익숙해져 있다지만, 남편의 정부에게 받아먹었다는 걸 알았으니 충격도 클 것이다. 요스케와 둘이 엄마를 침대로 옮기면서, 이러니저러니 해도 가장 불쌍한 사람은 엄마라고 생각했다. 혼자 살아가는 방법을 아무 데서도 배우지 못한 채 이 나이가 되어 갑자기 버려졌으니.

저녁은 카레를 끓였다. 커다란 냄비 가득 끓고 있는 카레는 보기만 해도 마음이 뿌듯했다.

"누나, 이거 너무 많이 만든 거 아냐?"

"어때. 먹다 지치면 냉동해 두면 되잖아. 그리고 매일 카레만 먹는다면 일주일 동안은 먹는 걱정 없이 뭐든지 하고 싶은 생각만 할 수 있잖아."

그 후 얼마가 지나, 텅 빈 머릿속에는 정보를 선명한 영상으로 남길 수 있다는 사실을 알게 되었다. 그 시기에, 수업 내용과는 무관하게 장기 얘기만 늘어놓은 국어 선생에게는 어쨌든 감사해야 할 것 같다.

친해지기 작전이 예상보다 순조롭게 진행되었다. 무엇이 주효했는가를 생각해 보면, 역시 안도가 노구치 씨와 같은 회사에 들어가게 된 덕이 클 것이다. 산호 보전 단체의 회원이 되면 홈페이지를 볼 수 있어, 노구치 씨의 취미가 장기이고 개인적으로 이시가키 섬에 갈 예정이라는 정보를 얻을 수 있었다. 하지만 눈앞에 장기판이 펼쳐져 있다고 해서 그 미끼를 덥석 물지 어떨지는 미지수였고, 또 그때만 두세 마디 나누고 끝날 가능성도 높았기 때문에 떡밥을 던져 놓기로 했다.

보트에서 직접 바다로 들어가는 두 번째 입수 직전에 나는 나오코 씨의 산소 탱크 밸브를 슬쩍 잠갔다. 모래사장에서 바다로 들어갔던 첫 번째 입수 때부터 나오코 씨의 동작이 원활치 못했고 더구나 무거운 장비를 짊어지는 것은 몹시 힘겨워 보였기 때문에 입수 전에 재확인하는 일은 없을 거라고 생각했는데, 아니나 다를까 그대로 바다에 뛰어들었다.

모래사장에서 천천히 들어갈 때와 달리, 보트에서의 입수는 갑자기 바다 한가운데로 내던져진 듯한 기분이 든다. 게다가 수온은 낮고 물은 깊으며 색깔도 짙다. 한 사람씩 뛰어든 다음 전원이 입수한 것을 확인하고 나서 강사를 따라 천천히 깊은 곳으로 내려가도록 되어 있었는데, 나오코 씨가 입수와 동시에 발작을 일으켰다. 익숙한 사람이라면 뛰어든 직후니까 숨을 쉴 수 없어도 얼른 수면으로 고개를 내밀고 밸브를 열면서 "갑자기 좀 당황했어." 하고서 웃으며 마음을 가다듬을 수 있겠지만, 나오코 씨에게는 그런 여유가 없었다. 수면에서 1미터도 채 내려가지 않았는데 머리를 물속에 처박은 채 온몸을 허우적거렸다.

원래 입수 순서는 여자를 가운데 끼우는 식으로 강사, 안도, 나, 나오코 씨, 노구치 씨 차례로 되어 있었다. 그때까지 노구치 씨는 아직 보트 위에 있었고, 제일 가까이 있던 내가 강사보다 한발 앞서 나오코 씨를 떠받치며 수면 위로 고개를 내밀어 심호흡을 몇 차례 하게 하고서 동시에 슬며시 밸브를 열었다. 만약 누가 보더라도 "밸브가 잠겨 있었나 봐요."라고 말하면 그만이었지만, 아무도 눈치채지 못한 것 같았다. 이걸 계기로 나중에 잠시나마 얘기를 나눌 수 있으려나 생각하면서, 괜찮으세요? 라고 계속 물었다. 노구치 씨도 입수해 나오코 씨를 진정시키고 나서 조금씩 바다 밑으로 내려갔다.

빛이 닿지 않는 바닷속은 내가 모르는 세계. 어쩌면 이렇게도 색이 고운 생물이 존재하는지. 여기서 올라가면 완전히 새로운 세계가 기다리고 있는 것이 아닐까. 그 세계가 문명이 뒤처진, 아무것도 없는 곳이라면 안도는 몹시 당황하겠지. 그래도 자기 나름대로 미래를 향한 대안을 내놓을 거야. 나보다 조금 앞에서 헤엄치는 안도를 보면서 그렇게 생각하고 있는데, 갑자기 투명한 세계를 단숨에 흐려 놓기라도 할 듯 모래가 피어올랐다. 부러진 산호도 섞여 있기에 바닷속에서 회오리라도 인 것일까 여겼는데…….

나오코 씨가 또다시 패닉을 일으킨 것이었다. 만일 인원수가 좀 더 많아 강사가 한 명이라도 더 있었다면 나오코 씨와 노구치 씨만 올라갔을 것이다. 그러나 강사가 한 명뿐이라 모두 다 강사를 따라 물 위로 올라갔다.

보트로 돌아가 장비를 내려놓고 따스한 홍차를 마셨는데도 나오코 씨는 계속 몸을 떨었다. 하는 수 없이 다음 입수는 포기하고 항구로 돌아가기로 했다.

니시자키 씨, 우린 쥐가오리를 보고 올 거야. 어떻게 생겼는지 가르쳐 줄 테니까 다음에는 쥐가오리 얘기를 쓰라고. 신인 문학상은 임팩트가 관건이잖아. 답답하고 짜증 나는 쥐가오리 얘기를 쓰면, 웬 쥐가오리? 하면서 심사 위원들이 신경 써서 읽어 주지 않겠어? 서점에 『작열하는 쥐가오리』가 놓여 있으면 나라도 사 보겠다.

그렇게 큰소리치고 의욕이 충만해 집을 나섰는데. 다 내 탓이다. 실망한 표정으로 장비를 정리하고 있는 안도의 뒷모습에 대고 미안해, 하고 마음속으로 중얼거렸다. 하지만 그 보상으로 노구치 씨가 초대한 식사 자리는 안도에게도 결코 나쁜 전개는 아니었을 것이다.

안도를 끌어들이길 잘했다. 식사 자리에서 새삼 그렇게 생각했다. 나 혼자였거나 여자 친구와 같이 왔다면, 노구치 씨가 식사에는 초대했을지 몰라도 만남은 그 한 번으로 끝나지 않았을까 싶다. 설령 내가 더 많은 자원 봉사 활동에 참가하더라도. 그리고 장기를 더 잘 둔다 해도.

남자에게는 남자의 역할이 있고 여자에게는 여자의 역할이 있다. 식사를 하고 술을 마시면서 노구치 씨는 몇 번이나 그런 뜻을 내비치는 말을 했다. 결국 자신은 능력이 있고 아내가 원하는 것을 줄 수 있다는 자랑과 더불어, 아내와는 한 번도 말다툼을 한 적이 없고 그런 아내를 얻은 나를 모두들 부러워한다는 팔불출 같은 얘기였지만.

장기를 두게 되었을 때에도 안도가 "스기시타가 더 셉니다. 여러 가지 기술을 알거든요."라고 말했음에도 "남자끼리 승부를 겨뤄야지." 하며 안도와 대국을 시작했다. 말이야 남자끼리라고 하지만, 실은 여자에게 지면 분할 것 같아서 그러는 거 아냐? 속으로 그렇게 생각하긴 했지만 일의 전개로서는 더할 나위 없이 좋았다.

노구치 씨는 내가 아주 잘 아는 어떤 사람을 닮았다. 본인의 예측으로는 슬슬 저승사자가 찾아올 때가 됐다는데 여전히 펄펄하게 살아 있는 아빠를. 나오코 씨는 어떤 타입일까. 짙푸른 색 면으로 된 민소매 드레스에 조그만 다이아몬드 목걸이. 그다지 화려한 차림은 아니지만 희고 가냘픈 그녀에게 참 잘 어울린다. 남국의 리조트 호텔 분위기와도 잘 맞고. 그렇다면 나는 어떤가. 하얀 바탕에 감색 꽃무늬 원피스에 사파이어, 즉 그 사람의 탄생석이 박혀 있는 목걸이.

"스기시타, 웬일로 이런 옷을 다 가져왔어? 화장까지 하고 말이야."

데리러 오겠다는 시간에 맞춰 옷을 갈아입고 나온 나를 보고서 안도는 놀라워했지만, 친해지기 작전이 아니었더라도 여행에 이 정도 옷은 가져온다. 그리고 화장은 집을 나설 때부터 하고 있었다. 역시 이런 모습이 내게는 어울리지 않을지도 모르겠다. 아주 비슷하게 생긴 그 사람이 골라서 보내 준 것인데.

그 사람에게는 있고 내게는 없는 화사함을 나오코 씨는 충분히 자아내고 있었다. 노구치 씨보다 반걸음 뒤에서 살며시 팔을 잡고 있는 점도 그 사람과 꼭 닮았다. 나오코 씨는 아마도 노구치 씨가 없으면 살아갈 수 없을 것이다.

식사가 시작될 때에도 노구치 씨는 모처럼의 다이빙일 텐데 한 번이 허사로 돌아가게 되어 미안하다고 한 반면, 나오코 씨는 태연한 표정으로 바다에 입수하는 것보다 모래사장에서 조개껍데기를 줍는 게 더 재미있었다면서 내게는 옅은 분홍색 소라 껍데기를, 안도에게는 갈색 무늬가 있는 소라 껍데기를 건넸다.

뭐야 이건, 하는 마음의 소리가 들려올 듯한 얼굴로 받아 든 안도는 그 소라 껍데기를 기념품이라며 니시자키 씨에게 줄지도 모른다.

그런 생각을 하고 있는데 나오코 씨가 자신이 다니고 있는 요리 살롱 얘기를 했다. 요리뿐 아니라 손님 접대하는 법까지 가르쳐 주는지, 솜씨가 많이 늘었는데 좀처럼 실천할 기회가 없다며 일부러 토라진 표정으로 대국 중인 노구치 씨 들으라는 듯 말하자, 노구치 씨는 우리에게, 괜찮다면 다음번에는 우리 아내의 투정 좀 받아 달라고 했다.

"그럼요, 좋죠. 스기시타에게 여러 가지로 좀 가르쳐 주십시오. 이 친구, 요리는 그런대로 잘하는데, 플라스틱 용기째 상에 늘어놓지를 않나, 햄에다 포크를 찔러 그대로 가스 불에 구우려 하질 않나, 손님을 접대한다는 개념이 전혀 없거든요. 제발 좀 그렇게 해 주세요."

나눠 주는 반찬을 번번이 얻어먹는 주제에 말하는 것 좀 봐, 하고 속으로 잠시 발끈하기는 했지만, 도쿄로 돌아간 다음에 다시 만나는 것까지 확정됐으니 친해지기 작전은 대성공이라고 마음속으로 중얼거리며 웨이터가 불꽃이 반짝거리는 채로 들고 온 칵테일을 마셨다. 어쩐지 느낌이 아주 좋다.

바닷바람을 맞으며 눈썹을 찡그리고 장기판을 들여다보는 안도를 바라보고 있으려니, 그 모습이 나를 구해 준 어떤 사람의 모습으로 변해 갔다.

엄마의 사치벽은 적어도 한 달에 세 번은 도졌다. 이 옷을 사면 평생 다른 옷은 필요 없다며 지키지도 못할 약속을 예쁜 편지지에 붓 펜으로 써서 공손하게 내미는가 하면, 이미 주문했으니까 엄마를 창피하게 만들지 말라며 아예 위압적인 태도를 취하기도 했다. 잠든 나를 두 손으로 마구 흔들면서 돈을 달라고 울부짖은 적도 있다.

나는 머릿속을 텅 비우고 매몰찬 말로 물리칠 수 있었지만, 요스케에게는 무리였다. 밝고 정의감에 찼던 요스케가 날이 갈수록 말이 없어지자 나는 무슨 수든 써야 한다고 생각했다.

"요스케, 본토에 있는 사립 고등학교에 지원해 봐. 여기보다 마음껏 공부할 수 있고, 활동도 다양하게 할 수 있고, 기숙사에 들어가면 규칙적으로 생활할 수 있고 친구도 생기고, 좋은 일이 한두 가지가 아닐 거야."

"누나는 엄마랑 둘이서 괜찮겠어?"

"나도 고등학교 졸업하면 섬을 떠날 거야. 그리고 대학을 나와서 대기업에 취직하고 자립할 거야. 그러니까 너도 열심히 해. 돈 걱정은 말고. 세상에는 좋은 제도도 많으니까 그걸 잘 활용하면 돼."

"엄마, 혼자 놔둬도 괜찮을까?"

"아직 정신을 못 차려서 그래. 혼자 남으면 나름대로 자립……해 주면 좋겠지."

4월이 되자 요스케는 본토에 있는 고등학교로 진학했다. 언젠가는 회사를 물려받을 테니까 공부는 제대로 시켜야지. 귓가에다 그렇게 속삭이자 엄마는 기꺼이 요스케를 보내 주었다.

나만 잘 견디면 된다. 그렇게 생각하면 마음이 편해야 할 텐데, 막상 요스케가 떠나고 나니 엄마라는 존재가 전보다 몇 배는 무겁게 느껴졌다. 다수결로 사치벽에 대처하고 있었다는 것을 뒤늦게 깨달았다. 아무리 심란해도 요스케와 둘이 정자에 가서 집을 바라보며 엄마 욕을 하고, 성을 내려다보면서 아빠 욕을 하면 그런대로 마음을 가라앉힐 수 있었는데.

엄마와 같은 공간에 있기 싫어서 정자로 몸을 피해 본들, 성이 시야에 들어오면 또 다른 분노가 끓어올랐다. 내가 의지할 곳은 어디에도 없었다.

섬을 떠나는 날이 먼저일까, 내가 망가지는 날이 먼저일까, 그러면서 한계점에 도달하게 되었을 즈음이라고 생각한다. 그의 뒷자리에 앉게 된 것이.

창가 맨 뒷자리는 그러잖아도 쾌적한 자리인데, 키 큰 나루세 군이 앞에 있으니 쾌적함이 세 배는 더했다. 멍하니 창밖을 바라보는 게 몇 달 만이었던지. 길을 걸어 다니면 온 섬사람들이 나를 힐끗힐끗 쳐다보았다. 학교에 오면 멀찍이서 나를 보고 수군덕거리는 소리가 들렸다. 그런 것들이 차단되니 이렇게 마음이 푸근할 수가.

나루세 군은 누구의 뒤에도 숨을 수 없다. 하지만 그는 그런 장소가 없다는 사실을 진즉에 깨달았는지, 자기를 시기하고 바보 취급하는 남자아이들이 무슨 소리를 해도 듣는 둥 마는 둥 하는 태도로 흘려버린다. 요즘에는 자기 집에서 운영하는 요정이 매각될 것이라는 소문까지 나돌고 있어서, "야, 너희 집 망하는 거냐? 너희 집에서 술 마시고 사고 친 아저씨 때문이냐?"는 등, 본인의 자질과는 아무 관계 없는 말까지 듣고 있는데도 "너랑 상관없잖아." 한마디만 하고 입을 닫아 버린다.

실례인지 모르겠지만, 나루세가 나와 같은 처지에 있는 듯한 느낌이 들었다. 뭐라고 말을 붙이고 싶은데 계기가 없었다. 그럴 때였다. 수업 중에 신문에서 오려 낸 쪽지를 보고 있다가 새로 온 수학 선생에게 걸렸는데 나루세가 슬쩍 문제의 답을 가르쳐 준 것이. 그러고 나서 장기 얘기를 하게 되면서 조금 친해졌다.

하지만 서로가 자신에 관한 얘기는 하지 않았다. 묻지도 않는데 스스로 집안의 수치를 내보이고 싶지는 않았다. 동정해 주세요, 라고 말하는 꼴이나 다름없으니까. 박보 장기의 기보가 손에 들어오면 둘이서 정자로 갔다. 달콤한 커피를 같이 마시고, 나루세가 공략법을 생각하는 동안 나는 멍하니 바다를 바라보았다. 그러던 어느 날, 문득 돌아보니 나루세도 먼 곳을 바라보고 있었다. 뭘 보고 있나 싶어서 그 시선을 따라가 봤더니, 나루세네 집에서 하는 요정이 보였다. 나도 가족이나 회사 사람을 축하할 일이 있을 때 몇 번 따라간 적 있는 유서 깊은 요릿집 '잔물결'.

나루세에게 요정은 나에게 성과 같은 존재인지도 몰랐다.

내가 자신의 시선을 뒤쫓고 있다는 걸 알면서도 나루세는 아무 말 하지 않았다. 하지만 나는 그것이 같은 생각을 공유하고 있다는 증거인 것만 같아 약간 기뻤다.

박보 장기의 패턴을 외우려 한 것은 쓸데없는 생각을 하지 않고 살 수 있도록 텅 빈 디스크에 무언가 정보를 담으려 한 것일 뿐, 딱히 흥미가 있어서는 아니었다. 그런데 나루세 군과 친해지면서부터는 그와 얘기 나눌 거리를 찾고 싶어서 열심히 장기 프로그램을 들여다보거나 신문에서도 기보를 오리게 되었다. 일단은 스스로 생각해 보지만 도무지 알아낼 수 없는 공략법을 나루세가 수업 중에 간단히 답해 주기에 나도 모르게 "대단하다." 하고 말했더니 "뭐가 대단해." 하며 내게 수학 문제를 하나 풀게 하는 바람에 그 후로는 말 대신 샤프 펜슬을 세 번 똑, 똑, 똑, 두드리게 되었다.

대, 단, 해.

나루세라면 훨씬 대단한 일을 할 수 있지 않을까. 아무에게도 방해받지 않는 넓은 세계에서 나루세가 가진 능력을 전부 펼칠 수 있기를 바랐다. 그런데, 그렇게 남의 미래나 응원하고 있을 때가 아니었다. 마지막까지 입을 다물고 있으려고 했는데, 내가 대학 진학을 희망한다는 사실이 학교에서 엄마에게로 전해지고 만 것이다.

"노조미, 너마저 떠나면 엄마는 어떻게 하라고? 몸도 이런데 너까지 없으면 엄마는 죽어."

그러면서 울고 화내고 소리 지르고, 앞으로는 돈을 헤프게 쓰지 않겠노라며 매달리고. 나는 당신의 가정부가 아니라고.

"아빠가 나랑 요스케가 성가셔서 쫓아낸 거라며. 요스케도 기숙사에서 잘 지내고 있으니 이제 나만 가면 성가실 사람이 없잖아. 그럼 아빠가 데리러 올 거 아냐? 좋아해야지."

여태껏 들어 왔던 말을 열 배로 희석해서 되돌려 주었을 뿐인데도 엄마는 한층 더 망가지고 말았다. 밤마다 "집에 돌아가고 싶어."라며 울부짖고, 때로는 자는 나를 깨워 "엄마도 데려가 줘."라고 조르다 날이 밝으면 죽은 듯이 잠들었다. 하지만 나는 잠들 수 없었다. 불면과 공복은 비슷한 작용을 초래

하는지, 다시금 나는 망가지기 시작했다.

나 도와줘. 나 도와줘. 나 도와줘.

나루세의 등을 향해 샤프펜슬을 네 번 두드렸다. 수도 없이.

울부짖는 엄마에게서 도망칠 수 있는 곳은 정자뿐이었다. 유령의 집에서 비명이 들리기 때문인지, 데이트 장소로도 적격인 정자를 밤에는 아무도 찾지 않았다. 아니 애당초 데이트하는 젊은이들이 없었다. 민가의 불빛은 점점이 보이지만 성의 모습이 보이지 않아 나로서는 마음을 차분히 가라앉힐 수 있는 곳이었다.

그래! 저 성이 없어지면 돼. 소중한 장소가 사라지면 엄마도 집에 돌아가고 싶다는 소리를 안 할 거야. 단념하고 조금쯤은 앞날을 생각하게 될지도 모르지.

없어져라, 없어져라, 불이라도 나 버려라.

불을 질러 버릴까. 하지만 방화는 중죄다. 누구를 위해 그런 죄를 짊어져야 하나. 누군가 불을 질러 주면 좋을 텐데. 누군가, 누군가, 누군가.

성이 불타오르는 상상을 하자 밤마다 계속되는 엄마의 울음소리도 조금은 견딜 수 있게 되었다. 나는 차근차근 진학 준비를 해 나갔다. 아빠에게는 기대고 싶지 않았다. 그래서 장학금을 신청하기로 했다.

그럴 때였다. 나루세네 요정이 파친코 가게가 된다는 소문을 들은 것이. 늘 그렇듯 근거 없는 허황된 소문이라고 여겼는데, 정자에서 나루세가 진학을 포기하려는 듯이 말하는 걸 듣고서 소문이 사실인가 보다고 확신했다.

내가 할 수 있는 일이 뭐 없을까. 남 걱정할 때가 아니지만, 나루세를 위해 뭐라도 해 주고 싶어 애가 탔다.

하지만 모든 것을 포기한 듯한 나루세는 내면에 숨겨져 있던 그 무엇까지도 다 빠져나가 버린 것처럼 보였다. 심지어 처음부터 그런 것은 없지 않았을까 하는 느낌마저 들었다. 나 자신의 상황을 이겨 내기 위해, 앞자리에 앉은, 별로 얘기도 나눈 적 없는 남자아이를 내 멋대로 해석한 것은 아니었을까.

상상 속의 방화와 마찬가지로.

그 일주일 후, 평소처럼 정자에 멍하니 있는데 어둠 속에서 유달리 밝은 곳이 눈이 띄었다. 전기의 불빛은 아니었다. 저건…… 불이다. 성이 불타 버리기를 간절하게 바란 나머지 환각을 보고 있는 건가 싶어 몇 번이나 눈을 비볐지만, 불길이 사라지기는커녕 갈수록 기세를 더하는 것 같았다.

성이 불타고 있어!

언덕길을 정신없이 뛰어 내려갔다. 냄새가 코를 찌른다. 연기가 눈을 파고든다. 불길이 바로 저기에 보인다. 성은 아직 좀 더 가야 하는데. 불타고 있는 것은 나루세네 요정이었다. 소방차는 아직 오지 않았고 구경꾼들이 하나 둘 모여들고 있었다. 신문을 배달하는 아줌마도 스쳐 지나갔다.

조금 더 앞으로 나아가니 나루세가 서 있었다. 불꽃이 날아들 것 같은 곳에 꼿꼿이 선 채 요정이 불타는 것을 똑바로 쳐다보고 있었다.

나루세가 불을 질렀구나. 소중한 장소를 자기만의 것으로 남기기 위해서.

다가가 그 팔에 살며시 손을 댔다. 이 손이 불을 지른 것이다. 손을 댄 채로 가만히 있자, 눈앞의 불길이 내 안으로 들어와 성과 엄마와 아빠와 그 여자까지 모두 태워 버리기 시작했다. 없어져라, 없어져라, 다 불타 버려라. 도와줘서 고마워, 나루세.

나루세야, 나루세야, 나루세야. 너를 위해 내가 할 수 있는 일이 뭘까.

니시자키 씨, 선물이야. 남쪽 섬에서 만난 공주님에게 받은 소라 껍데기. 귀에 대면 공주님이 보내는 사랑의 메시지가 들릴시도 모르지.

안도는 나오코 씨에게 받은 소라 껍데기를 정말로 니시자키 씨에게 주었다. 나도 소중하게 간직할 만한 것은 아니어서 니시자키 씨에게 줘 버렸다.

"니시자키 씨가 새나 남자나 여자일 거라는 뜻은 아니지만, 자기도취에 빠져서 쓴 소설은 재미없잖아. 밖에도 잘 안 나가던데, 가끔은 다른 사람이 제안하는 제목으로 써 보는 게 어때?"

안도는 술을 연거푸 마시면서 니시자키 씨에게 일단은 졸업을 하는 게 어떻겠냐는 둥, 소설은 취미로 쓰고 취직을 하라는 둥 잔소리를 하면서도 이따금 소설에 대한 조언 비슷한 것을 했다. 관심을 받고 싶은데 그 속내를 솔직하게 털어놓지 못하는 면이 있는지도 모르겠다. 그 증거로 나를 아주 바보 취급하고, 뭘 같이 하자고 하면 그럴 틈이 없다고 하든가 트집만 잡으면서, 결국에는 장기도 스쿠버 다이빙도 청소 회사 아르바이트도 함께해 준다.

'들장미 하우스'를 지키고 싶다고 말하면 보나 마나 그냥 파는 게 낫다느니 길게 보면 할아버지도 개인 간호사가 딸린 맨션에서 사시는 편이 나을 거라느니 하겠지만, 결국은 앞장서서 행동해 주지 않을까 생각한다. 노구치 씨와도 친해졌으니 더욱이. 지금이라도 당장 상담하러 가겠다고 나설지도 모른다. 노구치 씨도 나보다는 안도를 더 믿으니 그쪽이 나을지도 모른다.

혹시 노구치 씨의 아버지가 이미 '초록 빌딩'을 팔기로 마음먹었다면 어떻게 될까. '초록 빌딩'의 주인은 노구치 씨의 아버지이다. 노구치가의 부자 관계가 어떤지는 모르지만, 내가 그 입장이라면 아빠를 설득할 수 없을 것이다. 말이 통하지 않는 사람이니까. 게다가 만에 하나 그게 원인이 되어 부자 관계가 나빠진다면.

골치 아픈 일을 의논한 안도 탓이라고 여겨질지도 모른다. 애써서 겨우 들어가게 된 회사인데 출근하기도 전에 상사의 미움을 산다면 그동안의 노력이 물거품이 되고 만다. 그러니 절대 안도를 끌어들여서는 안 된다.

니시자키 씨에게 노구치 씨 부부와의 일을 보고하자 기적이라며 놀라워했다. 할아버지의 바람을 들어 드리고 싶은 마음은 있었지만 설마 정말로 일이 이렇게 전개될 줄은 몰랐는데, 하면서. 잘 들어 보니 노구치 씨의 경력 중에 산호 보전 단체에 관한 내용이 있어 내게 스쿠버 다이빙 자격증을 따게 하는 구실로 삼으려고 했을 뿐인 듯하다.

"노조미가 자격증을 딸까 말까 망설였잖아. 기껏 땄는데 청소 작업만 하는 것도 재미없고 취미로 하자니 돈이 든다면서 말이야. 착실한 노조미가 돈을 쓰려면 이유가 필요할 것 같아서 그랬지."

"그럼 내가 오키나와까지 간 건 뭐였지?"

"안도 군이랑 즐겁지 않았어? 안도 역시 놀려면 이유가 필요한 사람 같아서. 나로서는 너희 둘이 알콩달콩 지내 줬으면 정말 좋겠거든. 어때, 안도 군? 내가 보기엔 괜찮은데. 출세도 할 것 같고, 지켜 줄 것도 같은데."

니시자키 씨의 기대가 절반은 맞고 절반은 틀렸다.

안도와는 그런대로 마음이 맞지만, 그렇다고 내가 그에게 바싹 달라붙어 있는 모습은 상상할 수 없다. 이시가키 섬에서의 노구치 씨와 나오코 씨를 떠올리고 그 자리에 나와 안도를 바꿔 놓아 본다. 나는 반걸음 물러나 안도의 팔을 잡지 않는다. 손가락으로 콕콕 찌르면서 투정을 부리지도 않는다. 밥도 앉아서 받아먹지 않을 것이고, 비싼 목걸이와 화장품을 사 달라고 하지도 않을 것이다. 내가 원하는 것은 내 힘으로 얻는다.

게다가 이런 대화를 듣는다면 안도는 화를 낼 게 분명하다.

"그렇게 말하는 니시자키 씨야말로 나를 좋아하는 거 아냐?"

"착각도 참 심하네."

니시자키 씨는 적당히 얼버무리더니 유쾌한 듯 웃었다.

그러고 나서 우리는 일단 친해지기 작전이 성공했으니 그 다음 단계의 계획을 세우기로 했다. 노구치 씨 같은 타입에게는 무조건 '당신만 믿습니다', 하는 태도로 임하는 게 가장 좋지 않을까, 라는 내 의견에 니시자키 씨는 식사에 초대해 주어 고맙다는 인사도 할 겸, 노구치 씨밖에 의논할 상대가 없다는 내용으로 편지를 써 보면 어떻겠느냐고 제안했다.

그래서 '안도에게는 비밀'이라는 단서를 붙여 노구치 씨 앞으로 편지를 보냈더니, 이틀 후에 내 휴대 전화로 연락이 와서 노구치 씨 회사 근처에 있는 찻집에서 만나게 되었다.

도쿄에 온 후로 계속 살고 있는 '들장미 하우스'를 사겠다는 사람이 나타났다. 주인 할아버지가 거절했는데도 포기하지 않고 계속 찾아온다고 한다. 그런데 매입에 응하지 않고 있는 곳이 한 군데 더 있다는 사실을 최근에 알게 됐다. '초록 빌딩'이라는 곳인데, 소유주를 조사해 보니 노구치 기이치로라는 분이었다. 드문 성은 아니지만, 유명한 사람인 것 같아 혹시 노구치 씨가 아는 사람일지도 모르겠다는 생각에 의논을 청하게 됐다.

이상과 같은 얘기를 노구치 씨에게 했다.

혹시나 애초에 그런 목적으로 접근했다는 것이 들통 날지 모른다고 걱정했는데, 노구치 씨는 아버지 소유의 빌딩과 토지가 워낙 여러 곳에 있어서인지 아아, 하고 금세 납득했다.

노구치 씨에 따르면, '초록 빌딩'은 거품 경제 시절에 현 시세의 몇십 배를 주고 산 곳이라서 그와 비슷한 가격이 아니라면 오기로라도 손에서 놓지 않으려는 생각이라고 한다. 게다가 '리틀 도쿄(가칭)'의 후보지가 이곳 말고도 두 군데 정도 더 있기 때문에 업자 역시 새로운 지하철 노선이 어느 곳에 생길 것인지 잠시 추이를 지켜보는 중인 듯하다.

그런 사실은 전혀 몰랐다. 할아버지도 모르실 것이다.

노구치 씨는, 걱정하지 않아도 된다면서 새로운 움직임이 있으면 알려 주겠노라고 했다.

"그런데 어째서 안도 군에게는 비밀로 하라는 거지?"

"안도가 개입하게 되면, 만약 이번 일로 노구치 씨에게 번거로운 일이 생길 경우 노구치 씨같이 정이 두터운 분이 같은 회사에서 일하게 될 안도를 위해 무리하시지나 않을까 싶고, 그렇게 되면 참 죄송하다는 생각이 들어서요."

"그것도 그렇군. 하지만 나로서도 안도 군을 빼고 만나게 된 것이 잘된 일이야. 정보를 제공해 주는 대신이라고 하면 좀 그렇지만, 나도 노조미 씨에게 부탁하고 싶은 일이 있거든. 안도 군에게는 비밀로 하고 말이야. 내 장기의 브레인이 되어 줄 수 있을까?"

"브레인이 되어 드릴 정도로 잘 두지 못하는데요."

"안도 군과 두면?"

"그야, 지금으로서는 전승이죠."

"그걸로 충분해."

이시가키 섬에서 노구치 씨는 안도에게 졌다. 그 복수전을 펼치고 싶은 것일까. 그런 취미 수준의 대국이라면 지금까지 쌓아 온 데이터로 대처할 수 있을 것 같았다. 그렇긴 하지만, 요즘 들어 이 기능이 조금 저하된 듯한 느낌이다. 전에는 확실하고 선명한 영상이 머릿속에 떠올랐는데, 점점 초점이 어긋난 사진 같아지고 있다.

안도가 '들장미 하우스'에 머무를 날도 한 달밖에 안 남고 해서 그가 좋아하는 방어 무 조림을 만들고 있는데 느닷없이 방으로 들이닥쳐 함께 아르바이트를 가 달라고 한다. 함께 일하기로 했던 다나카 군이 갑자기 복통을 일으켰단다. 오피스 빌딩 바닥 청소는 해 뜨기 전에 하는 경우가 자주 있다. 둘이서 바닥 청소를 하다니 너무 벅찬 거 아냐? 라고 투덜거리면서 따라갔더니 종업원용 엘리베이터를 타란다. 맨 꼭대기 층.

고층 빌딩의 옥상에 섰다는 사실만으로 오호, 하고 감동하고 말았다.

"곤돌라 타고 싶어서 이 아르바이트를 시작했다고 했잖아. 스기시타에게 여러 가지로 신세를 졌는데 떠나기 전에 빚을 갚아야지."

그리고 안도는 청소 회사에서 지급받은 청소 도구가 든 스포츠 백에서 10킬로그램짜리 추가 달린 다이빙용 웨이트 벨트를 꺼내 허리에 차라면서 건네주었다. 아, 이러면 체중 문제가 해결되는 것을.

천천히 올라타자 안도가 곤돌라를 약간 아래로 내려 보낸 후에 세웠다.

바깥쪽을 향해 서자, 옥상에 도착했을 때는 온통 짙푸른 색이었던 하늘 저 낮은 곳에 흰 띠가 가로로 흐르더니 그것이 서서히 위로 퍼져 나가는 모습이 보였다. 아침 안개에 가려

땅이 보이지 않는 탓에, 구름 위 아주아주 높은 곳에 서 있는 듯한 착각이 든다. 이 빌딩의 높이가 250미터 정도라고 했으니 그 정자보다 높은 장소다.

섬에서 가장 높다는 아오카게 산이 도쿄 타워보다는 약간 낮다. 그런 인공물에도 미치지 못하는 낮은 산의, 그것도 중턱에 있는 장소에서 바다 저 너머를 보고 싶다고 그렇게도 바랐던가.

바다가 보인다.

할 수 있는 말은 죄다 안도에게 늘어놓았지만, 아무리 해도 모자라는 기분이다. 그러나 고맙다는 말밖에는 더 할 말이 없다.

바람에 곤돌라가 흔들렸다. 동시에 몸이 빨려 올라갈 것 같고 다리가 휘청거렸다. 아, 깜짝 놀랐네, 하며 안도를 보니 무슨 일 있었냐는 듯 덤덤하게 서 있다. 이러니 나를 곤돌라에 태우지 않았던 것이다.

이제 안도는 내가 손을 뻗어도 닿을 수 없는 세계로 가게 되겠지. 부럽기도 하고 기쁘기도 한 일이다. 몸이 흔들리는 바람에 그의 작업복 자락을 꽉 잡고 말았는데, 이렇게 잡고 있으면 나 혼자서는 갈 수 없는 곳으로 또 나를 데려가 줄까.

아니다. 곤돌라에 타고 있으니까 이렇게 잡고 있어도 아무 말 안 하는 것이다. 지상에서 이렇게 바짝 달라붙었다면 너

혼자 서라고 화를 냈을 게 틀림없다. 좀 있으면 '들장미 하우스'를 떠나기 때문에 나를 이곳에 데려왔을 뿐인데. 그런데도 나는 이렇게 행복한 기분이다.

안도 노조미를 위해 내가 할 수 있는 일은 이 손을 놓고 열심히 하라며 배웅하는 것이겠지.

누구도 안도를 방해해서는 안 된다.

10년 후···

10년이 지나서야 알게 된 것이 있다. 나루세와 함께 불꽃을 올려다보면서, 그때까지의 모래를 씹는 듯했던 사건들은 전부 불타 버렸다고 생각했다. 나루세에게 장학금 신청서를 건네고, '참 다행이야'라고 다섯 번 샤프펜슬을 두드린 후 아빠에게 머리를 숙였다. 그렇게 섬을 떠난 것으로 백지 상태에서 새로운 출발을 했다고 생각하고 있었다.

더구나 내가 섬을 떠나자마자 엄마에게 소꿉동무였던 왕자님이 나타난 덕에 마음을 괴롭히는 문제도 해결되었으니.

하지만 큰 냄비 가득 음식을 만들고 플라스틱 용기에 담아 냉장고 안을 메웠을 무렵에는 역시 조금은 망가진 상태였다고 생각한다. 그것을 조금씩 치유해 준 사람이 '들장미 하우스'에서 함께 지낸 안도와 니시자키 씨였다. 곤돌라에 오른 후 안도와 둘이서 집으로 돌아와 고픈 배를 채우기 위해 냉장고에 들어 있던 음식을 모조리 먹어 치웠다. 텅 빈 냉장고를 봐도 입안이 조금도 까끌거리지 않았다.

그날 밤에는 전자 제품 매장에 나가서 전기냄비를 사 왔다. 니시자키 씨까지 합세해, 셋이서 처음으로 전골을 끓여 먹었다. 그 후로는 먹고 싶은 것을 먹고 싶은 만큼만 만들게 되었다. 그렇게 하기로 하고 할아버지에게 가서 뭐 드시고 싶은 것 없냐고 물었더니 할아버지는 그거 참 잘됐다며 좋아하셨다.

그때는 잘됐다는 말이 할아버지가 드시고 싶은 것을 청할 수 있게 되어 잘됐다는 뜻으로 알았는데, 지금 와서 생각해 보면 먹을거리가 늘 있는 상태로 해 두지 않으면 마음이 안정되지 않는 나의 증상을 할아버지가 눈치채고 있었던 게 아닐까 싶다. 증상이 나았다니 그거 잘됐군, 이다. 틀림없다.

그러나 그렇게 지낸 것도 불과 몇 달.

어느 날…… 세 평짜리 방에 화장대가 배달되었다.

제5장

「낙인」

 행위와 이유는 어떤 경우에도 한 쌍인 것일까.
 이미 일어나 버린 일에 대해 뒤늦게 이유를 늘어놓아 봐야 사실은 아무것도 변하지 않는다. 그런데 사람들은 왜 동기다, 경위다, 이유다 하는 것을 요구하는 것일까.
 아직 초등학교에 들어가지 않은 아이가 손잡이 없는 컵에 담긴 우유를 마시고 있었다. 그런데 아이의 손에 그 컵이 조금 컸다. 우유가 차가워 컵 표면에 물방울이 맺혔다. 아이는 손이 미끄러워 컵을 바닥에 떨어뜨렸다. 컵은 딱딱한 마루 위에 우유를 흩뿌리며 깨지고 만다. 당황한 아이는 의자에서 벌떡 일어나 깨진 컵 파편으로 손을 뻗는다. 오른손 집게손가락 끝에 따끔한 아픔을 느껴 들여다보니, 지름 5밀리미터도 안 되는 빨갛고 조그만 방울이 맺혀 있었다. 아주 동그랗다. 아이가 넋을 잃고 그 방울을 보고 있는데, 등 뒤에서 신경질적인 여자의 목소리가 울렸다.
 "이게 무슨 짓이야!"

아이의 엄마다. 아이는 움찔 놀라 어깨를 푸르르 떨며 돌아보려 했지만, 그보다 먼저 여자가 손을 뻗었다. 라운드 네크라인 셔츠의 뒷덜미를 힘껏 잡아당긴다. 숨이 막혀 컥컥거리며 양손으로 셔츠의 앞 목둘레를 움켜잡은 아이가 그 자세 그대로 우유가 흩뿌려진 마루 위에 나동그라진다. 여자는 몸을 웅크린 아이의 등과 옆구리를 축구공처럼 차기 시작했다.

"잘못했어요, 잘못했어요."

아이는 눈물을 흘리며 목멘 소리로 여자에게 계속해서 잘못을 빈다. 그러나 여자는 발길질을 멈추지 않는다. 피부가 아닌 몸속으로 아픔을 느끼면서 아이는 생각했다. 왜 나는 걷어차이고 있는 것일까. 컵을 떨어뜨려서. 컵을 깨뜨려서. 우유를 쏟아서. 바닥을 더럽혀서. 먹을 것을 소홀히 대해서. 그렇다면 하는 수 없다.

소리를 낼 기력조차 잃고 정신이 아득해져 갈 무렵에야 엄마는 발길질을 멈췄다. 아이를 두 손으로 안아 일으키더니 힘껏 껴안는다.

"아팠어?"

다정한 목소리로 묻는 말에 힘없이 고개를 끄덕이자 엄마의 눈에서 봇물 터지듯 눈물이 넘쳐흘렀다.

"미안해, 미안해. 엄마 싫어하면 안 돼. 마사토 손에서 피가 났잖아. 엄마는 소중한 네 몸에 상처가 나서 슬펐어. 엄마가 우리 마사토를 아프게 한 건 네가 싫어서가 아니야. 세상에서 가장 사랑하기 때문이야."

손가락 끝에 맺혀 있던 피는 이미 사라지고 없었다. 하지만 팔과 옆구리에는 며칠 전에 생긴 멍이 아직도 검붉게 남아 있다. 희고 가는 손가락을 이 멍에서 저 멍으로 별자리를 그리듯 움직이면서 엄마가 말한다. 이것들은 모두 마사토가 엄마에게 사랑받고 있다는 증거야.

엄마가 내 몸에 멍을 남겼다. 그 행위의 이유는 사랑하기 때문.

창밖으로 하늘밖에 보이지 않는 고층 맨션에서 엄마와 단둘이 살았다. 철들었을 때, 엄마는 이미 아빠와 헤어진 상태였다.

사랑이라는 말로 폭력이 허용된다면 사랑 따위 필요 없다, 세계가 얼마나 넓은지 알았다면 아이는 엄마에게 그렇게 단언할 수 있었을까.

초등학생이 된 아이는 멍든 팔과 허벅지를 가릴 수 있는 옷을 입고 학교에 다녔다. 하지만 정의감에 넘치는 젊은 남자 담임선생은 여름에도 긴소매만 입고 다니는 아이를 이상히 여겨 슬쩍 셔츠 소매를 올렸다가 검붉은 멍을 발견했다. 우선은 아이에게 물어보았다.

"여기, 빨갛게 된 거 말이야. 왜 그랬어?"

"……몰라요."

아이는 기어 들어가는 목소리로 대답했다. 엄마를 감싸려고 그런 것은 아니다. 자신이 당하고 있는 행위가 다른 어른들이 눈살을 찌푸리고 물을 만한 일이라는 걸 알고 충격을 받은 것이다. 그런 데다 담임선생의 입에서 풍기는 담배 냄새가 몹시 불쾌해 아이는 그 후로 이어진 질문에는 고개를 돌린 채 대답했다.

담임선생은 그날로 아이가 사는 맨션을 방문했다. 거실 소파에 마주 앉은 엄마와 담임선생의 모습을 아이는 복도 한 귀퉁이에 숨어서 가만히 지켜보았다.

"마사토 군 팔에 멍이 있던데, 어머니께서 혹시 아시는 바가 있습니까?"

"우리 아이가 워낙 기운이 넘쳐서 툭하면 멍이 들어 있더라고요. 아니면 친구 탓인지도 모르고요. 남자아이니까 멍이 좀 들어 있어도 그런가 보다 하고 별로 신경 쓰지 않았어요."

아이는 엄마가 시치미를 떼는 데에 또 한 번 충격을 받았다. 자신의 행위가 남들 앞에서 당당하게 입에 담을 수 있는 게 아니라는 것을 엄마는 자각하고 있었던 것이다.

"학교에서는 마사토 군이 소란을 피우거나 친구들과 싸우는 것을 한 번도 본 적이 없는데요."

"지금 저를 의심하시는 건가요? 그렇다면 이것만은 분명히 말해 두죠. 저는 이 세상에서 우리 아이를 가장 사랑합니다."

엄마는 그렇게 말한 뒤 복도를 향해 소리쳤다.

"마사토, 너 거기 있지? 이리 들어와."

어떻게 알았지. 아이는 살금살금 거실로 들어갔다.

"자, 엄마에게 와."

소파에서 일어선 엄마가 아이를 향해 양팔을 벌린다. 담임선생은 진지한 표정으로 아이와 엄마를 번갈아 보았다. 아이가 한 걸음 한 걸음 천천히 다가가 엄마의 품 안으로 발을 내딛는 순간, 엄마는 양팔을 휙 끌어당겨 아이를 힘껏 껴안았다.

"그래, 와 주었구나. 나는 이 아이를 세상에서 가장 사랑해요."

아이를 꼭 끌어안은 채 만면에 미소를 머금고 의기양양하게 올려다보는 그 얼굴에 담임선생이 혼을 빼앗기기라도 한 것일까. 한 달 후, 아이는 엄마의 몸에서 담임선생과 똑같은 담배 냄새가 풍긴다는 것을 알아챘다.

불쾌했지만, 어른들은 담배를 피우는가 보다 하고서 별로 깊이 생각지 않았다. 담배 냄새를 풍기기 시작한 후로 엄마는 아이에게 폭력을 휘두르지 않았다. '사랑해'라는 말도 하지 않았다. 그런 날들이 아이에게는 몸이 사르르 녹아내릴 만큼이나 쾌적했다.

냄새를 풍기기만 하던 엄마는 보름이 지나고서부터 아이 앞에서 담배를 피우기 시작했다. 담배 연기 가득한 거실에서 아이는 몇 번이나 콜록댔지만, 멍이 생기는 것보다는 몇만 배 나았다.

  어느 날, 학교에 간 아이는 담임선생의 옆구리에 검붉은 멍이 있는 것을 보았다. 체육 시간에 매트 운동 시범을 보여주기 위해 물구나무를 서다가 셔츠 자락이 젖혀지면서 살짝 보였던 것이다.

  그 순간, 담배 냄새와 멍이 연결되었다. 엄마가 지금 사랑하는 사람은 이 남자다.

  가엾게도.

  여름 방학을 며칠 앞둔 어느 비 오는 날, 수업 시작종이 울리고도 담임이 나타나지 않았다. 태풍이 다가오고 있어서 오늘은 이대로 귀가할지도 모른다. 지금 선생님들이 거기에 대해서 의논을 하고 있다. 그런 얘기로 교실 안이 소란스러웠다. 아이도 그 교실 한쪽에 있었다. 검은 구름으로 뒤덮인 하늘을 올려다보면서 폭풍우가 몰아칠 것 같은 예감에 가슴이 두근거렸다.

  잠시 후 교실에 들어온 사람은 담임이 아니라 교무 주임이었다. 기대했던 대로 교무 주임은 아이들에게 태풍이 가까이 오고 있어 호우 경보가 발령되었다고 알린 후 단체로 하교하라고 지시했다. 빗발이 거세지고 커다란 우산이 바람에 날아갈 듯 펄럭이는 것을 반쯤은 재미있어하며 집에 돌아와 현관문을 열었더니 그곳은 한발 앞서 태풍이 지나간 것 같은 상태였다.

신장 위에 놓여 있던 꽃병이 복도 바닥에 산산조각 나 있고, 그 주위에는 널브러진 꽃들과 함께 물이 흥건했다. 아침에 나갈 때만 해도 말끔했었는데.

"엄마!"

거실을 향해 소리 질렀지만 대답이 없었다. 도둑이라도 든 것일까 싶은 생각에 다리가 얼어붙고 신발을 벗을 수 없었다. 그런데 복도 쪽으로 난 엄마의 침실 문이 갑자기 꽈당 열렸다. 아이는 숨을 삼켰다.

"뭐야, 마사토였구나."

엄마였다. 긴 머리카락이 헝클어져 있고, 울었는지 눈가가 부었다.

"그래, 학교에 갔었지. 아침부터 이상한 전화가 걸려 와 제정신이 아니었어. 맞아, 오늘은 평일이고, 시간이 아직 이렇게밖에 안 됐구나."

엄마가 무슨 소리를 하는지 알 수 없었다.

"태풍이 오고 있으니 빨리 집에 가라고, 선생님이 그랬어."

선생님이라는 말에 엄마는 부어오른 눈을 활짝 떴다.

"그래? 선생님이 또 뭐라 그랬어?"

"집에서 나오면 안 된대. 다른 반은 숙제를 잔뜩 내 줬는데, 우리 반은 선생님이 안 오셔서 교무 주임 선생님이 대신 들어왔기 때문에 숙제 하나도 안 내 줬어."

"스즈키 선생님, 오늘 안 왔어? 왜?"

"몰라."

"교무 주임 선생님이 아무 말 안 하셨어?"

"응. 선생님이 오늘 안 나오셔서 대신 왔습니다, 그렇게만 말했어."

"감기에 걸렸다든지, 사고를 당했다든지, 가족에게 무슨 일이 생겼다든지, 그런 말 안 했어?"

"아무 말도 안 했어. 진짜야. 내가 잘 들었단 말이야. 그보다……."

아이는 복도로 시선을 돌렸다. 산산조각 난 꽃병 너머에는 탁상시계와 슬리퍼가 아무렇게나 나뒹굴고 있었다. 제자리에 있던 것들을 손에 잡히는 대로 바닥에 내던진 것 같았다.

"신경 쓰지 말고 방으로 들어가. 숙제가 없다고 놀기만 하면 안 돼. 책이라도 읽고 있어."

밀어내는 듯한 냉정한 말투에 아이는 얌전히 방으로 들어갔지만, 교과서 이외의 책 따위는 단 한 권도 없었다.

'남자아이가 방 안에 틀어박혀서 책이나 읽고 있으면 안 돼. 괜히 따지기나 좋아하는 사람이 된다고.'

그러면서 엄마는 아이에게 책을 사 주지 않았다. 헤어진 아빠가 책을 무척 좋아하는 사람이었기 때문이다. 하지만 아이는 그것을 불만스럽게 여긴 적이 없다. 그 밖의 장난감은 남들만큼 있었으니까.

게임을 하거나 텔레비전을 보고, 꾸벅꾸벅 졸기도 했다. 배가 고파서 방에서 나왔더니, 침실에서 비명에 가까운 엄마의 목소리가 들려왔다.

"겐이치, 겐이치, 용서하지 않을 거야!"

스즈키 겐이치 선생님을 반 아이들이 '겐이치 선생님'이라 불렀기 때문에, 아이는 그것이 담임의 이름이라는 것을 금방 알았다. 선생님이 학교에 오시지 않은 것과 뭔가 관계가 있나. 그렇다고 엄마에게 물어볼 수는 없었다.

복도는 여전히 어질러져 있었다. 거실은 발 디딜 틈조차 없을 정도여서, 부엌까지 가려면 유리 파편 더미를 몇 번이나 건너야 했다.

하는 수 없이 아이는 학교에서 급식으로 나눠 준 빵과 우유로 허기를 달랬다.

비바람이 창문을 세차게 두드리고 태풍이 아주 가까이 다가왔을 무렵, 아이의 방문이 열리더니 한 손에 담배를 쥔 엄마가 들어왔다. 그녀는 게임기를 든 아이의 손을 힐끗 노려본다.

"책 읽었어?"

"책이 없는걸, 뭐."

"학교에 도서관 있잖아."

그런 곳은 이용해 본 적도 없고 엄마가 가 보라고 권한 적도 없었다. 앉아서 말없이 고개를 수그리고 있는데 엄마가 등을 걷어찼다.

"책이 없으면 엄마가 읽으라고 할 때 그렇게 말했어야지, 왜 나중에 와서 엄마가 잘못한 것처럼 말하는 거야. 왜, 왜, 왜, 마사토 너까지. 엄마 말이 안 들려?"

아이는 살며시 고개를 저었다.

"엄마를 사랑하지 않아?"

다시 한 번, 고개를 저었다.

"그럼 사랑한다는 걸 잊지 않도록 표시를 새겨 주지."

오른팔의 한 부분에 격렬한 아픔이 지나갔다. 엄마가 담뱃불로 지진 것이다. 피부 표면을 지직 태우는 아픔의 화살이 그대로 몸을 뚫고 지나가 정수리에 꽂혔다. 비명조차 지를 수 없었다. 머릿속이 찌릿찌릿하고 시야가 일그러진다.

태풍과 함께 담임은 학교를 떠났다. 머리가 이상해졌다는 소문이 학교 안에 퍼져 나갔다.

엄마는 다시 아이를 사랑하게 되었다. 여름 방학인데 집에서 한 발도 나가지 못하는 아이의 온몸에는 사랑의 증거라는 이름의, 평생 지워지지 않을 낙인이 새겨지고 있었다.

어느 날 밤, 아이는 자다가 이상한 냄새에 눈을 떴다.
방에서 나와 냄새가 풍겨 나오는 거실로 들어가 보니, 엄마가 소파에 누워 곤히 잠들어 있었다. 오른팔은 소파 밑으로 축 늘어져 있고, 털이 짧은 러그 위에 불이 꺼지지 않은 담배가 떨어져 있었다. 담배에서 기어 나온 오렌지색 조그만 벌레들이 천천히 러그를 검게 파먹고 있었다. 아이의 눈에는 그렇게 보였다.
멍하니 서서 보고 있는데, 오렌지색 벌레들이 아이의 발치까지 몰려왔다. 벌레들은 서서히 범위를 넓혀 가, 조그만 알갱이에서 너울너울 흔들리는 커다란 덩어리로 형태를 바꾸어 갔다. 그리고 그 커다란 덩어리는 소파에 들러붙었다. 또 엄마의 치맛자락에도.
이대로 있으면 나까지 먹히고 만다.
현관문 밖으로 뛰쳐나간 아이는 맨션의 복도를 가로질러 비상계단을 뛰어 내려갔다. 빙글 빙글 빙글, 아무리 내려가도 지상이 가까워지는 느낌이 안 들었다. 숨이 차오르며 온몸에 점점이 박힌 멍이 속으로부터 욱신거리기 시작했다.
몸속이 불타고 있다. 나는 이대로 불타 죽어 버릴 것이다.

제5장

오렌지색 벌레들이 몸속을 파먹어 들어가는 것을 느끼면서 아이는 그 자리에 주저앉아 눈을 감았다.

눈을 떴을 때, 아이는 병원에 있었다. 그리고 엄마의 죽음을 알았다. 데리러 온 사람은 아빠였다. 아빠는 반소매 병원복 아래로 드러난 아이의 팔에서 흉터를 발견하고는 "미안하다." 라고 거듭 사과했다.

"너를 그런 여자에게 맡기는 게 아니었어."

자신이 엄마를 어떻게 생각했는지는 잘 기억나지 않았지만, 그런 여자라는 말을 들으니 불쌍하게 느껴졌다.

아빠는 이미 재혼한 상태로, 아이에게 어린 남동생이 생겼다. 새엄마는 동생보다 아이를 더 친절하게 대했다. 형은 불쌍한 아이라면서.

새로 전학 간 학교에서는 흉터가 사람들 눈에 띄지 않도록 언제나 긴소매 교복과 체육복을 입을 수 있게 해 주었다. 수영 수업도 면제해 주었다. 가엾은 아이라는 이유로.

가엾은 아이. 그 말을 들을 때마다 아이의 과거 인생에서 사랑이 사라져 갔다.

아이는 혼자 있을 수 있는 곳을 찾았다. 하지만 어디에 있어도 가엾은 아이를 염려해 누군가가 말을 걸었다.

아빠의 넓은 단독 주택에는 서재가 있었다.

거기에 틀어박혀 책을 읽는 척하고 있으면 아무도 말을 걸어오지 않았다. 교과서 말고는 책을 읽어 본 적이 없었기 때문에 처음에는 책을 펼치기만 해도 글자에 취할 것 같았지만, 한 문장, 두 문장 읽어 나가는 사이에 조금씩 익숙해질 수 있었다.

시간을 거슬러 올라가 이곳이 아닌 어딘가 다른 세계로 간다. 그게 재미있어서 중학생 때까지는 학교 도서관에서 SF와 판타지를 빌려 읽었다. 그런데 어느 날, 빌린 책을 예정보다 빨리 읽어 버린 탓에 서재 책꽂이에서 책을 골라 읽기로 했다.

다니자키 준이치로. 『바보 같은 사랑』, 『춘금초』, 『열쇠』. 어느 것을 읽어도 머릿속에 '사랑'이라는 단어가 떠올랐다. 마성의 여자에게 농락당하는 '가엾은 남자'의 이야기이긴 하지만.

엄마에게 당한 사랑이란 이름의 행위. 현실 세계에서는 '가엾은 아이'라는 동정밖에 받지 못하지만, 아름다운 문장으로 종이에 풀어 놓으면 사랑이라고 일컬어질 수 있을까.

나는 '가엾은 아이'가 아니다. 나를 '가엾은 아이'라고 말하는 인간들에게 나의 이야기를 읽히고, 엄마와 나 사이에 사랑이 있었다는 사실을 깨닫게 해 주고 싶다.

그 어떤 행위도 사랑이 그 이유가 될 수 있다는 것을 증명해 보이는 거다.

*

 사실을 있는 그대로 늘어놓아 봐야, 그것은 가엾은 신세타령에 지나지 않는다. 사실을 문학으로 승화시켜야만 인생은 의미를 지니게 된다. 그걸 깨닫는 순간, 20매 가까이 쓴 원고가 쓸모없는 종이 뭉치로밖에 안 보였다.
 컴퓨터로 쓴 원고라면 순식간에 삭제할 수 있다. 하지만 손으로 쓴 원고는 둘둘 말아 쓰레기통에 던져 넣든지 갈기갈기 찢어 버릴 수는 있어도, 쓴 흔적을 한순간에 지워 버릴 수는 없다. 차라리, 태워 버릴까.
 태워서 모든 걸 지울 수 있다면.
 현실에서 불을 지르면 중대한 범죄가 된다. 설령 사랑을 위해 지른 불이라도. 방화의 이유가 사랑이라도 죄는 죄. 폭력의 이유가 사랑이라도 죄는 죄. 광기의 이유가 사랑이라도 죄는 죄. 어리석은 행위라며 멸시받고, 매도당하고, 존재했던 사랑마저도 부정되고 만다.
 하지만 문학의 세계에서는 이런 것들이 진정한 사랑이라고 평가된다.
 과거의 인생에서 사랑을 찾아내고 싶다면 사실을 문학으로 승화시키면 된다. 그러려면 각색이 필요하다. 아무리 이건 사랑 이야기라며 줄줄이 써 봐야, 읽는 이가 사랑을 느낄 수 없다면 이야기나 사실 속에 사랑은 존재하지 않는 셈이 된다. 타인에게 사랑이라고 평가받아야만 비로소 사랑이 분명하게 존재하게 된다.

나 자신을 그렇게 설득해 온 것이 몇 년이던가.

대학에 적을 두고서도 학교에도 가지 않고 일도 하지 않으면서 낡은 빌라 구석에 틀어박혀 오로지 이야기만 써 왔다.

어느 날 문득, 남자에게 버림받은 여자로부터 학대받아 감정이 결핍된 아이를 새롭게 표현해 보면 어떨까 하는 생각이 떠올랐다. 새와 여자와 남자만의 폐쇄된 사랑의 세계. 캄캄했던 머릿속에 샘물이 넘쳐흐르듯 이야기가 퍼져 나갔다. 소설을 쓰기 시작한 지 3년 가까이 되었지만, 그런 느낌은 처음이었다.

마침내 나는 과거를 받아들일 수 있게 되었다. 다 쓰고 나서 그런 예감과 보람을 느낀 작품, 그것이 바로 「작열하는 새」였다.

어느 비 내리는 여름날 저녁 무렵, 옆방 문 앞에 여자 하나가 쪼그리고 앉아 무릎을 껴안고 있었다. 우산도 없이 여기까지 온 탓인지, 아니면 싸구려 빌라의 처마가 제구실을 못한다는 증거인지, 여자의 긴 머리카락에서 빗물이 가닥가닥 볼을 타고 흘러내리고 있었다. 마치 눈물을 흘리는 것처럼.

순간적으로 눈이 마주쳐, 무슨 일일까 하고 걸음을 멈췄다가 딱히 말을 걸 이유도 생각나지 않고 해서 그냥 내 방으로 들어갔다. 조금 있다가 커튼을 닫으려고 창가로 다가가 바깥을 내다보니 여자가 아직도 그 자리에 앉아 있었다. 빗발이 점점 거세지고 있었다.

　밖으로 나가자 여자 쪽에서 먼저 말을 걸었다.

　"노조미 씨를 찾아왔는데, 몇 시쯤 돌아오나요?"

　싸구려 양철 처마를 두드리는 빗소리에 묻혀 거의 들리지 않을 정도로 가냘픈 목소리였다. 여자는 "휴대 전화를 놔두고 와서."라고 덧붙였다.

　노조미 씨는 아르바이트 때문에 밤늦게나 올 거라고 알려 주고, 괜찮으면 제 방에서 기다리실래요? 라고 물어 보았다. 여자에게 관심이 있는 건 전혀 아니었다. 스기시타의 손님이 비참한 몰골이 되어 가는 걸 그냥 두고 볼 수 없었을 뿐이다.

　여자는 경계하는 태도로 방에 들어왔지만, 목욕 타월을 내주고 뜨거운 커피를 끓여 주자 조금 안심하는 표정을 지었다.

　"노조미 씨와 친한가요?"

　여자가 그렇게 묻기에, 노조미와는 태풍을 계기로 친해졌고, 위층에 사는 안도라는 사람과 셋이서 곧잘 마시기도 한다고 말했다.

　"어머나, 안도 씨도 알아요?"

여자는 안도도 알고 있었다. 그리고 그녀는 완전히 마음 놓은 모습으로 두리번두리번 방 안을 둘러보더니 몇 가지 물건을 눈여겨보며 의미심장한 미소를 띠었다.

"혹시, 연인 사이?"

"글쎄요."

웃으며 얼버무렸다. 여자가 스기시타와 그리 친한 사이가 아니라는 것을 알아챘기 때문이다. 스기시타에게 궁극의 사랑을 맹세한 상대가 있다는 것은 나 같은 사람도 아는 사실이다.

냉장고 위에 놓여 있는, 돌고래 그림이 그려진 머그 컵과 딸기무늬 젓가락을 보고 그렇게 생각한 모양이다. 방에 있는 몇 개 안 되는 타인용 식기는 모두 각각의 사용자들이 가져다 놓은 것이다. 그리고 돌고래 그림 머그 컵은 스기시타 것이 아니라 안도 것이다.

지금 나는 현실 세계의 둘뿐인 친구……라고 하긴 그렇지만, 어쨌든 '노조미 양'과 '노조미 군'을 통해서만 현실과 이어져 있는지도 모른다. 아니, 한 명 더 있다. 집 주인인 노하라 할아버지. 즉, '들장미 하우스'가 내게는 유일한 현실 세계다.

그런 곳에, 아무리 그쪽에서 먼저 말을 걸었다고는 해도 낯선 여자를 들여놓았다. 경솔한 짓을 한 건지는 몰라도, 이제 와서 내쫓을 수는 없다.

"어머, 이건!"

여자가 책꽂이로 손을 뻗어 소라 껍데기를 집었다. 옅은 분홍색 소라 껍데기를 손끝으로 더듬으며 바라보다가 한쪽 귀에 갖다 댄다.

소라 껍데기가 애초에는 두 개였지만, 하나는 받은 지 며칠 후에 이상한 벌레가 나와서 버렸다.

소라 껍데기를 가져다준 두 사람은 각각 조그만 섬 출신이다. 단 하루도 바다를 보지 않고 지낸 날이 없을 정도로 그들에게는 바다가 일상의 일부였던 듯하다. 소라 껍데기를 귀에 대면 파도 소리가 들린다고 하기에 하라는 대로 해 보았지만 아무 소리도 들리지 않았다. 좀 더 꽉 눌러야 한다기에 억지로 세게 눌렀더니 우우웅―, 소리가 귀 속에서 울렸다. 하지만 그건 혈액이 흐르는 소리다. 그 소리를 파도 소리라고 착각하고 있는 것일까. 혹은, 바다와 함께 살아온 그들에게는 혈액이든 파도든 둘 다 몸속을 오가는 것으로 똑같이 취급되는 것일까. 바다와 무관한 세계에서 살아온 나로서는 이해하기 어렵다.

하늘밖에 보이지 않는 네모난 공간.

파도 소리 따위 들리지 않는다고 딱 잘라 말하자, 이번에는 머리맡에 놓아두고 자면 어떻겠느냐고 제안했다.

"꿈에 굉장한 미녀가 나올지도 몰라. 그렇지, 안도?"

"꿈속에서만 만날 수 있는 미녀? 좋겠네. 니시자키 씨, 그 얘기로 책 한 권 써 보면 어때요?"

현실적인 그들로서는 상당히 들뜬 듯한 얘기였다. 그만큼 오키나와 여행이 즐거웠나 보다.

남의 추억이 어린 소라 껍데기에 귀를 댄 채, 여자는 눈물을 흘리기 시작했다. 그녀에게는 무언가가 들리는 것일까. 파도 소리일까. 그 소리에 의해 되살려진 기억이 처음 보는 사람의 방에서 눈물 흘릴 정도의 것이란 말인가.

"이런 거, 주지 않았으면 좋았을걸……."

여자가 중얼거렸다.

"이 소라 껍데기, 내가 노조미 씨에게 준 거예요."

그 말로 여자가 누구인지 알았다. 오키나와 여행에서 만난 노구치 다카히로 씨의 아내, 이름이 뭐랬더라.

"추억의 소라 껍데기가 여기 있는 걸 보면, 그쪽은 역시 노조미 씨에게 소중한 사람인가 보네요. 이렇게 멋진 사람이 있는데 왜 그런 짓을 하려는 걸까."

그런 짓? '들장미 하우스'를 지키려는 계획을 말하나? 그 일 때문에 스기시타는 안도와 함께 오키나와 여행을 떠났었다. '들장미 하우스'와 마찬가지로 토지 매수에 응하지 않고 있는 '초록 빌딩' 소유주의 아들, 노구치 씨를 사귀기 위해. 현실이 소설처럼 계획대로 될 리 없지, 해 볼 테면 해 봐, 그런 마음으로 보냈는데 스기시타는 기대 이상의 성과를 안고 돌아왔다.

 그 후, 스기시타는 노구치 씨에게 편지를 보냈고, 토지 매수 문제를 의논했다. 어떻게 쓸 것인지를 생각해 낸 건 나다.

 소라 껍데기를 귀에 대고 이시가키 섬의 파도 소리를 들으면서 노구치 씨를 만나 즐거웠던 여름날을 떠올리고 있습니다, 아마도 그렇게 시작했을 것이다.

 스기시타에 따르면 노구치 씨는 '초록 빌딩'을 팔 계획이 없다고 한다. 또 새로운 지하철 노선 계획에 따라 맨션이 다른 곳에 건설될 가능성도 있다고. 그 정보를 노하라 할아버지에게 전하고 셋이서 축배를 든 것이 벌써 반년도 더 전의 일이다.

 "노조미 씨가 가지고 싶어 하는 게 뭔지, 난 알아요. 그게 얼마나 하찮은 것인지도. 그런데도 난 노조미 씨가 부러워요. 가지고 싶은 게 있는 그녀가. 하지만 나는 노조미 씨가 되고 싶지는 않아. 비겁하게도."

 "그녀가, 그러니까 노조미가 뭘 가지고 싶어 한다는 거죠?"

 대화가 그런 식으로 흘러가서였지만, 자기 이름을 함부로 불렀다는 것을 알면 스기시타가 화를 낼까. 아니다. 딱히 신경 쓰지 않을 것이다. 그 정도는 허용될 만큼 서로를 이해하고 있다고 생각한다. 그런데 스기시타가 가지고 싶어 하는 것이라……

 "혼자서 살아갈 수 있는 힘."

여자가 말했다.

나는 막연하게 느껴 왔던 것을 초면의 여자는 한마디로 표현했다.

"큰 회사에 들어가서 돈을 많이 벌어 예쁜 옷이나 사겠다는 생각이라면 귀엽기라도 할 텐데, 그녀는 남자에게 의지해 살아가는 여자를, 아니, 나를 깔보고 있어요. 내가 멋진 가게에 데리고 가도 기쁜 듯이 표정은 짓지만 눈은 웃고 있지 않아. 그이와 장기 얘기를 나눌 때는 진심으로 즐기는 표정인데."

"장기를 좋아하니까 그렇겠죠. 내게도 여러 번 권했는데, 나는 도무지 흥미가 없어서."

"내게는 권하지도 않았어요. 그렇게 재미있는 거면 나도 배워 볼까, 라고 했더니, 나오코 씨는 이제 장기 같은 것 필요 없잖아요, 그러더군요. 그 아이에게 장기는 남자에게 잘 보이기 위한 수단이에요. 장기를 구실로 나 몰래 우리 그이와 만나고 있는 게 그 증거죠."

"그건……"

토지 매수 건에 관해 의논한 것이었다고 가르쳐 주는 편이 좋을까. 하지만 그걸 밝히면 노구치 씨가 소속된 단체에 자원봉사자로 등록한 일과 오키나와 여행 등이 모두 계획된 일이었다는 사실이 탄로 나지 않을까.

스기시타에게 장기는 수단이라……. 시골 생활에서 몇 안 되는 오락의 하나 정도로만 여겼는데, 수단이라는 말을 듣는 순간 스기시타와 장기가 딱 겹쳐졌다.

"우리 그이는 지는 것을 세상에서 제일 싫어해요. 그렇다면 애초부터 승부 따위 겨루지 않으면 좋을 텐데, 성격 탓인지, 누군가와 경쟁하고 싶어 못 견뎌 해요. 모처럼 둘이 여행을 갔는데, 같이 다이빙 투어에 참가한 젊은이들이 장기 두는 것을 보고서 그때부터 나는 거들떠보지도 않았어요."

"그쪽도 스기시타가 아니라 남편에게 장기를 배우면 되잖습니까."

"그건 어려워요. 그이는 여자랑은 경쟁하지 않으니까."

"그럼 노조미도 상대가 못 되겠네요."

"그래요. 승부를 거는 상대는 언제나 안도 씨예요. 하지만 노조미 씨는 그걸 좀 더 높은 곳에서 바라보고 있어요. 안도 씨를 조롱하면서."

"압니다. 여기서 둘 때도 그랬으니까. 그 두 사람, 형제 같은 느낌이죠."

"네, 맞아요. 처음엔 연인인가 했는데, 그런 분위기가 전혀 없어서 좀 이상한 관계라고 생각했어요. 두 사람이 연인이라면 나도 노조미 씨를 의심하거나 하지 않겠죠. 하지만 그쪽이 있다는 것을 알았는데도 노조미 씨에 대한 의혹이 지워지지 않아요. 분명히 뭔가 있을 거예요."

"취직 건으로 의논했는지도 모르죠. 무슨 일이 되었든 그쪽 남편이 상대하지 않으면 그만 아닙니까?"

"그런데, 편지까지 보냈더라고요. 슬쩍 봤더니, 소라 껍데기를 귀에 대고 노구치 씨를 떠올리고 있다, 그 비슷한 말이 적혀 있었어요."

토지 건으로 쓴 상담 편지가 틀림없었다. 이런 곳에서 나를 상대로 이러니저러니 늘어놓을 게 아니라 "무슨 편지야?" 하며 직접 물으면 남편이 숨김없이 대답해 주지 않을까.

"여행 때 고마웠다는 편지 아닐까요? 남편에게 물어보지 그럽니까."

"안 돼요!"

갑자기 여자가 신경질적으로 소리를 질렀다.

"그를 조금이라도 의심하는 듯한 말을 했다가는 나를 절대 용서하지 않을 거예요."

"노조미나 안도 모두 그쪽 남편을 친절하고 배려심이 많은 분이라고 하던데."

"그건 남이니까 그러는 거예요. 나한테는…… 보세요."

여자가 원피스 긴소매를 조금 걷어 올리자 검붉은 멍이 드러났다.

"그이의 불만의 표시예요. 본심은 나한테밖에 보이지 않는다고요. 내 탓이 아닌 일까지도 내가 다 받아 줘야 해요. 예를 들어. 이시가키 섬에서 안도 씨와 장기를 두어 졌을 때도."

"때린다는 겁니까?"

"걷어차기도 하고, 도구를 사용하기도 하고, 그때그때 기분에 따라서."

"누군가에게 의논해 본 적은?"

"오해하지 말아요. 이건 사랑의 증거예요. 그이에게는 나밖에 없고, 내게는 그이밖에 없어요. 아프고 괴로워서 도망쳐 버리고 싶을 때도 있지만, 다른 여자가 나를 대신하는 건 절대 싫어요. 노조미 씨는 결코 견뎌 낼 수 없을 거야. 그걸 전해 주고 싶어서 오늘 이렇게 왔는데……. 선물도 보냈다고요. 그 아이, 쇼핑할 때면 뭐든지 흘려보고 마는데, 얼마 전에 앤티크 숍에 갔을 때는 화장대를 뚫어지게 보고 있더라고요. 그래서……."

"그런 건, 사랑이 아니죠."

"선물에……."

"스기시타를 말하는 게 아닙니다. 그쪽 말이에요. 불만을 받아 주기 위해 폭력을 견디는 것이 사랑이라니, 그건 아니죠. 남편에게서 도망치거나 저항하는 것을 포기한 채 폭력을 사랑이라는 말로 바꾸어 스스로를 위로하고 있을 뿐."

"당신이 뭘 알아요?"

"압니다. 내가 그랬으니까. 아니, 지금도 그러니까."

나는 불과 한 시간 전에 만난 여자에게 「작열하는 새」의 원고를 건넸다.

원고에 톡, 물방울이 하나 떨어졌다. 여자의 눈물이었다.
"새는 당신이로군요."
나는 말없이 고개를 끄덕였다. 엄마와 단둘이서 자란 아이는 엄마에게 버림받으면 살아갈 수 없다고 믿었다. 엄마가 담뱃불로 살을 지질 때마다, 이건 살기 위한 의식이라고 자신을 설득했다.

이야기 속에서는 '살기 위한 의식'에 이르게 되는 요인을 '먹는다는 것' 하나로 좁혀 놓았다. 시험 점수라든지 젓가락을 쥐는 법 같은 것까지 들먹이는 것은 사실이기는 해도 문학적이지는 않다.

살기 위해 불 속으로 뛰어드는 새. 자신을 새라고 믿음으로써 행위를 받아들이는 인간 아이. 어리석은 행위를 사랑이라는 말로 바꾸어 아이를 학대하는 여자. 여자에게서 도망친 남자. 모든 것을 다 표현했다고 생각했는데 아무에게도 이해받을 수 없었던 나의 문학, 그리고 인생.

그 세계에 눈물을 흘려 준 사람은 하얀 살이 검붉게 멍든 여자였다. 게다가 여자는 그것을 사랑의 증거라 믿고 있다. 나는 아무에게도 보여 준 적 없는 나의 흉터를 여자에게 보여 주었다. 여자의 멍보다 한층 흉물스럽고 평생 지워지지 않을 나의 흉터.

"당신도 나와 같군요. 이렇게 사랑해 준 사람은 누구?"

사랑해 준 것이 맞을까.

"엄마."

"그래요. 굉장히 사랑해 주었군요."

여자는 내 팔을 잡고서 흉터 하나에 입을 맞췄다. 싸늘하고 부드러운 입술이 열을 빨아들여, 마치 흉터가 지워지는 듯했다. 여자는 흉터마다 한 번씩 입을 맞췄다. 이 흉터에서 저 흉터로 입술이 옮겨 갈 때마다, 내가 이렇게 사랑을 많이 받았었나 하는 생각에 벅차올랐다.

흉터를 더 많이 가졌으면 좋았을 것을.

역시 엄마는 나를 사랑했던 것이다. 이 세상 그 누구보다도 사랑해 주었다. 그리고 그것이 사랑이었다고 좀 더 강하게 확신하기 위해서는 흉터를 긍정해 주는 제삼자가 필요한 것이다.

그것이야말로 궁극의 사랑.

"이름이 뭐랬죠?"

"나오코."

나 또한 나오코의 멍 하나하나에 입을 맞췄다.

나의 인생은 문학 속에 있다. 상식에서 벗어난 것을 불쌍히 여기고, 평범함이야말로 행복이라고 세뇌하는 이 세상에 내가 있을 곳은 없다. 운명적이고 극적인 인생은 문학 속에서만 체현될 수 있다. 현실 세계에서의 생활 따위는 시대에 뒤떨어진 이 싸구려 빌라의 방 한구석에서 아무와도 교류하지 않고 그저 원고지를 마주하는 정도면 족하다.

내 인생은 불길과 함께 전부 타 버렸다. 그것을 문학으로 승화시킬 수 있다면 나는 아무런 미련이 없다.

······그런 식으로 생각했다. 태풍이 몰려들던 그날까지는.

문틈으로 밀려든 흙탕물은 30분도 채 안 되어 30센티미터 높이가 되었다. 다다미 위로 올라오는 것은 시간문제겠다 싶어, 흙탕물을 피하기 위해 밖으로 나가서 2층으로 향한 계단을 오르자 옆방 사람이 서 있었다.

스기시타 노조미.

빌라에는 각 층에 네 개씩 총 여덟 개의 방이 있다. 1층 구석방은 관리인이자 빌라 주인인 할아버지가 사는 곳이고 나머지 일곱 개에는 모두 학생들이 사는 것 같은데 교류는 거의 없었다. 동사무소에 제출할 서류를 어떻게 쓰면 되는지 가르쳐 달라, TV 홈쇼핑에서 원예용 가위를 주문하고 싶은데 방법을 가르쳐 달라, 그런 식으로 말을 건네는 사람은 관리인 할아버지뿐이었다.

왜 자꾸 나한테 묻는 거야, 처음에는 그렇게 생각했다. 하지만 이런 싸구려 빌라에 사는 학생들이란 학교에 가는 일 외에도 아침부터 밤까지 아르바이트를 나가는 게 보통이라 낮에 방에 있는 사람은 나뿐이라는 것을 알고 될 수 있으면 용건을 들어주기로 했다. 그런데 알고 보니 옆방에 사는 여대생도 할아버지 방에 자주 드나드는 것 같았다.

할아버지 말로는 성격이 아주 좋은 학생이고 간혹 음식을 해서 나눠 주기도 한단다.

"니시자키 군도 노조미가 만든 음식을 먹어 보면 좋을 텐데. 꽤 맛있거든. 게다가 두 사람이 많이 닮았으니 마음도 잘 맞을 것 같은데."

그 말을 듣고 노조미라는 여대생에게 관심을 품고 있던 차였다. 그래서 2층 난간에 기대어 서 있는 그녀를 본 나는 말이라도 붙여 보려고 했다. 그때, 2층 1호에 사는 사람이 나와서 자기 방으로 가서 비를 피하자고 권했다.

안도 노조미.

남의 방에 들어가고 싶다고 생각한 적도 없었고 내 방에 다른 사람을 들여놓는 것도 피해 왔는데, 거세지는 빗줄기가 등을 떠밀었다.

두서없는 얘기를 나누며 술을 마시고 음식을 먹고. 노조미와 노조미, 이름이 같은 두 사람은 출신지 역시 들어 본 적 없는 조그만 섬으로, 두 사람의 자학에 찬 고향 자랑은 파도 소리와 소금 냄새가 밴 듯한 소박한 것이었다. 인구도 건물 높이도, 숫자의 단위가 달랐다.

섬의 인구는 불과 수천. 인기 있는 아이돌의 콘서트 관객이 하루 5만이라고 들었을 때는 0이 하나 더 붙지 않았나 의심했단다. 섬에서 제일 높은 산도 도쿄 타워보다 낮고.

그런 사람들이 도쿄로 올라왔는데, 지금의 세계가 좁다고 한다. 훨씬 더 넓은 세계를 보겠다나.

아무리 높고 먼 곳에 간들 현실 세계는 어디나 마찬가지다. 그런 생각을 하며 두 사람의 얘기를 듣고 있는데, 텔레비전에서 〈세설〉이라는 영화가 나왔다. 놀랍게도 두 사람 다 다니자키 준이치로의 작품을 읽은 적이 없다고 한다. 그러자 납득이 갔다. 이 사람들은 문학의 세계를 모르기 때문에 현실 세계에서 무언가를 추구하는 것이다.

이 사람들에게 「작열하는 새」를 보여 주면 어떨까.

아무리 발버둥 쳐도 현실은 문학에 미치지 못한다는 사실을 이 사람들이라면 깨달을지도 모른다.

그러나 결과는 참담했다. 안도는 이야기 속 사랑의 행위를 전면 부정했다. 스기시타는 '사랑'이라는 말은 했지만 그걸 긍정한 것은 아니고, 그녀에게 궁극의 사랑은 '죄의 공유'라고 단언했다.

할아버지가 왜 나더러 스기시타와 닮았다고 했는지 전혀 이해할 수 없었다. 닮은 것은 오히려 스기시타와 안도 아닌가.

그 무렵, 부동산업자가 할아버지 방을 드나들게 되었다. 이 빌라 자리를 팔라고 온 듯했다. 그걸 어떻게 거절하면 좋을지 내게 상담을 청했다. 나는 내심, 간호 시설이 딸린 좋은 아파트에서 여생을 살 수 있다면 그것도 괜찮지 않을까 생각했다.

"이곳을 지키지 못한다면 내 인생은 끝난 것이나 마찬가지야."

할아버지의 그 말에, 할아버지만이 알 수 있는 어떤 세계가 이 '들장미 하우스'에 있다는 것을 깨달았다. 현실의 조그만 일들이 쌓이고 쌓여 할아버지의 내면에서 승화된 결과, 빌라 자체가 할아버지에게는 문학 작품이 된 것이다. 그렇다면 힘이 되어 드리리라 생각했다.

하지만 실제로 움직인 사람은 스기시타였다. 그녀가 없었다면 이 빌라를 지키지 못했을 것이다. 판타지 같은 계획을 현실 세계에서 성공시킨 그녀를 보면서 그녀도, 그리고 안도도 문학 세계를 넘어선 현실에 도달할 수 있지 않을까 하는 느낌이 들었다.

좁은 방구석에 틀어박혀 하루 종일 원고지와 마주하고 있어 봐야 현실을 문학으로 승화시키기는커녕 승화시킬 가치도 없는 현실이 그저 옆을 지나갈 뿐이라는 사실을 그제야 겨우 깨친 기분이었다.

엄마에게 당한 행위는 역시 사랑이 아니었으며, 진짜 사랑은 애써 승화시키려 하지 않아도 누가 봐도 알 수 있는 형태로 존재하는 것 아닐까.

 스기시타나 안도를 따라가면 과거의 자신이 '가엾은 아이'였다는 사실을 받아들일 수 있을까. 그런 다음에 새롭게 현실 세계에서 진정한 사랑을 발견할 수 있을까.

 넓은 세계라는 장소로 안도가 떠나고 스기시타도 떠나면, 그 후에 나도 따라가게 되는 것은 아닐까. 그때, 돌아올 장소가 여기였으면 좋겠다.

 그렇게 태풍의 밤으로부터 2년이 걸려 다다른 생각이 단 하루 만에, 나오코를 만난 것만으로 일시에 무너지고 말았다.

 나오코를 만난 다음 날 밤, 스기시타의 방을 찾았다. 안도가 떠난 후로는 스기시타와도 만난 적이 별로 없었다. 달라진 점이 있다면 백합꽃 무늬가 새겨진 화장대.

 식탁 위에는 좀 전에 만들었다는 감자 샐러드 접시가 놓여 있었다.

 전에는 반찬이 담긴 플라스틱 용기가 냉장고 가득 들어 있었는데, 안도가 떠난 뒤로 눈에 띄게 줄었다. 안도에게 먹이기 위해 만들었던 것인가 싶을 정도였지만, 그 녀석은 대식가가 아니다. 시골의 섬에서 대가족이 함께 살다 보니 많이 만

드는 습관이 몸에 배었다가 3년이 지나서야 겨우 한 번에 많이 만들 필요가 없다는 것을 깨달았다.

나는 들고 온 화이트 와인을 땄다.

"스기시타, 요즘도 노구치 씨와 연락하면서 지내?"

"가끔."

"토지 문제도 해결됐는데, 그 목적으로 접근했다는 걸 탄로 내지 않기 위해서라도 거리를 좀 두는 편이 좋지 않을까?"

"하지만, 토지에 관한 정보를 얻기 위해서 나, 노구치 씨의 브레인이 되었는데?"

"브레인, 네가 무슨?"

"장기. 브레인이라고 해도 노구치 씨가 최근에는 안도하고만 두니까 시간을 빼앗기는 것도 아니고, 직접 만나지 않아도 전화로 해결되니까 별거 아니지만."

나오코의 불안을 해소하기 위해 스기시타를 노구치 씨로부터 떨어뜨려 놓아야겠다고 생각했는데, 스기시타가 노구치 씨의 장기 브레인 역할을 거절하면 노구치 씨는 안도와의 대국에서 질 것이고, 그러면 나오코의 몸에 또 멍이 생길 것이다. 나오코는 그것이 사랑의 증거라지만, 그 하얀 피부에 새로운 멍이 생기는 것은 견디기 어렵다.

애당초 타인의 힘, 그것도 나이 어린 여대생의 힘을 빌리지 않고서는 이길 수 없다면 승부 따위 걸지 말아야 할 것이다.

승부에 져서 나오코에게 고통을 주는 것마저 즐거움에 포함되는 것일까. 그렇다면 더욱이 노구치 씨를 지게 만들 수 없다.

"하지만 안도도 상사를 상대로 진짜 이기려 들지는 않겠지. 높은 곳이든 먼 곳이든, 출세를 목표로 한다면 상사에게 영광을 안기는 게 이롭다는 것쯤 알고 있을 텐데."

"안도가 일부러 져 줄 거라고 생각해?"

"⋯⋯안 그러겠지."

어리석을 정도로 정직한 그 녀석이 그런 짓을 할 리 없다.

"안도는 스기시타가 뒤에서 노구치 씨를 돕고 있다는 거 알아?"

"알 리 없지. 노구치 씨는 안도가 선망하는 상사라고. 노구치 씨는, 노구치 씨는, 하면서 늘 칭찬 일색이야. 그런 사람이 몰래 나 같은 사람에게 의지하고 있다는 걸 알면 실망하지 않겠어? 노구치 씨를 경멸하는 듯한 말을 본인 앞에서 할지도 모른다고. 그렇게 되면 손해 보는 사람은 안도잖아. 그러니까 절대 말 안 해. 니시자키 씨도 비밀 지켜 줘."

"나는 안도와 연락도 하지 않으니까, 걱정할 거 없어."

"영업차 나왔다가 근처에 오게 되면 들를지도 모르잖아. 안도를 통해서 노구치 씨를 화나게 하면 '들장미 하우스'도 위태롭다고."

"그렇겠지. 하지만 스기시타도 노구치 씨와 연락하는 건 꼭 필요할 때만 하는 게 좋을 거야. 스기시타와 노구치 씨가 몰래 쑥덕거리는 걸 안도에게 들키면 곤란하잖아."

"그러네, 그건. 조심할게."

애기가 순조롭게 정리되었다. 다른 안주가 있을까 해서 냉장고를 연다.

"스기시타, 조만간 농성이라도 할 셈이야?"

냉장고 안이 전에 없이 플라스틱 용기로 가득했다. 전 같으면 이 정도 만들면 방으로 갖다 줄까 물었을 텐데. 이 많은 걸 혼자 먹을 작정이었을까.

"할인을 하기에 생각 없이 너무 많이 샀어. 먹고 싶은 거 있으면 가져가."

스기시타가 냉장고 앞에 웅크리고 앉아 플라스틱 용기를 꺼내서 식탁 위에 쌓기 시작했다.

"지금 그렇게 안 꺼내도 돼. 오랜만인데 천천히 마시자고. 나, 새로운 작품의 플롯이 생각났어. 들어 볼래?"

"그래, 그럼."

스기시타가 겹겹이 쌓인 플라스틱 용기를 그대로 들어 화장대에 올려놓았다.

"그런 데 두었다가 국물이라도 흐르면 어쩌려고?"

"상관없어. 내게는 전혀 소중한 물건이 아니니까."

"이 방에서 제일 비싸 보이는데."

"노구치 씨 부인이 난데없이 보낸 거야. 생일도 아니고, 아무 이유도 없는데."

"함께 쇼핑할 때 스기시타가 갖고 싶다는 듯이 바라본 거 아니야?"

"필요도 없어, 이런 거. 하지만 봤을지도 모르지."

거울에 비친 스기시타의 얼굴에서 순간적으로 표정이 지워진 듯 보였지만, 곧 원래대로 돌아왔다.

"그보다, 바닥이 꺼지지 않을까 몰라. 이것 때문에 빌라가 무너지면, 뭘 위해서 작전을 짰는지 모르게 되잖아. 혹시 그게 노구치 집안의 목적인가? 사실은 '초록 빌딩'을 팔기로 해 놓고, 그래도 좋은 사람인 척하고 싶으니까, 이 빌라를 무너뜨리면 포기할까 싶어 이렇게 무거운 물건을 보냈는지도 몰라."

"설마 그럴 리야. 상상력 한번 대단하네."

"그 상상력으로 새 작품 얘기 들어 줄게."

"스기시타가 오키나와 여행 기념으로 준 소라 껍데기 얘기야. 현실 세계에서는 살아갈 수 없는 남자 앞에 아름다운 여신이 나타나."

"전에 얘기한 그대로잖아. 판타지?"

"순수 문학이야."

"왠지 싹수가 노랗다. 위로 파티부터 해 두자."

스기시타가 냉장고 문을 열고 발포주 캔을 꺼냈다.

식탁 위에는 빈 캔이 여섯 개. 배도 부르것다, 기분 좋은 나른함에 뒤로 벌렁 눕자 스기시타도 옆에 누웠다.

"안도도 떠나고 우리 둘만 남았는데, 니시자키 씨 멋있다, 그런 생각 안 들어?"

"내가 마이너스가 아니었다면 아마 좋아했을 거야."

"스기시타가 마이너스라고? 그럼 나는?"

"마이너스."

"스기시타는 마이너스 같지 않은데. 가령 마이너스라고 해도, 마이너스 곱하기 마이너스는 플러스잖아. 그럼 된 거 아냐?"

"고릿적 순정 만화 대사 같네. 설마 그런 대사를 응모작에 쓰는 건 아니겠지. 그리고 곱하기가 뭘 말하는 건데, 자는 거? 나는 사람과 사람의 관계는 덧셈과 뺄셈이라고 생각해. 발목을 붙들고 방해하는 사람, 밝은 곳으로 데려가 주는 사람, 높은 곳으로 데려가 주는 사람."

그런 논리로 말한다면 스기시타는 내게 플러스가 되는 인간이다. 필시 진짜 마이너스는 모르겠지. 마이너스끼리 서로의 상처를 핥아 주면 플러스가 된다는 것은 마이너스 인간만이 알 수 있다.

"역시 안도였군."

"난 누구도 필요 없어. 마이너스인 인간은 제로가 될 때까지 스스로 노력하는 수밖에 없어."

"제 힘으로 마이너스에서 벗어날 수 있다니, 대단한데."

"아니야, 최악의 상태에서 벗어나도록 도와준 사람은 있어. 도와 달라고 말은 하지 않았지만, 샤프펜슬을 네 번 두드려서 부탁했지."

"그 사람, 지금 어디 있는데?"

"글쎄……. 건강하고 행복하게 살고 있다면 좋겠는데."

얼룩진 천장을 올려다보고 있으려니 스기시타가 내 손을 잡았다.

"'들장미 하우스'를 지킬 수 있어서 참 다행이야. 니시자키 씨는……, 니시자키 씨야."

스기시타는「작열하는 새」를 끝까지 읽은 것이다. 새가 나라는 것도 눈치챘다. 가엾은 새를 동정해 손을 잡아 준 것이 분명하다. 나오코를 만나지 않았더라면, 내밀어 준 손이 사랑이 아니라 동정이라는 것을 알면서도 절대 놓지 않았을 것이다.

하지만, 이미 만나고 말았다.

나오코를 만날 수 있는 건 그녀가 나를 불러낼 때뿐이었다. 스기시타의 눈을 피하기 위해서인지, 늘 빌라에서 멀리 떨어진 곳에서 만나자고 했다. 그녀가 나를 불러내는 것은 대개

새로운 멍이 생겼을 때였다.

멍이 생긴 원인은 안도에게 장기를 졌기 때문이 아니다. 노구치 씨는 회사에서 뭔가 잘 풀리지 않는 일이 있는 듯했다. 스기시타가 분발해 주면 멍이 더 늘어나지 않을 거라는 내 생각이 짧았던 것이다. 폭력의 이유는 뭐라도 상관없는 것이다.

젓가락을 쥐는 방법이 틀렸다, 채소를 남긴다……, 그랬던 엄마와 똑같다.

"그이는 나보다 훨씬 괴로워하고 있어."

나오코는 만날 때마다 눈물을 흘리며 그렇게 말하고는 멍든 곳을 보여 주었다. 나는 그 멍에 입을 맞추고, 그러면 나오코도 내 오랜 상흔에 입을 맞춘다. 그게 다다. 나는 원한다. 하지만 나오코는 그것을 바라지 않는다.

그녀의 소망은 오직 하나, 노구치 씨에게 사랑받는 것뿐. 옛날에 내가 엄마에게 버림받으면 살 수 없을 것 같아 두려워했던 것처럼, 그녀 역시 노구치에게 버림받을까 봐 두려워하고 있다.

그녀가 행복하다면 그것으로 충분하다.

가을이 깊어 갈 무렵, 나오코가 갑자기 연락을 뚝 끊었다.

연락이 없다는 것은 멍이 새로 생기지 않았다는 증거. 기뻐해야 할 일인데, 보고 싶고 만나고 싶어 견딜 수 없었다. 만났던 날의 그녀를 떠올리면서 소라 껍데기를 귀에 대 보았다. 파도 소리조차 들리지 않아야 마땅한데, 멍에 입술을 갖다 댈 때면 새어 나오던 그녀의 한숨 소리가 들리는 듯한 느낌이었다.

이대로 소라 껍데기를 부수어 삼켜 버리면 그 한숨이 나만의 것이 될 수 있을까.

텔레비전에서는 지하철 노선을 신설하기로 결정했다는 뉴스가 흘러나왔고, 그와 동시에 부동산업자들도 빌라 부지 매수에서 손을 뗐다.

스기시타가 노구치를 만날 이유가 없어졌으니 나오코도 마음 편히 지낼 수 있게 되었는지도 모른다. 지하철에 관한 뉴스가 나오던 시기에 안도와 노구치의 회사 이름도 간간이 들려왔다. 유전 개발 사업에 실패해 막대한 손실이 발생한 듯했다. 만약 그 일이 노구치 씨와 관련이 있다면 나오코가 어떤 일을 당할지 불안했지만, 나오코를 위해 구입한 휴대 전화가 울리는 일은 없었다.

스기시타는 여름 무렵 대규모 건설 회사에 입사가 결정되어 지난달 오리엔테이션에 참석했다. 심야와 새벽에 회사 빌딩을 청소하면서 건물 내 이동의 편리성과 공기 조절 장치의 배치, 인테리어와 조명의 느낌 등을 정리한 리포트를 제출해 좋은 평가를 받았다고 하니 정말 대단하다. 아르바이트는 여전히 계속하는 듯, 더러워진 작업복을 빨면서 동창회에 입고 갈 옷과 출근용 투피스를 사야겠다고 말했다.

스기시타도 이제 몇 달 있으면 이곳을 떠난다.

이번 원고가 1차 심사도 통과하지 못한다면 한번 제대로 사회에 나가 볼까. 어느덧 그런 생각을 하게 되었다.

연말이 다가오던 어느 밤, 안도가 빌라로 찾아왔다. 스기시타와 둘이서 노구치 씨 댁에 다녀왔다고 한다. 평소처럼 간단하게 요기를 하고 나서 스기시타와 안도는 장기판을 펼치고, 나는 그 옆에서 술을 마시면서 서로의 근황을 얘기했다.

"안도, 자네 회사 뉴스에 나오던데."

"유전 개발 사업 말이지? 거기에 안도도 좀 관여했어?"

"좀이 아니지. 프로젝트 팀의 일원이었으니까. 난리도 아니었어."

"그런데 이런 데서 노닥거리고 있어도 돼?"

"어찌 됐든 지금은 거의 일단락됐으니까. 하지만 누군가는 반드시 떨려나겠지."

"안도도?"

스기시타가 장기 두던 손을 멈추고 고개를 들었다. 안도는 장기판만 노려본다.

"글쎄, 내년 이맘때쯤에는 어린이용 런치 세트에 깃발조차 꽂히지 못할 곳으로 쫓겨나 있을지도 모르지."

"노구치 씨가 결정하는 거야?"

"발령을 내는 건 더 윗선이지만, 그 사람의 입김도 무시할 수 없어. 하지만 그 사람도 남의 인사나 신경 쓸 때는 아니지 않을까?"

"하기야. 나오코 씨가 그 지경이니."

노구치네 집에 다녀왔다는 말을 들었을 때부터 신경이 쓰였는데, 나오코란 이름이 불쑥 튀어나오자 동요한 나머지 잔을 쓰러뜨리고 말았다. 그 지경……이 대체 무슨 소리일까. 스기시타가 타월을 가져와 테이블을 닦는다.

"미안. ……오키나와 여행에서 만났다는 사람? 우연히 만났는데 안도와 같은 회사였다며. 오래도 만나네."

안도는 빌라 매입 건을 모른다. 나는 노구치라는 이름을 여행 이야기에서 들은 것으로 되어 있다.

"응. 안도는 노구치 씨와 같은 부서고, 난 부인인 나오코 씨와 가끔 쇼핑도 하고 식사도 해."

스기시타가 대답했다. 같은 부서라면 유전 개발 사업에 노구치도 관여했다는 건가. 입사 1년차인 안도와는 비교도 안 될 만큼 책임 있는 위치에 있을 텐데, 그렇다면 나오코는 괜찮을까.

"그러고 보니 스기시타, 이 화장대도 그 사람에게 받았다고 했잖아."

안도가 고개를 들었다.

"이거? 아까부터 내내 안 어울린다고 생각하고 있었는데, 나오코 씨에게 받은 거였어?"

"응."

"굉장히 비싼 거 같은데. 왜 너한테만 그렇게 잘해 주는 거야?"

"모르겠어, 나도."

아프고 괴로워서 도망쳐 버리고 싶을 때도 있지만, 다른 여자가 나를 대신하는 건 절대 싫어요. 노조미 씨는 결코 견뎌 낼 수 없을 거야. 그걸 전해 주고 싶어서 오늘 이렇게 왔는데……. 선물도 보냈다고요.

그날, 나오코는 결국 스기시타를 만나지 못한 채 돌아갔다.

"수상한데. 혹시 너, 나오코 씨의 불륜을 은근슬쩍 도와주고 있는 거 아냐? 노조미를 만나고 왔다고 하면 노구치 씨가 의심하지 않을 테니."

"내가 그런 짓을 왜 해. 그리고 뭐야, 나오코 씨가 불륜이라니. 금시초문인데."

"아, 그냥 소문이야, 소문. 그보다 나, 이번 판 이길지도 모르겠는데."

스기시타가 장기판을 앞에 두고 앗! 소리를 질렀다.

"잠깐만. 이 패턴이라면……."

스기시타가 중얼거리면서 팔짱을 끼고 눈을 감는다. 나오코의 불륜 소문이라면, 상대가 나일까? 궁금해서 애가 타는데, 그렇다고 꼬치꼬치 물어 대면 오히려 의심을 사겠지. 넌지시, 넌지시 확인해야 한다.

"불륜이라고? 노구치 씨 부부는 이상적인 부부라고 하지 않았나?"

"그거야 뭐, 소문이니까. 상대가 굉장히 잘생긴 남자라던데. 나, 처음 그 소리를 들었을 때 니시자키 씨 얼굴이 떠오르더라."

안도가 히죽거리며 나를 본다.

"참아 줘. 난 그런 스캔들과는 상관없는 세계에서 살고 있다고. 알지도 못하는 부부 얘기는 관두고, 너희들이나 잘해 보면 어때? 안도, 내 방에서는 절대 재워 주지 않을 거니까, 뒷일은 둘이서 잘해 봐."

"그 방에 소리가 다 들릴 텐데. 어쩔래, 스기시타?"

"……아, 안 될 것 같아."

장기판을 노려보며 스기시타가 중얼거린다.

"아쉽네요. 지금 노조미 머릿속에는 장기밖에 없어요. 그러니 귀를 쫑긋 세우고 들어 봐야 재미없는 얘기밖에 못 들을걸."

그게 문제가 아니다.

"대책이 없는 거야, 스기시타?"

"응, 안 되겠어."

"그렇게 쉽게 포기해서야 되겠어. 뭔가 타개책이 있겠지."

"아니, 스기시타 편 들고 그럴 겁니까? 나도 작심하고 달려들면 만만치 않다고요."

"그러시겠지. 끝까지 잘해 보라고."

두 사람이 장기판을 마주하고 있는 것을 보며 내 방으로 돌아왔다.

결과는 채 5분도 지나지 않아 나온 듯했다. 얇은 벽 너머로 안도의 득의양양한 웃음소리와 스기시타의 "아, 분해."라는 별로 분하지 않은 듯한 목소리가 들려왔다. 스기시타는 무언가를 얻기 위한 수단이 아닌 승부에서는 져도 그리 아쉬워하지 않을 것이다.

다음 대국에서 안도가 노구치를 이기면, 져서 약이 오른 노구치는 나오코에게 폭력을 휘둘러 멍들게 하고, 나오코는 그 행위가 사랑이라는 걸 확인하기 위해 나를 불러낼 것인가.

나는 대체 뭘 바라는 건가.

스기시타와 안도가 노구치와 나오코에 관해 얘기하지 않을까 싶어 벽에 바짝 다가가 눕는다.

― 나오코 씨가 유산한 건 안됐지만, 난 노구치 씨가 옆에 있으니까 괜찮을 거라고 생각했어. 무슨 일이 있어도 지켜 줄

거라고 느꼈고. 노구치 씨를 보고 있으면 진심으로 나오코 씨를 사랑한다는 게 그대로 전해지기도 해서 말이지. 안됐기는 하지만, 왠지 부럽기도 하고.

― 물론 사랑이야 받고 있겠지.

― 그런데 아까 불륜이다 뭐다 그랬잖아.

― 그저 소문일 뿐이라니까.

안도는 얼버무리려고 하는데, 스기시타가 계속 물고 늘어진다. 나도 벽에 귀를 더 바짝 댔다.

― 여름에 연하의 남자와 팔짱을 끼고 걸어가더라는 얘기도 있고, 호텔에 들어가는 걸 봤다는 사람도 있고. 나오코 씨, 결혼 전에 우리 회사 안내 데스크에서 일했기 때문에 사원들 대부분이 얼굴을 알거든. 그런 데다 상대가 굉장히 잘생긴 남자라니까 다들 흥미진진해하는 바람에 소문이 금세 퍼진 거지.

― 잘생긴 얼굴이라면, 니시자키 씨 같은?

― 나도 그 소문 처음 들었을 때 니시자키 씨 얼굴이 제일 먼저 떠오르더라. 하지만 니시자키 씨는 나오코 씨와 아무런 접점이 없잖아. 아니 혹시, 나오코 씨 여기 온 적 있어?

― 한 번 있긴 있어. '들장미 하우스'라는 빌라에 산다고 했더니 이름이 멋지다면서 꼭 한번 와 보고 싶다기에 데리고 왔어.

― 이름과 달라서 많이 놀랐겠네.

― 깜짝 놀란 표정으로 바라보더니 '초원의 집처럼 멋지네.', 그러더라고. 개척적인 이미지가 느껴졌나.

― 사는 데 꼭 필요한 것들밖에 없으니 그런 거지. 그때 니시자키 씨를 만났어?

― 아니, 안 만났어.

― 그래, 니시자키 씨일 리 없지.

― 그럼. 잘생긴 얼굴이라니까 니시자키 씨가 떠올랐을 뿐이지. 잘생긴 남자가 어디 한둘인가.

― 그건 그렇고, 그 체인은 어떻게 생각해?

― 그건 솔직히, 좀 무서웠어.

― 나오코 씨를 감금한 게 유산 때문이 아니라 소문이 노구치 씨 귀에 들어갔기 때문 아닐까? 그런데 소문도 유산도 사실이라면, 어느 쪽 아이일까. 정말 넘어져서 유산한 거 맞나? 노구치 씨는 스기시타가 생각하는 것만큼 훌륭한 사람이 아니라서…….

당장 옆방으로 뛰어 들어가 좀 더 자세하게 캐묻고 싶었다. 나오코가 감금당했다고? 원인이 유산? 대체 뭐가 어떻게 된 거야. 나오코가 노구치에게 폭력을 당하지 않아서 내게 연락을 안 한 게 아니라, 너무 참혹한 꼴을 당하고 있어서 할 수 없었던 게 아닌가.

체인이 어쩌고 하는데, 감금되어 있는 것이라면 내게 도움을 청하러 올 수도 없다. 전화? 메일? 이런 시간에 연락하는 놈은 불륜 상대가 아니라도 의심을 살 것이다. 아니지, 감금시킨 거라면 통신 수단부터 끊었을 것이다. 어떻게 하지.

스기시타와 안도에게 의논해 볼까. 나오코와의 일을 털어놓고서. 불륜 상대가 내가 아닐까 하고 약간 의심하는 기색도 있으니 얘기는 금방 통할 것이다. 하지만 빌라 매입 건을 모르는 안도에게는 어디까지 말해야 하나.

일단은 스기시타다.

다음 날 오후, 안도가 돌아간 것을 확인하고서 스기시타의 방을 찾았다.

"나오코가 어떻게 됐는지 가르쳐 줘."

스기시타는 어리둥절한 표정을 지었다.

"역시 니시자키 씨였구나. 그런데 어느 틈에?"

비 오는 여름날 저녁 나오코를 만나게 된 경위를 대충 설명했다. 나오코가 스기시타를 만나러 온 진짜 이유는 숨기고, 우연히 근처까지 왔다가 들른 것으로 했다.

"노구치 씨가 나오코 씨에게 폭력을 휘두르다니, 전혀 몰랐어."

"내 말을 못 믿는 거야?"

"아니. 그 도어체인을 보고 나니 노구치 씨에게 그런 면이 있을지도 모르겠다는 생각은 들어. 그래도 그렇지, 위로해 주는 척하면서 사귀다니, 약삭빠르네. 하긴, 문학의 세계에 불륜이 빠질 수 없지."

"그런 식으로 말하지 마. 그보다, 나오코는 지금 어쩌고 있는 거야?"

"다른 사람 같아 보였어. 유산했다니 몸 상태가 좋지 않은 거야 당연하겠지만, 눈에 초점도 없고, 갑자기 눈물을 뚝뚝 흘리기도 하고. 정신적인 충격이 커서 그러겠지."

"그런 상태인데 그냥 돌아왔단 말이야?"

"그럼 어떡해. 나는 나오코 씨가 싫은걸."

"싫어도 도와줄 수 있잖아. 이런 화장대까지 받아 놓고서 그런 매정한 말이 나와? 아니면 그 남편에게 마음이 있는 거야? 나오코가 약해져 있는 사이에 엘리트 남편에게 접근할 속셈이구면."

"말도 안 되는 소리 하지 마. 난 남의 집에 제멋대로 화장대 같은 거 보내는 여자가 세상에서 제일 싫다고. 그리고 노구치 씨 같은 이기주의자도 싫고. 그런 부부, 꼴좋게 됐다고 생각한다고. 게다가 망가진 인간을 도와주는 것도 딱 질색이야. 왜 내가 남의 뒤치다꺼리까지 해야 해? 괴로운 일이 있다고 현실에서 도피하면 다가 아니잖아."

"스기시타 너, 괜찮아?"

"내가 뭐 이상한 말 했어? 나오코 씨를 도와주고 싶었으면 니시자키 씨가 잘했어야지. 폭력은 전부터 있었는지 모르겠지만, 유산한 건 다 니시자키 씨 탓인지도 모른다고. 노구치 씨, 나오코 씨가 불륜 상대의 아이를 가졌다고 생각한 거 아니겠어?"

"우리, 그런 관계 아니야."

"둘이서 만난 건 사실이잖아. 노구치 씨가 그 고급스런 문에다 구멍을 뚫어 싸구려 체인을 설치한 건, 생각난 김에 뭐라도 안 하고는 못 배겨서 그런 거 아니겠어? 그런 사람이 둘이 끝까지 갔는지 안 갔는지 일일이 확인할 리 없잖아."

"그러니까, 내 탓이라는 거야?"

"몰라. 하지만 나와는 관계없는 일이야."

스기시타는 그렇게 말하고는 돌아서서 싱크대 앞으로 갔다. 그리고 발치에 있는 상자에서 감자를 수북이 꺼내 흐르는 물에 벅벅 씻는다. 껍질을 벗기고, 부엌칼로 석둑석둑 썬다. 냉장고에서 고기 팩을 꺼내 또 석둑석둑 썬다. 당근과 양파도 그렇게 썬다. 싱크대 밑 수납장에서 커다란 냄비를 꺼내 가스레인지 위에 올려놓고, 기름을 몇 방울 떨어뜨린 후 불을 붙였다.

내게 나가라고 하고 싶으면 한마디 하면 그만이다. 그런데 갑자기 요리를 시작하다니. 마음씨 좋던 옆방 녀석이 마치 오늘 처음 만난 남처럼 보여 나는 방에서 나와 버렸다.

나오코에 대해 아무리 깊이 생각한들 실제로 행동에 옮기지 못하면 그녀를 구해 낼 수 없다. 세 평짜리 방에서 혼자 해를 넘기며 그녀의 행복을 빌어 봐야 그건 나 자신을 위로하는 행위에 불과하다는 것도 안다. 그래 봤자 나는 '가엾은 아이'일 뿐이다.

정초에는 연하장 한 장 들어 있었던 적 없던 우편함을 여니 두툼한 갈색 봉투가 들어 있었다. 정기 구독하고 있는 문예지 『시라카바』 최신호다. 분명 시라카바 문학상의 1차 심사 결과가 실려 있을 것이다. 그 자리에서 봉투를 열어 잡지를 훑었다.

내 이름이 있다. 1차 심사 통과. 응모자 2천 명 가운데 백 명이 통과되었다. 제목은 '조개껍데기'. 나오코를 향한 마음을 엮은 이야기가 문학으로 승화되고 있는 것이다.

그길로 할아버지 방에 가서 잡지를 보여 주고, 스기시타는 언제 돌아오느냐고 물었다.

오늘 밤 돌아온다.

마음을 정리하기에는 충분한 시간이었다.

인터폰을 먼저 누른 것은 스기시타 쪽이었다.

"지난번에는 미안했어."

스기시타가 고향에서 가져온 토속주 상자를 내밀었다. 사과받을 입장은 아니다. 하지만 애써 가져온 걸 거절할 수도 없고 해서 방으로 들어오라고 했다.

"잘 다녀왔어? 할아버지가 그러시는데, 도쿄에 올라온 후로 처음 내려간 거라면서."

"응. 동창회에 참석하고 왔어."

"그래. 잘했네."

나는 동창회라는 데에는 가 본 적이 없다. 그런 것보다는 지금 내 주위 사람들이 먼저다. 말없이 『시라카바』를 스기시타에게 건넸다. 몇 번이나 본 탓인지 해당 페이지가 곧장 펼쳐졌다.

"와, 니시자키 씨 이름이 나와 있네. 대단하다! 「조개껍데기」면 지난번에 들려준 얘기지? 1차에 통과되었네. 축하해요."

빈정거리지 않고 '축하해요'라고 바로 말해, 역시 믿을 사람은 스기시타밖에 없다는 것을 재삼 깨닫고서 나는 이야기를 꺼냈다.

"스기시타, 나, 나오코를 구해 낼 거야. 결국 내게는 그녀가 필요하다는 걸 깨달았어. 그런데 혼자 할 자신이 없어."

스기시타가 『시라카바』를 덮어 내 앞에 내려놓았다.

"나오코 씨를 어떻게 하고 싶은데?"

"적어도 한 번은 밖으로, 안전한 곳으로 데리고 나오고 싶어."

"그래서 뭐가 달라지는데?"

"내내 뒤틀린 공간에 있다 보면, 그곳이 뒤틀렸다는 것도 모르게 되잖아. 밖으로 나와서 자신이 있던 장소가 뒤틀렸다는 사실을 인식하고, 그래도 돌아가고 싶다면 돌아가야겠지."

"그 정도라면 무슨 수가 있을지도 모르겠네."

뜻밖의 대답이었다.

"그럼 협조해 줄 거야?"

스기시타가 상자를 열고 '아오카게 섬'이라는 라벨이 붙은 파란 병을 꺼냈다. 냉장고 위에 있던 잔 두 개를 집어 얼음을 담더니 가만히 술을 따라 그중 하나를 내 앞에 놓는다.

"이곳에서 만난 불쌍한 여자와 왕자님의 판타지, 그 연장이라도 괜찮다면."

무슨 뜻인지 아리송했지만, 협조만 해 준다면 어떻든 상관없다. 잔을 들어 건배한다.

"그래서, 어떻게 할 건데?"

"'샤르띠에 히로타'라는 레스토랑 알아? 예약하기도 힘든 유명한 프렌치 레스토랑이야. 왕자님은 거기서 아르바이트를 하고 있어."

"그런 곳에는 관심 없는데……."

"나오코 씨와 노구치 씨의 추억이 어린 레스토랑이야."

"그런데?"

"특별한 손님에게는 출장 서비스도 해 준대. 왕자님은 주로 그 일을 담당하고 있어. 내가 노구치 씨에게, 나오코 씨의 기운을 북돋우기 위해서 두 사람의 추억이 어린 레스토랑에 출장 서비스를 부탁해 보면 어떻겠느냐고 제안하는 거야. 그리고 니시자키 씨는 출장 팀의 한 사람으로 오는 거야. 어때?"

"그게 가능할까?"

"니시자키 씨에게 달렸지."

"스기시타는 그때 어디 있을 건데?"

"아마 다 같이 식사를 하게 될 거야. 그럼 안도도 있을 거고."

"나 혼자서 나오코 씨를 데리고 나오라고?"

"나는 모르는 척할 거야. 또, 나와 안도가 이 계획에 협조했다는 걸 노구치 씨가 알게 해서는 안 돼."

"출장 서비스 팀으로 가려면, 어떻게 하면 되지?"

"그건 왕자님에게 내가 부탁할게. 그라면 어떻게든 도와줄 거야. 며칠 내로 여기에 오라고 할 테니까, 출장 서비스가 가능한지 확인해 보고 가능하다면 함께 부탁하자. 하지만 너무 심각하게 부탁하지는 마. 마음씨가 고운 사람이라 실패하면 몹시 미안해할 거야. 실패는 당연한 거고 성공하면 행운이다, 그렇게 생각하도록 해야 해."

"괜찮을까?"

"그런 식으로 '들장미 하우스'도 지켰잖아."

그렇게 말해, 이번에도 성공하지 않을까 하는 생각이 들었다.

스기시타가 협력자를 왕자님에 비유한 연장선에서 나오코를 왕녀, 노구치 씨를 악의 대왕이라 칭하고 학예회풍 시나리오를 만들어 보기로 했다. 그러자 희한하게도, 내가 마치 아주 흥겨운 이벤트에라도 참가하는 듯한 기분이 들었다.

왕자님과 처음 대면하고 닷새 후, 나오코에게서 전화가 걸려 왔다. 노구치 씨와 식사하러 나왔다가 잠시 틈을 내어 공중전화로 내게 도움을 청한 것이다.

"마사토, 도와줘. 다음 주말에 우리 집에 노조미 씨가 식사하러 오기로 했는데, 우리 그이와 서재에 들어가서 장기를 둘 예정이니까 그때 데리고 나가 줬으면 해. 이 전화는, 지금 갑자기 생각이 떠올라서 '라 플뢰르 마키코'라는 꽃집에 빨간 장미를 저녁 6시에 배달해 달라고 부탁하는 걸로 할 테니까, 그 꽃집 점원인 척하고 오면 돼. 부탁해."

노구치 씨에게 식사를 제안해 출장 서비스를 예약하게 한 다음, 그날 식사 전까지 서재에서 장기를 두도록 한다. 스기시타는 계획을 빈틈없이 추진하고 있었다.

왕자님도 그다지 내켜 하는 표정은 아니었지만 협조해 주기로 했다.

이제 모든 것은 나 하기에 달렸다.

1월 22일, 계획을 실행하는 날. 5시 30분. 꽃집은 손님이 밖으로 흘러넘칠 만큼 북적거렸다. 꽃을 사려는 사람이 이렇게 많을 줄은 몰랐다. 뒤에 손님이 몇 명이나 기다리고 있는데도 이 꽃이다 저 꽃이다 시간을 끌며 주문하는 사람들을 밀어내고 빨간 장미를 양동이째 사 버릴까 하는 충동을 느꼈지만, 벌써부터 초조하게 굴어서는 안 되지, 하고 참았다. 겨우 꽃을 샀을 때는 시곗바늘이 벌써 6시 5분을 가리키고 있었다.

맨션에 도착한 시각은 6시 25분. 약속한 시간이 지나서 나오코가 불안해할지도 모르겠다. 입구에서 방문 접수를 한 후 엘리베이터 쪽으로 갔다. 엘리베이터가 막 올라간 참인 듯해, 내려올 때까지 기다리자니 초조한 마음이 앞섰다.

그런데 그때 안도가 나타났다.

안도는 좀 더 늦게 오기로 하지 않았나. 이 녀석과 같이 가면 스기시타와 장기를 두고 있던 노구치가 서재 밖으로 나오려 할 것이고, 그러기 전에 나오코를 데리고 나오려고 해도 안도가 방해물이 될 것이다.

부자연스럽게 여겨지지 않도록 안도와 계속 얘기를 나누며 생각했다.

계획에 대해서 아예 털어놓을까. 안도를 잠시 노구치의 집에서 멀리 떨어뜨려 놓을 방법은 없을까. 그런데 내려온 엘리베이터에 함께 탄 안도가 맨 꼭대기 층 버튼을 눌렀다. 약속 시간이 될 때까지 라운지에 있으려는 건가. 내심 가슴을 쓸어내리며 48층 버튼을 눌렀다.

"그건 그렇고, 이거 굉장한 우연인데. 스기시타가 주문한 거야?"

"아니, 나오코 부인. 여러 가지로 인연이 있어서. ……그런데 안도, 내가 아주 굉장한 걸 알게 되었어. 전에 스기시타가 궁극의 사랑은 죄의 공유라고 했잖아, 그거 실화더라고. 안도도 오늘 그 상대를 만나게 될 테니 기대해. 꽤 괜찮은 녀석이야."

내게서 주의를 돌리려고 그렇게 말해 보았다. 라운지에 있는 동안 안도는 스기시타를 생각할 것이다.

48층에서 안도와 헤어져 노구치 씨 집으로 향했다.

중후하게 생긴 문에는 스기시타에게 들은 대로 싸구려 도어체인이 설치되어 있어 그곳만 유달리 도드라져 보였다. 인터폰을 누르자 누구냐고 묻는 나오코의 목소리가 흘러나왔다.

"'라 플뢰르 마키코'에서 주문하신 꽃을 배달하러 왔습니다."

노구치가 아니어서 안심은 했지만, 기계 너머로 들려오는 나오코의 가냘픈 목소리에 가슴이 철렁했다. 문이 열렸다. 눈앞에 나타난 나오코는 한층 작아 보일 만큼 수척하고 눈에 생기마저 사라져 있었다. 그녀는 나를 보자 서 있기조차 힘겨워 하는 모습으로 손을 뻗어 내 팔을 잡았다.

"도와줘."

"알아요, 가요."

현관에 꽃을 내던지고 나오코의 팔을 잡아끌었다. 그런데 그녀가 예상 밖으로 힘을 주어 버티고 섰다.

"아니야. 안에, 안에 그 아이가 있어."

나오코는 내 팔을 잡아 안으로 끌어당기더니 현관문을 닫았다.

"그게 무슨 소리야?"

"그 아이가 저 안쪽 서재에 그이랑 단둘이 있다고. 해가 바뀔 무렵부터 둘이서 몰래 연락을 주고받은 거야. 안도 군과 함께 식사하러 오라고 초대했는데, 그이가 그 아이만 일찍 불러들였어. 부탁이야, 마사토. 그 아이의 애인이잖아. 데리고 돌아가 줘. 그 아이를 데리고 가서 두 번 다시 여기 오지 못하도록 해."

"나는 그 녀석의 애인이 아니야."

"그럼 나를 속인 거야? 그 아이의 애인이고, 그 아이를 설득해 줄 거라고 믿었기 때문에 친절하게 대해 준 건데. 그래서 그 더러운 흉터도 핥아 줬잖아."

더러운 흉터를 핥아 주었다…….

"어이, 너 뭐야."

복도 안쪽에서 소리가 들리고 이어 몸집이 큰 남자가 이쪽을 향해 걸어왔다. 이 인간이 노구치인가, 생각하고 있는데 왼쪽 뺨에 주먹이 날아들었다. 다리가 엉켜 현관문에 등을 댄 채 쓰러진다. 남자가 다시 내 멱살을 잡고 주먹을 치켜들었다.

"네놈이지, 나오코에게 집적거린 녀석이. 우리 아이가 죽은 것도 다 네놈 탓이야."

"아니, 그런…… 관계가 아니……."

"입 닥쳐, 네놈만 아니었으면 내가 나오코를 의심할 일도 없었다고."

나오코의 불륜에 관한 소문을 듣고서, 나오코가 임신한 사실도 모른 채 심하게 폭력을 휘둘러 유산했다는 뜻일까. 생사람을 잡아도 유분수지. 그보다, 도망쳐야 한다. 손을 뒤로 돌려 문손잡이를 잡고 밀었는데, 철커덕 하는 금속음이 울렸.

체인이 걸려 있다.

남자는 나를 현관문에 밀어붙인 채 다시 왼쪽 관자놀이를 주먹으로 세게 내리쳤다. 나는 몽롱한 의식 속에서 발치에 떨어져 있던 꽃다발을 집어 들고 남자의 얼굴을 후려쳤다. 남자의 손이 느슨해진 틈을 타 그의 손아귀를 빠져나와 제일 가까이 있는 부엌으로 뛰어들었다.

복도에서는 나오코가 창백한 얼굴로 이쪽을 바라보고 서

있었고, 그 뒤로 스기시타의 모습이 눈에 들어왔다.

뭔가 내 몸을 방어할 수 있을 만한 것을 찾다가, 싱크대 위에 놓여 있던 부엌칼을 집어 들었다. 그러나 밖으로 나갈 수 없는 이 상황에서 대체 어떻게 하면 좋단 말인가. 안도가 올 때까지, 나루세가 올 때까지 시간을 벌 수 있을까.

남자가 곧 뒤쫓아 들어왔다. 식탁을 사이에 두고 서로 마주 선 꼴로 부엌칼을 쥐고 공격 자세를 취했지만, 남자가 테이블을 미는 바람에 휘청거리다 그만 부엌칼을 빼앗기고 말았다. 이제 죽는다.

"그만 해!"

스기시타의 목소리가 울렸다. 남자의 어깨 너머로 가늘고 긴 은제 꽃병을 높이 쳐든 그녀의 모습이 보였지만, 다음 순간 튕기듯 내 옆으로 굴러든다. 그와 동시에 남자가 낮은 신음을 흘리며 쓰러졌다.

나오코가 서 있었다. 한 손에 은촛대를 든 채, 쓰러진 남자를 멍한 눈길로 내려다보고 있다. 촛대에는 붉은 피가 묻어 있고, 남자의 후두부에서는 같은 색의 피가 흐르고 있었다.

"왜……."

스기시타가 비틀비틀 일어나 식탁 위에 접힌 채 놓여 있는 식탁보를 집어 남자 옆에 주저앉았다.

"건드리지 마!"

나오코가 스기시타를 밀쳐 냈다.

"이 사람에게 손대지 마. 이 사람은 내 거야. 넌 손가락 하나 건드리지 마. 여기서 나가, 빨리! 너도!"

너도, 는 나를 향한 말이었다. 그러나 나오코를 혼자 남겨 둘 수는 없다.

"빨리!"

나오코가 남자의 손에서 부엌칼을 빼 칼끝을 내게로 향했다.

"니시자키 씨, 가자."

스기시타가 나오코의 눈치를 살피며 내 팔을 잡아끌었다. 그 자리에 선 채 나오코를 바라보았지만, 나오코의 눈은 온 힘을 다해 우리를 부정하고 있었다. 칼끝을 이쪽으로 향한 채.

"나오코, 진정해. 당신은 이 남자의 폭력에 지배되고 있었던 거야. 폭력이 사랑이라고 착각하고 있었던 거라고."

"니시자키 씨, 그만."

"나오코, 가엾게도 아이까지 잃고. 해방되고 싶었던 거야. 자유롭고 싶었던 거야. 당신이 나를 구해 줬잖아."

"나를 위해서야. 이이를 저 아이에게 빼앗기기 전에 내 것으로 만든 거라고. 부탁인데, 우리 둘이 있게 해 줘."

"가자, 니시자키 씨."

스기시타가 등을 떠밀었다. 하지만 나는 방문 앞에서 걸음을 멈췄다.

"집 밖으로는 나갈 수 없어."
"무슨 소리야?"
"바깥쪽 체인이 걸려 있어."
"누가……?"
"몰라."
"안도……는 아니겠지."

스기시타가 울 듯한 얼굴로 말했다. 안도가 이 건물 내에 있다는 걸 아는 건가?

"안도가 그런 짓을 할 리 없지. 문에 이상한 게 붙어 있으니까 아이들이 장난친 건지도 몰라. 어쨌든 누구에게 도움을 청하든지, 아니면 누군가가 여기를 찾아오지 않는 한 우리는 밖으로 나갈 수 없어."

"악, 나오코 씨!"

스기시타가 뒤돌아보며 비명을 질렀다. 남자에게 기대듯 쓰러진 나오코의 옆구리에 부엌칼이 꽂혀 있었다.

"모든 게 다 내 탓이야."

스기시타가 중얼거렸다.

"내가 계획대로 노구치 씨를 서재에 붙들어 두었다면 일이 이렇게 되지 않았을 텐데. 꽃병도 집어 드는 게 아니었어. 노구치 씨를 치려고 한 게 아니었는데. 값나가는 걸 때려 부수면 그쪽으로 주의가 쏠릴 거라고 생각했을 뿐인데."

"아니, 다 내 탓이야. 나가는 척이라도 했어야 하는 건데. 나오코는 여기서 나갈 수 없다는 걸 알고서 자신을 찌른 거야."

전혀 예측하지 못한 일은 아니었다. 오렌지색 벌레들이 파먹어 들어가는 엄마를 일으키지 않았던 것처럼, 나는 나오코를 구하려 하지 않았다. 부엌칼을 들고 있다고는 해도, 여위어 홀쭉해진 나오코를 꽉 끌어안는 것쯤 손쉬운 일이었을 텐데.

더러운 흉터. 그게 사랑이 아니라는 것쯤, 오래전부터 알고 있었다.

"스기시타, 노구치를 친 사람은 나야. 알겠어? 나오코를 찌른 노구치를 내가 때려죽인 거라고."

나는 남자의 발치에 나동그라져 있는 피 묻은 촛대를 집어 두 손으로 꼭 잡은 다음 원래 있던 자리에 놓았다.

"무슨 소리야? 노구치 씨를 죽인 사람은 나오코 씨야. 나오코 씨는 자살한 거잖아. 그런데 왜 그런 거짓말을 해야 돼?"

"나오코를 살인자로 만들고 싶지 않아."

"그렇다고 니시자키 씨가 죄를 덮어쓸 것까진 없잖아."

"나는 예전에 내 눈앞에서 죽어 가는 어떤 사람을 그냥 내버려 뒀어. 나는 그 사람이 세상에서 나를 가장 사랑하고 나도 오직 그 사람만을 사랑한다고 생각했어. 그 사람의 사랑을 영원한 것으로 만들기 위해 죽어 가는 모습을 그저 바라보고만 있었지. 나 자신에게 그런 암시를 주기 위해서, 사랑 따위는 없었던 그 사람과의 세계에 사랑이 있었던 것으로 만들려고 했어."

"하지만 그 사람과 나오코 씨는 아무 관계도 없잖아."

"죗값을 치르고 해방되고 싶어, 잘못된 사랑으로부터. 나오코가 노구치를 죽인 것은 사랑했기 때문이야."

"정신적으로 약해져 있었기 때문에 그렇게 믿었을 뿐인지도 모르잖아."

"그래도 그 살인의 동기는 사랑이야. 사람의 목숨을 빼앗는 행위의 이유를 사랑이라는 고귀한 말로 대신할 순 없어. 내가 범인이라면 동기는 복수가 되겠지."

그때 문 바로 옆 벽에 붙어 있는 전화가 울렸다. 안내 데스크다. 출장 서비스가 왔다고 한다.

"취소라고 전해."

나는 수화기를 제자리에 돌려놓았다.

"스기시타는 아무것도 못 본 걸로 해. 내내 서재 안에 있었고, 노구치만 나갔다고 하면 돼. 모든 일이 끝난 후에 나온 거야. 그러니까 지금 현관에 체인이 걸려 있다는 것도 스기시타는 몰라."

"그런 거짓말을 끝까지 밀고 나갈 자신, 없어."

"궁극의 사랑이란 죄의 공유라면서. 노하라 할아버지 말로는 우리가 비슷한 사람들이라던데. 사랑은 없을지 모르지만,

죄는 공유해 줘."

다시 전화가 울렸다.

"왕자님이 구해 주는군. 이번에는 스기시타가 받아."

나는 수화기를 스기시타에게 건넸다.

10년 후…

높은 곳에서 내려다보고 싶었던 것은 결국 무엇이었을까.

사건 후 나는 니시자키 씨나 노구치 씨 부부와는 아무런 관계도 없었다는 듯 사회로 나갔다. 고층 맨션을 사러 온 손님을 안내하고, 전망이 기가 막히죠, 라고 판에 박은 듯한 대사를 늘어놓으면서 마음속으로는 '그래서 어쨌다는 건데'라고 중얼거리곤 했다.

내가 원했던 것은 여기가 아닌 어딘가, 누군가 손을 잡고 데려가 주는 장소, 그뿐이었는지도 모른다.

그 사건이 있던 날, 나는 서재에 잡아 두기로 했던 노구치 씨에게 일부러 나오코 씨의 불륜 상대가 지금 나오코 씨를 데리러 왔다고 말했다.

나를 높은 곳으로 데려가 준 안도 노조미를 위해서.

시간을 들여 조금씩 이기는 방향으로 말을 움직이고 있는데, 노구치 씨가 믿기 어려운 말을 했다.

"안도의 벽지행이 결정된 셈이군."

그걸 걸고 다섯 차례에 걸쳐 승부를 가리고 있었다며 미안한 기색도 없이, 오히려 재미있다는 듯 말했다. 내가 노구치 씨의 브레인이 된 탓에 안도가 벽지로 떨어져 나가다니, 그런 일은 절대 있어서는 안 된다.

그걸 막기 위해서는 니시자키 씨가 몇 대 얻어맞고, 상해죄로 노구치 씨를 고소하면 되지 않을까.

그때 그런 생각을 하지 않았더라면……. 몇 번이나 그렇게 후회했지만, 안도가 어린이용 런치 세트에 깃발이 꽂힐 만한 나라에, 그것도 비중 있는 자리로 부임한다는 소식을 들었을 때는 이걸로 된 거다, 라고 진심으로 생각했다.

이런 얘기를 니시자키 씨에게 털어놓는다면 그는 나를 용서해 줄까. 그러나 분명 그 역시 내게 숨긴 일이 있었을 것이다. 나오코 씨를 위해서였든, 안도를 위해서였든, 아니면 나를 위해서였든. 아무튼 자기 자신이 아닌 누군가를 위해.

니시자키 씨가 쓰던 방은 할아버지가 '들장미 하우스'에 그대로 남겨 두었다. 그는 지금도 거기서 살고 있을까. 아무쪼록 이제는 불길의 공포에서 헤어났기를 바란다. 그러기 위해 죗값이라는 불길 속으로 뛰어드는 길을 택했으니까.

불길로 나를 해방시켜 준 나루세는 고향의 바다 근처에 레스토랑을 열었다. 한번 나를 찾아왔을 때 동생에게 내 병에 관해 전해 듣고는, 여전히 꿋꿋하게 살아 있는 내 아버지가 마련해 준 바다가 보이는 하얀 성 같은 병실로 가끔 나를 만나러 와 준다.

자신이 해 줄 일이 없겠느냐고 물어, 사건의 진상을 알고 싶다는 말이 거의 입 밖으로 나올 뻔했지만 간신히 참았다.

대신, 맛있는 걸 만들어 달라고 부탁했다. 나를 위해서가 아니다.

내 인생에 사랑을 준 사람들—N을 위하여.